Leonhard Frank

Das Ochsenfurter Männerquartett

Roman

ein Ullstein Buch

ein Ullstein Buch
Nr. 22311
im Verlag Ullstein GmbH,
Frankfurt/M – Berlin

Ungekürzte Ausgabe

Umschlagentwurf:
Elżbieta Woźniewska-Krüger

Taschenbuchausgabe mit Genehmigung
der Nymphenburger Verlagshandlung
GmbH, München

Printed in Germany 1990
Druck und Verarbeitung:
Ebner Ulm
ISBN 3 548 22311 7

August 1990

Vom selben Autor
in der Reihe
der Ullstein Bücher:

Die Räuberbande (22237)

CIP-Titelaufnahme
der Deutschen Bibliothek

Frank, Leonhard:
Das Ochsenfurter Männerquartett:
Roman / Leonhard Frank. – Ungekürzte
Ausg. – Frankfurt/M; Berlin: Ullstein,
1990
(Ullstein-Buch; Nr. 22311)
ISBN 3-548-22311-7
NE: GT

Erstes Kapitel

In Würzburg, wo der Main, die Stadt durchfließend, seinen schönsten Bogen zieht, wo die dreißig patinierten Kirchtürme stadtbeherrschend in den Himmel stoßen und generationenlang sich nichts geändert hat, wo von alters her der Sohn, wenn der Vater starb, die Metzgerei übernahm und führte, bis auch er starb, waren durch den Krieg und seine Folgen Bankguthaben und Sparkassenbücher zu Papier geworden.

Auch Oskar Benommen, der Besitzer der Bäckerei und Weinwirtschaft ›Zum Schwarzen Walfisch zu Askalon‹, war von den Mehl- und Weinschulden trotz zähester Gegenwehr aus seinem schmalen, verräucherten Goldgrübchen hinausgedrückt worden.

In seiner Jugend hatte er den Athletenverein ›Goliath‹ und den Skatklub ›Bargeld lacht‹ gegründet. Der Durst seiner Freunde, zusammen mit dem der übrigen Stammgäste, die nicht Karten spielten, nicht stemmten und viel tranken, hatte ihm eine sichere Existenz und allmählich steigenden Wohlstand verbürgt.

Dieser zielbewußte Mann, der in seinem Kreise immer die Hauptrolle gespielt und schon als Zwölfjähriger eine Knabenbande angeführt hatte, entschlossen, Würzburg niederzubrennen und nach dem Wilden Westen zu ziehen, wo die Freiheit winkte, stand an einem windigen, naßkalten Märzmorgen des Jahres 1927 auf der Mauer des Festungsgrabens, in dem vor nun dreißig Jahren allnächtlich seine Bande am Lagerfeuer versammelt gewesen war, und blickte trüben Sinnes auf die Stadt.

Seitdem sie ererbtes und erworbenes Vermögen, ihre

Existenz und damit auch einen guten Teil der Achtung ihrer noch wohlhabenden Mitbürger verloren hatten, waren Oskar Benommen und seine Schulkameraden wieder öfter den Schloßberg hinaufgestiegen zum Schauplatz ihrer Jugendstreiche und Jugendsehnsucht, in den Festungsgraben, wo niemand war, der sich zuerst überlegen mußte, ob er den Hut ziehen solle.

Unten lag grau die Stadt im feuchten, grauen Dunst. Der Main führte Hochwasser, trüb und grau wie dieser Tag. Über die alte Brücke raste ein Metzgerwagen. Der hohe Gaul scheute und warf die Beine. Der zu leichte Wagen fuhr in Schlangenlinien. Oskar Benommen wandte sich zu seinem Jugendfreund auf der Birkenholzbank, die vom Verschönerungsverein gestiftet worden war. »Das Fuhrwerk gehört dem Metzger Fritz. Der hat sich grad noch durchgerappelt. Waren auch schon ungedeckte Wechsel im Umlauf.«

Der Mann auf der Birkenholzbank, der als Junge ein hervorragendes Mitglied der Bande gewesen und später Mitglied des Skatklubs ›Bargeld lacht‹, des Gesangvereins ›Zwischen grünen Bäumen‹ und Vater dreier Kinder geworden war und schon vor eineinhalb Jahren beim Tode des Chefs seine Stelle als Rechtsanwaltsschreiber verloren hatte, stellte den Mantelkragen hoch, preßte fröstelnd die Arme an sich und sagte: »Hohaho! Da hat die Schwiegermutter Geld gegeben.«

»Du sagst noch Hohaho? Bist noch lustig? Du hast, schein's, immer noch nicht genug Prügel bekommen vom Leben.«

»Wenn ich nicht Hohaho sag, geht's mir auch nicht besser.«

»Das ist ja richtig. Aber wo du die Laune noch hernimmst, möcht ich wissen.« Ein Windstoß riß ihm den Hut vom Kopfe, hinunter in den Hof des Brauereigebäudes, das am Fuße der Festungsmauer stand, so tief, daß die beiden in den zwanzig Meter hohen Kamin oben hineinsehen konnten.

»Hohaho, Hauptmann! Oh, Oskar, früher wärst du an der Mauer hinuntergekrabbelt; jetzt gehst du schön solide den Berg hinab, klopfst ans Tor und fragst brav, ob du deinen Hut holen darfst. Das ist der Unterschied.«

Oskar, ein willensstarker Mann, seit langem zur Untätigkeit gezwungen und auch heute noch, als Dreiundvierzigjähriger, ehrgeizig wie ein Knabe, hatte nicht wenig Lust, den lebensgefährlichen Abstieg an der zwanzig Meter hohen Mauer zu wagen, rollte jedoch wortlos und verächtlich die wulstigen Negerlippen nach außen und schritt den Schloßberg hinab.

Als er mit seinem Hute wieder zurückkam, saßen neben dem Schreiber noch zwei frühere Mitglieder der Bande fröstelnd auf der Birkenholzbank.

»Jetzt fehlt nur noch Theobald Kletterer«, sagte der Schreiber. »Dann könnten wir ein Quartett singen, hinunter in das schöne Tal.« Sein Lachen klatschte kurz und echolos in die kalte Luft.

Die drei auf der Bank bildeten zusammen mit Theobald Kletterer das stadtbekannte Männerquartett ›Zwischen grünen Bäumen‹. Auch Oskar war seit fünfzehn Jahren Mitglied, hatte aber bis heute noch nicht gelernt, den Vereinspfiff richtig zu pfeifen. Er war unmusikalisch.

»Also und, ich sag euch, mir ist nicht zum Lachen. Ich weiß oft gar nicht mehr, wo ich die fünfzehn Pfennig für das elende Glas Bier in der Singprobe hernehmen soll. Aber also und, eins mußt du doch manchmal trinken, du mußt, also sonst verreckst du«, sagte Hans Lux.

Er trug einen Vollbart, schwarz wie seine glühend schwarzen Kohlenaugen. Vor einem Jahre, kurz vor seiner Beförderung zum Lokomotivführer erster Klasse, war er abgebaut worden und hatte seither keine Arbeit finden können.

Die dreißig Kirchenglocken läuteten. Die Turmuhren schlugen zwölf. Minuten später war die alte Brücke schwarz von Menschen, die noch Arbeit hatten und zum Essen eilten. Die vier blieben hocken, eng aneinandergepreßt. Sie hatten Zeit.

Georg Manger, dessen Glasauge in reinstem Kobaltblau glänzte – das natürliche war graugrün, aber er liebte Blau –, sagte in merkwürdig frischem Tone: »Ach, so kann's ja gar nicht mehr lange weitergehen.« Er stellte den Kopf schief wie ein Kanarienvogel und sah nach rechts, obwohl alle drei links von ihm saßen. Seit dem Tode seiner Frau blickte er beim Sprechen immer nach rechts.

»Wenn Falkenauge das sagt, muß es so sein. Daran ist kein Zweifel. Morgen wird dein Nachfolger kommen und zu dir sagen: Herr Manger, hier haben Sie Ihre Lederhandlung wieder.« Der Schreiber machte eine einladende Handbewegung. »Treten Sie ein, bitte sehr!«

»Laß ihn in Ruh. Es ist keine Kleinigkeit, wenn einer alles verliert«, sagte Oskar. »Und gar, wenn einer, wie ich, noch dazu das Haus voll Kinder hat, die fressen wollen!« Er hatte vier Kinder.

Nur Theobald Kletterer, der im Quartett mit viel Takt und Gemüt den zweiten Tenor sang, besaß die ererbte Gärtnerei noch. Warenschulden hatte er nie gehabt, denn Blumen, Laub und Gräser zog er selbst, und Leichenkränze waren auch in diesen schweren Jahren gebraucht worden.

»Also und, es ist kalt.«

»Mit meinem Obsthandel war's auch nichts«, sagte Falkenauge nach rechts.

»Hundekalt! Also und, ich geh.«

Es war der Schreiber, der den Einfall hatte, ein Feuer zu machen im Festungsgraben.

Drei sammelten alte Zeitungsfetzen und das Fallholz

der Haselnußsträucher und Linden und rissen gemeinsam einen langen, dicken, abgestorbenen Ast vom wilden Apfelbaum. Oskar, immer noch der weitaus Stärkste von allen, schleppte vier schwere Steinquader herbei, die aus der mürben Mauer gefallen waren, und ordnete sie als Sitzplätze um die Feuerstelle herum. Der Boden war feucht. Am Fuß der Mauer klebten noch die schmutzigen Schneekrusten.

Nach einigen Minuten lohte eine hohe, klare, kaum sichtbare Flamme in das blaukalte Tageslicht.

Der Schreiber verteilte Zigaretten. Rauchend saßen sie um das Lagerfeuer herum.

»Hohaho, die Friedenspfeife! Genau wie früher!... Und so dumm, wie wir damals waren, sind wir auch heute noch.«

»Laß nur gut sein!« Oskar drehte sich um, denn seine Vorderseite war heiß, der Rücken eisig kalt. »Das wär gar nicht so dumm gewesen, wenn wir Buben damals nach Amerika durchgebrannt wären. Dann hätten wir die ganze Sauerei hier nicht mitmachen müssen und wären sicher besser dran als jetzt.«

»Hohaho, als Büffeljäger!«

»Nein! Aber vielleicht als wohlhabende Geschäftsleute!«

Auch die andern drehten sich um. Alle saßen mit dem Rücken gegen das Feuer und blickten jeder in eine andere Richtung.

»Also und, es muß etwas geschehen, du mußt doch irgendwie Geld verdienen, wenn du weitermachen willst... Was, meint ihr, daß ich letzthin getan hab? Das ist ja schon das Letzte. Das kann man ja gar nicht erzählen. Weil da in der Zeitung gestanden hat, daß eine ihren Brillantring verloren hat, bin ich rumgelaufen in der Stadt, überall, und hab gesucht. Also und, nicht nur den Ring! Ich hab überhaupt Brillanten gesucht, eine ganze Woche lang. Es wird doch genug verloren! Wo etwas geglänzt hat auf dem Pflaster, bin ich hingestürzt! Aber also und, es war immer nur Spucke.«

»Brillantensucher! Hohaho, auch ein Beruf!«

»No, ich hab versucht, mit Schokolade zu handeln. War auch nicht besser. Einen Laden um den andern, straßauf, straßab, alles hab ich abgeklopft. Kein Mensch kauft«, sagte Oskar. »Dann hab ich's mit Backstein probiert für den Ziegelgauner in Höchberg. Aber wer baut denn? Genausogut hätt ich die Backstein in den Schokoladenläden und die Schokolade in den Baubüros anbieten können.«

»Also und, hinten heiß vorne kalt.« Er drehte sich um. Auch die andern drehten sich wieder um.

Falkenauge blickte nach rechts.

»No, was denn? Red schon!« ermunterte der Schreiber. »Mit meiner Vertretung von Gartenmöbeln war's auch nichts. Die Leut setzen sich, scheint's ins Gras heutzutag.« Er drehte den Kopf wieder zum Feuer.

Alle schwiegen. Alle hatten schon alles nur mögliche versucht, ohne Erfolg.

Oskar stocherte im Feuer. »Für euch wüßte ich ja was, für euch drei und für Theobald Kletterer, für das Quartett, mein ich. Mir ist das schon vor einer Woche eingefallen. Es ist zwar ein bißchen verdreht, deswegen hab ich's ja auch für mich behalten. Aber in der Not . . .«

»Wenn er welche hat, hohaho!«

»Laß doch deine Witze! Es ist doch schließlich ernst genug.«

»Also und, was ist es denn?«

»Gott, ich war da letzhin im Varieté, selbstverständlich am Sonntagvormittag, da kostet es doch keinen Eintritt.« Er sprach plötzlich viel schneller, eintönig, mit unnatürlich hoher Stimme, und sah dabei niemand an. »No, und da ist so ein Kunstpfeiferquartett aufgetreten. Die haben gepfiffen, sonst nichts. Hat ja ganz schön geklungen. Aber ich hab mir damals gleich gedacht, das könntet ihr auch . . . Natürlich Gesang!«

Schon als das Wort ›Varieté‹ gefallen war, hatte der Schreiber die Hand unauffällig zum Mund gehoben. Jetzt preßte er sie mit aller Kraft darauf. Die Augen quollen aus den Höhlen.

»Dir ist alles zum Lachen! Wenn du was Besseres weißt, mir kann's recht sein. Ich hätt ja sowieso nichts davon, ich gehör ja nicht zu eurem Quartett.« Auch er lächelte. Aber dabei bebte seine Oberlippe mit dem stachligen Schnurrbart, der genauso fahlbleich war wie sein Gesicht, kaum zu unterscheiden von der Haut.

»Es ist doch einfach eine Tatsache, daß die Leut, wenn sie auch nichts zu fressen haben, immer noch zu den Vergnügungen laufen.«

Der Schreiber ließ die Hand fallen. Sein Gesicht war noch rot. »Das wär mir auch noch ein Vergnügen, unsern Gesang anzuhören!«

Falkenauge blickte blitzschnell nach rechts, wieder zum Feuer und wieder nach rechts: »Es fragt sich, ob sich das überhaupt mit der Ehre des Vereins verträgt, daß wir für Geld auftreten.«

Das Feuer war abgebrannt. Nur an den Rändern flakkerte hin und wieder ein kleiner Zweig auf. Vereinzelte große Regentropfen versanken zischend in der glühenden Asche. Falkenauge erhob sich und sammelte neues Brennmaterial.

»Theobald Kletterer macht vielleicht gar nicht mit. Der hat's ja nicht nötig«, sagte der Schreiber. »Weißt du, im Vereinslokal zu singen, das laß ich mir gefallen. Aber wenn einer seine dreißig Pfennig Eintrittsgeld bezahlt, dann will er auch dafür was haben. Das wissen wir doch von uns. Wir machen ja auch Krach, wenn's nichts ist.«

Oskar sprach immer noch unnatürlich hoch und ohne

jemand anzusehen: »No, ich sag dir, die Kunstpfeifer waren auch nicht besser.«

»Und dann mußt du dir auch vergegenwärtigen, wie wir mit Falkenauge da droben stehen auf der Bühne. Er glotzt doch immer nach rechts, auch beim Singen. Und sein himmelblaues Aug! ... In Würzburg tret ich einmal nicht auf.«

»Es gibt doch noch mehr Städte auf der Welt ... Das muß eben organisiert werden. Von einer Stadt in die andere.«

»Ah, so meinst du das! So richtig! Nicht nur da bei uns ... Dann müßtest du unser Impresario sein. Da wären wir wenigstens so ziemlich sicher, daß wir keine Prügel bekommen!«

Falkenauge kam mit einem Arm voll Reisig und einigen dicken Ästen zurück. Es rauchte, es knisterte, leckte. Und flammte auf. Sie beugten die Oberkörper zurück.

»Dann sollen sie uns eben ausschließen, wenn's die Vereinsehre nicht verträgt.« Das hatte er sich während des Holzsammelns überlegt.

Oskar fühlte, daß sein Plan schon etwas Anklang fand, und sah jetzt nicht mehr in die Luft. »Ihr müßt natürlich tadellos elegant angezogen sein. Ihr müßt euch vier Fräck machen lassen. Weiße Binde und auch Lackschuh! Weiße Weste!«

»Und wer soll das bezahlen?«

»Leinenanzüge wären billiger. Also und, ich hab von meiner Ziehmutter noch Leinen in der Schublade. Prachtvolles weißes Leinen!«

»Warum nicht im Trikot?« fragte der Schreiber in falschem Ernst und wurde schon kirschrot. »Stellt euch das vor: wir vier auf der Bühne, Männerquartett in rosa Trikot!« Zuerst kam ein abgehacktes »Ha!« Er hatte schon keine Luft mehr. Dann kam tief aus der Brust herauf ein krachendes, stürmisches, befreiendes Gelächter, das alle mitriß.

Hans Lux, der Lokomotivführer, erholte sich zuerst und wurde gleich ganz ernst. »Dann teilen wir zu fünft, wenn du unser Impresario bist... Also und, aber die Fräck?«

Der Schreiber, der immer alles verspottete und immer alles kameradschaftlich mitmachte, sagte: »Da müssen wir doch ein Spezialprogramm haben.«

Aber Oskar hatte sich schon alles ausgedacht. »Am besten ist es, ihr singt eure alten Lieder. Das haben die Leut gern... *Nach der Heimat möcht ich wieder...*«

»Nie wieder!«

»Halt's Maul!«

»Vielleicht auch *Das Elschen von Caub* und *In einem kühlen Grunde*... Eben Gemüt!«

»Im Trikot!« Er zwang sich zum Ernst. »Ich weiß nicht, die Fräck und die Lackschuh, die Bahnkarten – du mußt übernachten – und alles andere, das kostet Geld. Und überhaupt!«

»Wenn ihr unterdessen einen andern Verdienst findet, einen solideren, um so besser! Aber in unserer Lage...«

Jeder dachte an seine Frau, an die fällige Miete, an die Kinder. »Wenn doch nun einmal alles andere nicht geht!... Kletterer macht sicher mit. Der war doch immer für die Kunst. Die paar Leichenkränz kann ja derweil seine Frau zusammenbinden... Die Hauptsache sind die vier Fräck. Und natürlich muß ich auskundschaften, wo ihr auftreten könnt, und daß sich's auch lohnt.«

»Ja, die Fräck, mein Lieber!«

Ein Windstoß trieb die Asche hoch. Falkenauge sah nach rechts, sagte aber nichts – Asche war ihm ins Gesicht geflogen. Die Turmuhr schlug zwei. Alles sah plötzlich so öde und hoffnungslos aus, das zähe, ausgebleichte Gras im Graben, die nassen Mauern, der starrende, dürre Haselnußstrauch. Der Himmel war trüb. Sie erhoben sich schweigend. Sie sahen plötzlich alt und verhärmt aus.

Nachdem sie den Schloßberg verlassen hatten und in der Felsengasse standen, die so still, so alt, so eng, so krumm und grau war, als ob sie aus Felsen herausgehauen worden wäre, erschien ihnen die Idee, mit ihrem Gesange Geld verdienen zu wollen, unausführbar.

Oskar ging am ›Schwarzen Walfisch‹ vorüber. Das war keine Kleinigkeit. Und daß auch der neue Wirt vor dem Bankrott stand, war nur ein geringer Trost.

Als der Schreiber heimkam, stand sein Mittagessen auf dem Tisch: ein Teller Linsensuppe, kalt geworden, mit grauer Haut überzogen. »Mach sie halt noch einmal warm.« Er lehnte sich zurück, Hände in den Hosentaschen, und blickte trüb vor sich hin.

Zu Hause benahm er sich ganz anders als in Gesellschaft seiner Freunde, sprach wenig, machte nie einen Scherz, war ganz leblos und erdrückt von der Aussichtslosigkeit, eine Stelle zu finden. Wenn er überhaupt einmal für Stunden zu Hause blieb, stand er reglos am Fenster und blickte hinunter auf die alte Brücke. Er kannte jeden. Und obwohl jeder wußte, wie schwer und fast unmöglich es war, Stellung zu finden, schämte er sich doch, daß er sich seit eineinhalb Jahren untätig umhertrieb. Seine magere und nicht mehr hübsche Frau hatte kürzlich ihr drittes Kind geboren und konnte sich kaum noch aufrechthalten. Schweigend stellte sie die gewärmte Linsensuppe auf den Tisch und strich dabei ihrem Mann übers Haar.

Auch in Falkenauges Wohnung, die aus einem großen, sehr niedrigen Zimmer bestand, befanden sich nur noch die zwei Betten, ein Stuhl und der mit graumarmoriertem Wachstuch überzogene Tisch. Alles andere war gepfändet, versetzt, verkauft.

Bis jetzt hatte er sich nicht entschließen können, das zur Zeit überflüssige zweite Bett auch noch zu verkaufen. Denn die Betten, aus lyrageschmücktem Mahagoniholz, paßten zusammen, und er trug sich mit dem Gedanken, wieder zu heiraten. Aber die Miete mußte bezahlt werden. Er machte sich auf den Weg in die Gasse der Altwarenhändler.

Auch bei diesem schweren Gang hielt er den Kopf schief aufwärts, Nase empor, merkwürdig frisch, als ob ihm nichts geschehen könne. Aber das tat er nur deshalb, weil sein Auge ein wenig schielte und er nur bei dieser lebensmutigen Kopfhaltung geradeaus sehen konnte.

So schritt er vorüber am Haus des Schreibers, der in seiner kahlgewordenen Wohnung seit Stunden hinter dem Fenster stand, reglos, hoffnungslos, und auf die alte Brücke hinunterblickte. Falkenauge erwiderte den Gruß, indem er den Arm hob wie ein Artist, und bog in die Lumpengasse ein.

Auf der einen Seite waren die Fleischhallen, wo das Fleisch gefallener Tiere billig verkauft wurde, eine Schmiede, Kürschner- und Färberwerkstätten, jüdische Fellhandlungen, vor denen blutige Hasen- und Ziegenfelle zum Trocknen an Nägeln hingen, die Werkstatt eines Gipsers, der heilige Marien und Jesuskinder goß und rot und blau bemalte, und in den krummen Häuschen gegenüber ein Altwarenladen neben dem andern. Hosen, Röcke, Uniformen hingen vor den Türen. Auf dem ausgefahrenen, verluderten Pflaster lag ein dicker Streifen Kuh- und Pferdemist. Durch die Lumpengasse wurde das Vieh zum Schlachthof getrieben.

Es regnete. Der Wind pluderte Hosen und Frauenröcke auf. Die Altwarenläden waren vollgestopft mit allen nur erdenklichen Gegenständen, die das Leben im Laufe von hundert Jahren hier angesammelt hatte. Während der letzten zehn Jahre hatten viele Leute alles verkauft, und nur wenige hatten kaufen können.

Kinder standen vor den schmutzigen Schaufenstern und betrachteten sehnsüchtig den verzauberten Plunder. So war auch Falkenauge oft gestanden, das Geld in der schwitzenden Hand, stundenlang schwankend, ob er den alten Revolver, eine Seeräubergeschichte, einen gebrauchten Clownanzug oder den ausgestopften grünen Papagei kaufen solle, der auch jetzt noch, nach dreißig Jahren, auf seinem Stäbchen saß und zur verstaubten Goethebüste hinüberblickte.

Schon stand in diesem Schaufenster neben dem zerknüllten Messingtrichter des alten Grammophons der schwarze Trichter eines Rundfunklautsprechers. Die Errungenschaften der neuen Zeit kamen etwas verspätet in die Lumpengasse. Aber sie kamen.

Der erste Händler schüttelte den Kopf, als Falkenauge noch gar nicht gesagt hatte, wieviel er für sein Mahagonibett haben wollte. Der zweite ging schweigend in seinen Laden zurück, als er den Preis vernahm. Einer bot drei Mark für das Bett mitsamt der Matratze.

Ein Metzgerbursche zerrte ein Kalb am Strick durch die Gasse. Falkenauge sah interessiert zu, wie das Kalb die Vorderbeine stemmte und nicht vom Fleck zu bringen war. Der Metzger versuchte, das Tier zu schieben, er schob und drückte, bis die Hinterhufe zwischen den Vorderbeinen baumelten. Plötzlich hüpfte das Kalb von selbst in lustigen Sprüngen voran, dem Schlachthofe zu.

Falkenauge schritt stramm durch die Gasse, Kopf schief erhoben, Mund gespitzt, wohlgemut und ablehnend lächelnd, als liefen sämtliche Händler bietend hinter ihm her. Er trug ein elegantes, abgestepptes Covercoatmäntelchen, das noch aus der guten Zeit stammte.

Vor dem Eckhause, dessen ganze Front bis zum ersten Stock hinauf mit alten Kleidern behangen war, stand ein hochgewachsener Zigeuner, der den Wert seiner Geige, die er verkaufen wollte, zu steigern suchte, indem er auf ihr spielte. Der Händler hatte die Tür geschlossen und kam gar nicht mehr aus seinem Laden heraus. Kinder standen um den Zigeuner herum, und der Schutzmann überlegte, ob er diesen zu farbigen Mann nicht mitnehmen müsse.

Am Türpfosten des Nebenladens hing eine auf Taille geschnittene, sehr kurze, hellblaue Husarenjacke, weiß verschnürt, am anderen Pfosten ein verknitterter, riesig langer Frack mit speckigen Aufschlägen und darüber ein Brautschleier, der vom Myrtenkränzchen herabhing.

Das sah aus, als ob ein Paar alte Eheleute in ihrer Not noch das Letzte, das sie mit der glücklichen Zeit ihres Lebens verband, herausgekramt und verkauft hätten.

Viel Wahl hatte Falkenauge nicht mehr. In den meisten Läden war er schon gewesen, und einige, deren Besitzer er als schlechte Zahler kannte, kamen nicht in Frage. Die fette Händlerin stand neben dem Frack. »Was sucht der Herr?«

Und wie er dann vor ihr stand, Kopf scharf nach rechts, sagte sie: »Er ist sehr gut erhalten und ganz auf Seide gearbeitet.«

Falkenauge blickte aber gar nicht den Frack an, sondern die farbige Husarenjacke, die links hing. »Ich habe ein Mahagonibett zu verkaufen. Fast neu!«

»Das Mäntelchen, das Sie da anhaben, würde ich in Tausch nehmen gegen den Frack.«

»Das Holz ist eingelegt. Eine Lyra! Und das Seitenteil hat Rosen.«

»Ein Bett kaufe ich nicht. Ich kaufe überhaupt nichts. Aber wenn Sie noch etwas drauflegen . . . Das Mäntelchen ist schon abgetragen.«

»Mein Mantel ist noch tadellos und auch auf Seide.« Er schlug ihn zurück.

Der Zigeuner machte einen seltsamen Sprung auf die Händlerin zu und präsentierte ihr mit tiefer Verbeugung wortlos Geige und Bogen.

Sie begann sofort auf das Gesindel zu schimpfen und sah sich nach dem Schutzmann um.

Erst als Falkenauge, auf dem Wege zu Oskar, ohne Mäntelchen frierend schon auf der alten Brücke war, überm Arm den Frack, fiel ihm wieder ein, daß er eigentlich beabsichtigt hatte, ein Bett zu verkaufen, um die Miete bezahlen zu können, nicht aber einen alten Frack zu erwerben und sein Mäntelchen loszuwerden.

Er trat in einen der Halbkreise, in denen seit Jahrhunderten die Brückenheiligen stehen. Er mußte überlegen. Ihm kamen plötzlich zu viele Gedanken auf einmal. Daß er den Frack hatte, war ja gut. Jetzt war er in der Hauptsache ausgerüstet zum Auftreten. Das Mäntelchen mußte da riskiert werden. Aber die Miete?

Sooft er an die Miete dachte, sah er seine Frau, wie sie in ihrem grauen Kleide am Fenster saß, in den stillen Nachmittagsstunden, und Wäsche ausbesserte. Die war tot. Das war vorbei. Das sagt sich so leicht: Vorbei. War ja aber so schwer, so sinnlos alles, seit sie nicht mehr am Fenster saß, wenn er heimkam. Zu was die ganze Quälerei!

Er dachte an die verwitwete Besitzerin des kleinen Waffenladens, bei der er jahrelang die Munition gekauft hatte für seinen Vogelstutzen. Falkenauge war Vorstandsmitglied des Vogelstutzenklubs ›Löwenjagd‹ und hatte der Witwe viel Kundschaft zugeführt.

Schon oft hatte sie ihn ins Hinterstübchen gebeten zu einer Tasse Kaffee. Und ihm war jedesmal gewesen, als ob rechts, neben dem Gewehrschrank, seine Frau gestanden hätte.

Es dämmerte schon. An einem fremden Frachtschiff, das geruhsam abwärts schwamm, leuchteten die Signallichter auf, und aus dem Ofenröhrchen der Kajüte stieg Rauch: das Abendessen wurde gekocht. Kirchenglocken läuteten wieder. Die hatte Falkenauge früher gar nicht mehr gehört. Jetzt machte ihn die ewige Läuterei immer ganz trostlos.

Ich zünd lieber kein Licht an, wir sitzen schöner im Dunkeln, hat sie das letztemal zu mir gesagt. Ob sie damit was gemeint hat?... Gut, daß ich das Bett noch hab, dachte er und schritt weiter. »Aber die Miete?«

In dunklen Stahl- und Eisenläden gedeihen rote Bakken nicht. Die Witwe hatte das bleiche, schon etwas welke Gesicht und die gelben, schmalen Hände stiller Frauen, die langsam altern, Rehaugen, rostbraun wie ihr dickes Haar, dazu einen gutgehenden Munitionsladen mit Werkstätte, in der ein junger Büchsenmacher Gewehre reinigte und reparierte.

Zwei Buben, der eine ohne Strümpfe in alten Stiefeln, die ihm viel zu groß waren, blieben stehen in einiger Entfernung von dem Frack, den Falkenauge vergessen hatte. Ganz heran wagten sie sich nicht. Sie wichen zuerst sogar noch etwas zurück. Es war ein bißchen unheimlich, daß da ein Frack über der Brückenbrüstung hing, neben dem heiligen Kilian.

»Wir könnten ihn hinunterwerfen ins Wasser. Wenn er dann schwimmt, sieht's aus, als ob einer ertrunken wäre.«

»Und wenn wir erwischt werden?«

Falkenauge kam gerade noch rechtzeitig zurück. Der mit den zu großen Stiefeln stieg schon auf den Sockel des heiligen Kilian, den zusammengeknüllten Frack unterm Arm.

Ein alter Rentier, in vertragenen Kleidern, der alles verloren hatte, blickte den Knaben, die davonsausten, geistesabwesend nach, beugte sich über die Brüstung, ging hinüber auf die andere Seite, blickte verstörten

Gesichtes auch hier in die Tiefe. Plötzlich sah er sich um, ob ihn niemand beobachtete, und schritt verstört weiter. Seine Lippen bewegten sich im Selbstgespräch.

Oskar Benommen saß, als Falkenauge in das schiefe Dachzimmer trat, mit heißem Kopf am Tische vor einem Haufen Rechnungen, Quittungen, Gerichtsbeschlüssen und Pfändungsurteilen. Er hatte auch seine Wohnung verkauft, um die Hauptgläubiger befriedigen zu können, und war mit Frau und vier Kindern in dieses verwinkelte Dachloch übergesiedelt, durch das, einen Meter unter der Decke, vom Fenster bis zur Tür, sich ein dicker, geweißter Dachstuhlbalken zog, an dem eine Ringschaukel hing und mit den Kniekehlen in den Ringen, Kopf nach unten, der jüngste Sohn. Parallel mit dem Balken lief durch das ganze Zimmer das rostige Ofenrohr.

»Jetzt gib schon Ruh! Die paar hundert Mark wirst du mit der Zeit auch noch aufbringen«, sagte Frau Benommen.

Sie hatte sich in den siebzehn Ehejahren wenig verändert. Ihr Gesicht war noch weiß wie Mehl und kugelrund. Nur der Hals war tiefer in die runden Schultern gerutscht. Auf ihrem Busen lagen ein paar Semmelbrösel, die von dieser weit und waagerecht vorgeschwungenen Rundung nicht herunterfallen konnten.

»Freut mich, daß du kommst.« Das klang unnatürlich. Oskar war sein Leben lang gewohnt gewesen, sicheren Boden unter den Füßen zu haben, kraftvoll zu schweigen und in dieser selbstbewußten Ruhe ohne sichtbaren Hochmut ein wenig auf die Umgebung herabzusehen.

Auch während der ganzen fünfzehn Jahre seines Gastwirtsdaseins war er seinen Jugendidealen, die einem zielbewußten Athleten verboten, Alkohol zu trinken, treu geblieben. Sogar bei den schwersten Saufgelagen hatte er nur immer wieder die begeisterten und schon schwankenden Athleten mit großer Geste aufgefordert, ihre Gläser zu leeren auf zukünftige Vereinsmeisterschaften, selbst aber stets eine nüchterne kleine Wendung büfettwärts gemacht und sein volles Glas wieder in die Ecke gestellt neben den unbrauchbaren Zigarrenabschneider, der die Münchener Frauenkirche darstellte.

»Ich hab schon den Frack.« Falkenauge legte ihn auf den Tisch.

Wie ein verzweifelt Kämpfender, der noch Lebenskraft hat und nach jeder Hoffnung greift, griff Oskar nach dem Frack. Ihm wurde warm dabei. Sein Gesicht wurde rosa. Der ganze Plan, der Verzweiflung entsprungen, entsprach seiner Auffassung von Solidität nicht.

Er hielt den Frack weit von sich. »Wo hast du denn das Ungetüm aufgegabelt? Da gehst du ja zweimal hinein.«

»Ein bißchen groß ist er.«

»Also, mein Lieber, ich will dir ja die Freude nicht verderben . . .«

»Du meinst, er ist nichts?«

»Zieh ihn einmal an.«

Falkenauge war nicht klein. Aber der Frack reichte ihm bis zu den Knöcheln. Er mußte einem Riesen gehört haben.

»Aus dem Frack kannst du dir einen Mantel machen lassen.«

»Ich hab ihn ja gegen meinen Mantel umgetauscht.« Er beugte sich vor und prüfte bekümmert die Länge.

»Den kann man nicht kleiner machen«, sagte Frau Benommen, zupfte sachverständig, hob einen Schoß und ließ ihn bedauernd wieder fallen. »Er ist ja auch schon gar zu abgewetzt. Es wär schad fürs Geld.«

Ihr zweiter Sohn, der neben dem winzigen Öfchen saß und ›Die Reise um die Welt‹ las, kicherte ins Buch hinein, weil Falkenauge in dem Frack dem bekannten Grotesk-Filmschauspieler glich, den er im Kino gesehen hatte.

»Da müssen Sie eine Frau mitnehmen, das nächste

Mal, wenn Sie wieder Kleider kaufen«, sagte Frau Benommen, und Falkenauge blickte nach rechts.

»Wart auf mich. Ich bin in zehn Minuten wieder da.« Oskar sauste wie ein Junge die Treppe hinunter und ins »Wiener Café mit Damenkapelle«, ließ sich illustrierte Zeitschriften bringen und riß ein Blatt heraus, auf dem ein eleganter Herr im Frack abgebildet war.

Der Kaffee kostete fünfzig Pfennig. »Das fängt schon gleich mit Spesen an.« Er zog sein Notizbuch, schrieb das Wort ›Auslagen‹ und notierte die fünfzig Pfennige.

Als er zurückkam, fragte der Schreiber, den die Unruhe und der Druck von zu Hause fort zu seinen Freunden getrieben hatten: »Hast du auch den Hut?« Und da Falkenauge vollständig begriffsstutzig zurückblickte: »No, bei der Höchberger Landstraß auf dem Krautacker hat doch den ganzen letzten Sommer eine Vogelscheuche gestanden. Das war doch der Frack. Da irr ich mich doch nicht. Und oben drauf war ein steifer Hut ... Den hast du nicht?« Es gelang ihm, ernst auszusehen.

»Der Herr Widerschein muß immer seine Scherze machen«, sagte Frau Benommen tröstend. Und ihr Mann legte den eleganten Herrn auf den Tisch.

»Die Sach muß viel praktischer angepackt werden. Ihr müßt doch tadellos elegant sein. Die Fräck muß der Firnekäs machen, und zwar nach dem Modell da.«

Der Sohn unterbrach ›Die Reise um die Welt.‹ Dieses Blatt, auf dem außer dem eleganten Herrn auch ›Im Flugzeug nach dem Mars‹ abgebildet war, kannte er. Vergangenen Sonntag war er neben seinem Vater, der an den Inhaber des Cafés Schokolade hatte verkaufen wollen, auf der roten Plüschbank gesessen und hatte vergebens gebettelt, dieses Blatt herausreißen zu dürfen.

Nun trat er zurück und blickte verwirrt und scheu den Vater an, der gesagt hatte, das dürfe man nicht tun, das sei Diebstahl.

»Ich hab mir's vom Oberkellner geben lassen.« Er schnitt den ›Flug nach dem Mars‹ herunter und gab ihn seinem Sohne.

In den Städten, die an einem Flusse liegen, wählen die meisten Selbstmörder den Tod im Wasser. Sie sind am Flusse aufgewachsen, der Fluß fließt durch ihr Leben, in ihrem Blute, durch ihre Träume und nimmt sie, wenn sie nicht mehr weiterkönnen, zu sich.

Als die drei das Flußufer entlangschritten, stießen sie auf eine schwarze Gruppe, Fischer, Frauen, Kinder, die um den Rentier herumstanden, der eine Stunde vorher von der Brücke aus hinunter ins Wasser gestarrt hatte.

Jetzt lag er auf dem Pflaster, mit Stroh zugedeckt. Nur die nassen Stiefel ragten heraus. Beim Kopf stand eine rotleuchtende Laterne, es war schon dunkel.

Nachdem er fünfundvierzig Jahre Tag für Tag bis in die Nacht hinein hinter dem Schanktisch seiner kleinen Weinstube gestanden, tausende Hektoliter schoppenweise ausgeschenkt, freundlich und herablassend seine Gäste bedient und – stolzer Herrscher in seinem Reiche – unzählige Streitigkeiten geschlichtet hatte, ohne Widerspruch zu dulden, war er als siebzigjähriger Mann und achtunggebietender Besitzer eines mündelsicher angelegten Vermögens in den Ruhestand getreten und einige Jahre später, gleich Millionen Leidensgenossen vollständig verarmt, in das städtische Asyl aufgenommen worden.

»Ja, im Armenhaus konnt's der nicht aushalten. Der nicht! So ein Charakter verträgt das nicht. Da wundere ich mich gar nicht. Und wieder hinaufarbeiten können so alte Leute sich auch nicht mehr«, sagte, käseweiß geworden, Oskar Benommen und blickte hinunter auf die nassen, starrenden Stiefel wie auf ein ihm drohendes Schicksal.

Er fror im Rückenmark und spannte beim Weitergehen

energisch die Muskeln. Auf dem ganzen Wege zum Schneidermeister Firnekäs sprach er kein Wort mehr und war immer einen Schritt voraus.

Das Elefantengäßchen beginnt mit einem wuchtigen Torbogen, auf dem ein altes Haus steht. Dann wird das Gäßchen immer enger, wie ein Elefantenrüssel, und an der engsten Stelle, wo zwei nicht nebeneinander gehen können, wohnte der Schneidermeister Firnekäs, ein überaus stiller Mann, der keinem Verein angehörte, keine Freunde hatte, nie in Gesellschaft im Wirtshaus saß, wochenlang kein Wort sprach, auch nicht mit seiner Frau, und dann plötzlich, wenn etwas in ihm reif geworden war, seinen Satz demjenigen sagte, der in diesem Augenblick vor ihm stand.

Seit dreißig Jahren hatte er im ganzen Gesicht auch auf der Stirn und den verquollenen Augenlidern, einen Ausschlag, der, niemals bekämpft, zu seiner Gesichtsfarbe geworden war: ein giftiges Scharlachrot.

Herr Firnekäs saß auf dem Schneidertisch und nähte, fädelte ein, biß den Faden ab. Seine Frau brachte eine henkellose, zersprungene Schale aschgrauen Kaffees. Er sah die Aschensauce an und, sprechenden Blickes, die Frau.

»Ich kann nicht immer frischen kochen. Ich hab doch keine Zeit. Ich muß doch das Karlchen pflegen. Das Karlchen braucht viel Pflege.« Sie konnte das P nicht aussprechen. Ihre graue Gesichtshaut sank faltenbildend herab auf den riesigen Kropf. Die schiefe, immer nasse Unterlippe hing bis zum Kinn.

Dieses fünfzigjährige, zahnlose, hinkende, hautüberzogene Skelett hatte vor sieben Monaten noch ein Kind geboren und liebte es über alles.

Sie trug die graue Sauce in die Küche und goß sie wieder in den Kaffeetopf zurück, ließ Wasser in einen schwarzen Eisentiegel, warf in das kalte Wasser ein Stück

Schweinefett und gelbe Rüben, setzte das Gericht aufs Feuer und ihr Karlchen auf die Herdplatte neben das Wasserschiff.

Die dicke Nachbarin, die einen arbeitslosen Mann, vier Kinder und nichts im Küchenschrank hatte, trat in den Türrahmen und bat verlegen um einen Kochlöffel voll Mehl. Frau Firnekäs half bereitwillig den Nachbarn, die noch weniger hatten als sie.

»No, wie geht's?« fragte Oskar Benommen gepreßt und gespreizt.

»Wie es unsereinem eben jetzt gehen kann, in dieser Zeit, nicht wahr, Herr Firnekäs?« antwortete der Schreiber für den Schneider, und Falkenauge lächelte frisch und verlegen nach rechts.

Der Schneider war herabgestiegen und sagte gar nichts. Gegenwartsereignisse ergriffen ihn nicht. In ihm gingen Dinge vor und reiften, die er auf seine Weise empfand und nicht mit dem Kopfe kontrollierte. Das Zentimetermaß hing wie eine Kette um seinen Hals. Er war ein arbeitsamer Mann, hatte viele Außenstände, verließ aber nur nach Ablauf einer gewissen Zeit, wenn er innerlich soweit war, im selben Augenblick den Schneidertisch, ging zu einem Schuldner und vertrank das einkassierte Geld auf einen Sitz.

Oskar Benommen erklärte Herrn Firnekäs, der in seinem Leben noch keinen Frack gemacht hatte, daß sie vier besonders elegante Fräcke brauchten, die sie nicht gleich bezahlen könnten. Auch Falkenauge redete dazwischen. Und der Schreiber sagte überzeugten Tones: »Ach, die macht uns Herr Firnekäs schon.«

Der Schneider blickte still und lebendig und sagte gar nichts, hörte die Beteuerungen gar nicht; er nahm Maß.

Da ertönte in der Küche Karlchens Gebrüll, und plötzlich deutete Herr Firnekäs zur Tür und sagte, die Augen vor Zorn verglast, dabei aber still und scheinbar sanft seinen Satz: »Sie wird das Karlchen noch zu Tode pflegen.«

Frau Firnekäs riß das brüllende Karlchen schimpfend von der heißen Herdplatte herunter und strich ihm das verbrannte Hinterchen mit Salatöl ein.

Zweites Kapitel

Hans Lux saß reglos am Küchentisch, das Gemüsemesser in der Hand, und starrte auf die geschälten Kartoffeln, neben denen das Telegramm aus Hamburg lag.

Seine Tante hatte gedrahtet, daß sie am Donnerstag mit dem Abendzuge eintreffen werde. Sie war sechsundzwanzig Jahre im Staate Ohio gewesen.

Am Herd lehnte Frau Lux. Sie hatte dunkle Feueraugen, ein fremdes Gesicht, nußfarben und glatt, wie geölt, große, dunkelrote Lippen und eine geschmeidige Gestalt. Sie sah aus wie ein junges Malaienmädchen und war schon fünfunddreißig. Ihre Kinder hatten feingliedrige, dünne, dunkelbraune Hände.

Hans Lux, dessen Mutter im Wochenbett gestorben war, hatte seine Kindheit bei der Tante verbracht. Die war mit einem Holzhacker verheiratet gewesen. Sie hatte ihm bei der Arbeit geholfen und war unermüdlich fleißig und viel kräftiger gewesen als ihr schon älterer, gutmütiger Mann. Er hatte in den Abendstunden Lämmchen und Pferdchen aus hartem Buchenholz für den kleinen Hans geschnitzt.

Die Tante hatte den Säugling mit auf die Arbeit genommen und ihn in den Reservesägebock gelegt, der auch zu Hause seine Wiege gewesen war. Der Mann sägte, sie spaltete das Holz, abends trugen sie es gemeinsam ins Haus, Tag für Tag, sechsunddreißig Jahre lang, bis ein Schlaganfall den Mann auf das Sterbebett legte. Er war vollkommen gelähmt und hatte Sprache und Gehör verloren.

Während der ganzen letzten Woche hatte die Tante am

Sterbebett gesessen und ihr Trauerkleid für die bevorstehende Beerdigung geschneidert. Der Sterbende sah zu. Er konnte nur noch blicken. Sie nähte den schwarzen Flor an den Hut und erklärte, als Hans Lux meinte, diese Arbeit könnte sie doch im Nebenzimmer tun: »Er stirbt ja doch.«

Der Sterbende, der nicht sprechen und sich nicht rühren konnte, vollständig wehrlos war, starrte ununterbrochen seine Frau an, in biblisch furchtbarem Zorn, und stieß grauenvolle Töne aus. Sie nähte weiter. Das Nähzeug und die Teile des Trauerkleides lagen auf seinem Deckbett.

Als er tot im Kissen versank, war auch das Kleid fertig, ihr altes schwarzes Hochzeitskleid, das sie nur geändert und weitergemacht hatte.

Um dieselbe Zeit hatte sie von ihrem Jugendgeliebten, der, aus Angst vor ihr, nach Amerika durchgebrannt war, einen Brief erhalten: wenn sie ihn jetzt noch haben wolle, solle sie kommen. Er besitze eine große Farm mit vielen Ställen und mehr Vieh und Pferden als hundert Bauern in der Heimat, dazu Petroleumquellen, die allein seit vielen Jahren monatlich viertausend Dollar einbrächten.

Die Sechsundfünfzigjährige war hinübergereist, hatte den noch um zehn Jahre älteren und ebenfalls verwitweten Farmer, dessen Familie aus neun Söhnen, Schwiegertöchtern und einer Schar Enkeln bestand, geheiratet und wollte nun, nachdem auch ihr Jugendgeliebter gestorben war, nach sechsundzwanzig Jahren, am Donnerstag mit dem Abendzug in Würzburg wieder eintreffen, um, wie sie im letzten Briefe geschrieben hatte, einst in der Heimaterde begraben zu werden. Sie werde niemand zur Last fallen. Denn sie habe sechstausend Mark zu verleben.

Hans Lux studierte noch einmal sorgfältig das Telegramm, Datum, Aufgabezeit und -ort, las immer wieder den Text. »Das stimmt. Das stimmt alles ganz genau.

Also, die kommt.« Und griff nach dem Briefe. »Sechstausend Mark... Das macht ja gleich im Monat fünfhundert. Ein Heidengeld! Also und, also wahrhaftig, also, das kann sie gar nicht aufbrauchen.«

Seine Frau, die allen Ereignissen gegenüber so ruhig blieb, als könnten nur die Sonne und der Duft eines anderen Erdteils sie erregen, machte eine geschmeidige Hüftbewegung und blickte so warm, wie sie war und aussah, auf ihren Mann. »Und wenn es überhaupt nur sechstausend Mark wären? Ich meine, wenn das ihr ganzes Geld wäre und nicht die Zinsen?... Der Farmer hatte doch von seiner ersten Frau neun Söhne, die ihr Erbteil bekommen mußten.«

»Aber die Riesenfarm? Und die tausend Küh und Gäul? Und die Petroleumquellen, hn, die Petroleumquellen? Viertausend Dollar monatlich! Das sind ja gleich sechzehntausend Mark monatlich, viele Jahre lang. Und das Getreide bringe auch nicht wenig ein, hat sie letzhin geschrieben. Und also und, und der Grund steige jedes Jahr im Preis!«

Auch Frau Lux bezweifelte jetzt, daß die sechstausend Mark nur das Kapital seien. Und doch blickte und lächelte sie so ruhig wie vorher.

»Also, noch den morgigen Tag! Dann ist sie da. Zweiundachtzig Jahr alt ist sie. Also, die lebt nimmer lang.« Er schnitt aus Pappendeckel eine große Scheibe heraus und malte mit Rotstift das Wort ›Willkommen‹ darauf. Nachdem er sorgfältig noch alle Ecken weggeschnipselt und die Scheibe immer wieder weit von sich gehalten hatte, prüfend und visierend, ob sie tadellos rund sei, malte er noch ein dickes Ausrufezeichen, rief aufgeregt: »Meinen Hut! Schnell, meinen Hut!« und sauste ohne Hut hinaus, um bei seinem Freunde Theobald Kletterer Kranz und Girlande aus Tannengrün für den Willkommensgruß zu holen.

Frau Lux ging in die Stube, den Hut zu suchen, der auf der Kommode lag, neben der armlangen, schwarzlackierten, genauen Nachbildung einer achträderigen Schnellzugslokomotive, deren präzis gearbeitete Maschine mit Manometer, Dampfpfeife, vernickelten Sicherheitsventilen und allem Gestänge versehen, mit Spiritus unter Dampf zu setzen und stark genug war, die Nähmaschine der Hausfrau zu treiben.

Hans Lux hatte sie im Laufe vieler Jahre in den Abendstunden gebaut, sich lange nicht entschließen können, sie zu verkaufen, und als er sie, notgezwungen, verkaufen wollte, keinen Abnehmer gefunden.

Sie trat ans Fenster und sah strahlenden Blickes dem leichten Hütchen nach, das aus dem vierten Stock schräg und schön durch Sonne und blaue Luft hinabschwebte, Hans Lux in die Arme.

Von diesem Fenster aus konnte Frau Lux weithin das Maintal, das glänzend blaue Band, die noch märzgrauen Rebhügel und auch Theobald Kletterers flach hingebreiteten Gemüsegarten überblicken. Die Mistbeetfenster blitzten in der Sonne.

Hans Lux schlug wie eine Bombe ein in den stillen Garten.

»Also und, einen Kranz brauch ich.« Er tastete, kranzbildend, locker um die Scheibe herum. »Aber schnell! Aber gleich! Und auch noch so eine schöne Girlande!« Seine Rechte zeichnete flatternd die geschwungene Linie der Girlande. Dazu mußte er in die Kniebeuge.

Bastfäden hingen um den Hals des Gärtners, der Rosenstöcke gebunden hatte und jetzt die Stämmchen seiner Zwetschgenbäume bis zum Astansatz mit Kalk bestrich. Sein tiefbraunes Gesicht war noch glatt, nur an den Augen entstanden Fältchen, wenn er lächelte, und er lächelte immer.

Theobald Kletterer blickte aus seinem ruhevollen, ganz

erfüllten Lebensmittag allen Menschen ein wenig übertrieben gerad und offen in die Augen. Jeder Maler für Familienzeitschriften hätte ihn, ohne das Profil auch nur zu prüfen, en face porträtiert, mit großem Strohhut, offenem Hemd und offenem Blick, so, wie er vor dem Freunde stand, und darunter geschrieben: ›Der Gärtner‹.

In seiner Jugend hatte er Schauspieler werden wollen und hatte später sein sehnsüchtiges Herz ganz und gar beruhigt als Heldendarsteller bei den Vereinsaufführungen. Er war seinem Ideal treu geblieben – er trug keinen Bart.

»Dein Schwager war heut auch schon da und hat Tannengrün für einen Willkommensgruß geholt . . . Euch steht, nicht wahr, ja heute eine hohe Freude noch bevor! Eine liebe Anverwandte kehrt zurück aus weiter Ferne.«

»Also und, hohe Freude? Wem? Ihm? Wenn er sich da hineinmischt, ich sag dir, dann ist's aus.«

»Er sagt, er hat ein Telegramm bekommen. Die alte Frau soll bei ihm wohnen.«

»Wahrhaftig?«

Die Frau des Gärtners – sie kniete nebenan am Beet und zog Radieschen aus der schwarzen Erde –, eine Lehrerstochter, immer noch frisch, nur etwas breit geworden, die ihren Mann aus Liebe und aus Liebe zur Kunst geheiratet hatte und sehr bald eine tüchtige Geschäfts- und Hausfrau geworden, aber dennoch darauf bedacht geblieben war, nicht zu rühren an den Lebenstraum des Gärtners, begann plötzlich glockenhell zu lachen über den Kampf um die Tante. Den hatte sie schon am Morgen im Gespräch mit dem Schwager kommen sehen.

»Wer ist bei ihr aufgewachsen? Er vielleicht! Der hat sie ja noch nie gesehen . . . Ich habe schon einen Rohrsessel für die Alte gekauft, fast neu.«

»Hier deine Schwester – und hier du! Die Wahl, sie ist

bei ihr«, sagte Theobald Kletterer wie auf der Bühne und ging voran, den Kranz zu binden.

Ein Salatbeet unter Glas, Kopf dicht an Kopf, leuchtete frisch in den Märzmorgen. Auf vielen Beeten, schön geebnet, waren erst die flimmerzarten Spitzen der Pflanzen zu sehen. Auf anderen, kreuz und quer bespannt mit Bindfaden, an dem Papierstreifen im Luftzug zitterten, die Sperlinge zu verscheuchen, lag noch der Samen.

Schon sproßten auf einem kleinen Hügel inmitten des Gartens, zwischen altem braunen Laube, Schneeglöckchen und Veilchen hervor. Die Sonne sog die Kälte aus der Erde und öffnete hier und dort schon die Blattknospen an den Sträuchern. In den Nächten fröstelte der Garten noch.

Hanna Lux, noch nicht sechzehn, kam zwischen den Beeten auf dem nur zwanzig Zentimeter breiten Pfädchen, breit genug für das sichere Spiel ihrer dünnen Fesseln, durch den Märzgarten, knappen Ganges, als schreite sie nach Rhythmen nur von ihr vernommener Musik. Sie trug ein langärmeliges, rotes Wollwämschen, fest anliegend, das die dünnen Arme vom Körper trennte, und einen sehr weiten, zu schweren, schwarzen Wollrock, der bei jedem Schritt tief zwischen die Beine schlug.

Das Hälschen, dünn, rund, hoch, schien bewußt den schläfenschmalen Kopf zu tragen. Die Haut, im Grundton rosa, hatte einen nußgrünen Schimmer, und die heißen Wimpern verhießen, daß der etwas zu große Mund bald dunkelrot werden würde.

Hanna sah aus und war und ging, als ob die ewige Last der Menschheit und des Lebens, ohnmächtig an ihr abgeglitten wäre – ein fremdes Glückskind, dessen strenge Anmut den Blick jedes Menschen mäßigen und besänftigen mußte.

Sie brauche Geld für Mehl und Zucker.

»Also und, schon wieder?«

Hanna gab keine Antwort, hielt nur weiter die Hand vorgestreckt und lächelte dabei seitwärts zur Frau des Gärtners hinüber, zog dann das Markstück mit dem dünnen, gelenkigen Daumen in das Handinnere, das rosa und viel heller war als der braune Rücken, und schloß die Finger, deren Spitzen jetzt über den Handansatz hinausreichten. Eine Sekunde schien sie sich zu besinnen. Plötzlich verschwand sie im Gärtnerhaus.

Sie sprang, zwei Stufen um zwei Stufen nehmend, vorgebeugt im Fluge hinauf und stand, das Bastkörbchen in der Hand, dünn und fremd und ganz vertraut mit der Sekunde, im Türrahmen. »Komm mit!«

Thomas Kletterer hatte das Abiturientenexamen gemacht, spielend leicht, wie alles, was mit dem Kopfe allein zu bewältigen war, besuchte gewissenhaft die Universitätskollegien, las viel und experimentierte im Garten. Er war neunzehn und so nebenher ein tüchtiger Gärtner geworden. Auf einem Streifen besten Bodens, den er durch eigene Methoden noch sehr verbessert hatte, wollte er fünf Jahresernten erzielen.

Philosophische, nationalökonomische und Schriften über modernen Gartenbau lagen neben und zwischen Samenproben und Blumenzwiebeln auf der ungestrichenen Tannenholztafel, die, ruhend auf zwei Böcken, die ganze Breite des Riesenfensters einnahm. Hinter einem Vorhang stand das Feldbett. Der Raum war früher ein Wintergarten gewesen und zu Thomas Studierzimmer umgewandelt worden. Die Sonne fiel breit herein.

Zuweilen las er nicht, gärtnerte nicht, ging nicht ins Kolleg, sondern dachte nur an Hanna, streunte in den Wäldern und am Fluß umher, lag im Boote auf dem Wasser und dachte an sie. In bezug auf Hanna hatte er seine eigene Methode, mit dem Kopfe zu fühlen und mit dem Herzen zu denken. Da war alles eins.

Aber wieviel und wie ausschließlich er auch an sie dachte, das Wort gelang ihm nicht. Seine Lippen ließen das große Wort nicht durch. So wie die andern konnte er nicht sprechen und auch nicht, wie es in den Liebesgeschichten stand.

Er konnte nur ihren hohen, kindlich geteilten Nacken ansehen oder zu ihr sagen: »An deinem Wolljäckchen ist eine Masche aufgegangen.« Das hieß dann: ich liebe dich.

Nur ein einziges Mal, in der vorigen Woche, um zwölf Uhr mittags – sie gingen im sonnigen, silbernden Birkenwäldchen spazieren – hatte das Glück den langen Weg gerade schon bis zu den Lippen zurückgelegt, da war sie, beide Hände auf den Ohren, fühlend, daß er es sagen wollte, davongerast durch die Allee, wie ein dünner Windstoß, und verschwunden.

Jetzt, nach fünf Tagen, sah er sie das erstemal wieder.

Sie saß schräg und spitz auf der Tischkante und pendelte mit dem rechten Bein, dessen Fußspitze die Strahmatte streifte. Sie blickte und tat, nicht ganz unbewußt, so kindlich wie eine Zehnjährige, zu der noch niemand sagen konnte: Ich liebe dich. Es schien, als wollte sie das Erlebnis im Birkenwäldchen erst vollkommen auslöschen und ungeschehen machen, bevor sie den Verkehr wieder beginne. Das war die Angst ihres Herzens.

Und Thomas, der in seinem Gartenzimmer mit dem Kopfe längst über die Interessen seiner Altersgenossen und über die Heimatstadt hinausgewachsen war, dessen Gefühl zu Hanna aber unter dem unentrinnbaren Gesetze der Empfindsamkeit stand, konnte für seine Herzensangst gar nicht schnell genug ein Junge werden, der mit dem Nachbarskind zum Händler geht, um Zukker einzukaufen.

Wenn sie in einem knappen Kleidchen aus Rohseide, mit einer großen Blume an der Schulter, ganz oben an der Schulter, auf dem Promenadendeck eines Luxusdampfers spazierengehen würde – kein Mädchen auf der Welt könnte so ergreifend schön aussehen wie sie, dachte er und sagte: »Aber wir holen den Zucker bei Heilmann!«

Das Geschäft von Heilmann lag weit in der Stadt. Hanna war befriedigt. Sein Wunsch, möglichst lange mit ihr zu sein, diese Art, ihr seine Liebe mitzuteilen, gefiel ihr und ängstigte sie nicht.

Ausgelassen schleuderte sie beide Beine vor, den Oberkörper nach und stand eine Sekunde balancierend auf den Zehen.

»Also, hast du dir's jetzt überlegt, also, ich mein, mit unserem Quartett?« fragte Hans Lux, dessen Willkommensgruß schon mit Kranz und Girlande versehen war.

»Natürlich singst du mit«, sagte aufmunternd Frau Kletterer, die ihrem Manne diesen Ausflug auf die Bretter erleichtern wollte, überzeugt, daß er deswegen nicht eine Stunde seinen Garten vergessen und nicht einen Salatkopf weniger ernten und verkaufen würde.

»Bin ich der Mann, der je den Dienst verweigert an Kunst und an der Freundschaft?« Und diesmal lächelte er nicht.

»Ich hab nur geglaubt, weil du's doch gar nicht nötig hast.«

Das Liebespaar ging durch die kahle Kastanienallee. An den Astenden waren schon die dicken, braunen, harzigen, noch ganz geschlossenen Knospen. Zwei Amseln, jede in ihrem Wipfel, pfiffen abwechselnd.

Plötzlich stürzten beide gleichzeitig aus ihrer Höhe herab vor dem Liebespaar zu Boden, fast zu Boden, und landeten nach schönem Aufwärtsschwunge im alten Soldatenfriedhof, in dem die Gefallenen von 1866 verwesten. Dort lag eine dicke, feuchte Decke vieljährigen Laubes, unter der es viele Würmer gab.

Hanna deutete auf ein Paar Schuhe von sich, die im

Bastkörbchen lagen. »Die kannst du heute nachmittag für mich abholen beim Schuster.«

Er sagte: »Groß sind die Schuhchen nicht.« Das bedeutete wieder etwas ganz anderes.

Er zupfte eine Flaumfeder, die angeflogen war, von ihrer schmalen Hüfte, mußte die Feder aus einer tiefen Falte herausfingern. Hanna fühlte die Hand.

Als er sich wieder aufrichtete, traf ihn den Bruchteil einer Sekunde der Blick ihrer fremden, heißen Augen. Noch nie hatten seine Lippen den Mund der Geliebten berührt.

In Herrn Heilmanns Laden stand seit dreißig Jahren derselbe dicke, warme Geruch von Lackfirnis, Nelken, und Zimt, Petroleum, Hutzucker und alten Schubladen. So roch auch Herr Heilmann, selbst dann, wenn er stundenlang in kalter Luft gewesen war.

Dick und großmächtig, mit weißem Riesenbart, der bis zum Bauchbändel seiner öl- und fettglänzenden Küchenschürze reichte, stand er, lächelnd wie ein Vater aller Kinder, hinterm Ladentisch, dessen Kante von den Millionen Handgriffen der Kunden rundgewetzt war. Er trug eine Hornbrille und hieß in der Stadt »Heiliger Petrus«.

Ein kleines Mädchen, Mund noch unter, Nase schon über der Tischkante, erhob sich auf eine Fußspitze, das ganze Körperchen nach links geneigt, patschte das Geldstück auf den Ladentisch und sagte: »Um fünf Pfennig Elefantenflöh.«

Herr Heilmann beugte sich herüber, tippte breit schmunzelnd mit dem dicken Zeigefinger auf das Näschen und füllte die Tüte mit den weißen Zuckerkugeln, die so groß wie Mottenkugeln waren und auch so aussahen.

»Mögen Sie auch Elefantenflöh?«

Hanna hielt die Hand hohl und ordnete mit dem

gelenkigen Daumen derselben Hand die Elefantenflöhe zu einem Häufchen.

Vor dem Laden stand eine Frau, versorgt, vergrämt, den deckellosen, leeren Henkelkorb am Arm und betrachtete die Waren. Sie wagte nicht, einzutreten. Der »Heilige Petrus« gab keinen Kredit.

Als das Liebespaar durch eine nicht zwei Meter breite, bucklige, schimmelgrüne Gasse, die zum Flusse führte, heimwärts eilte – er einen halben Schritt hinter ihr –, sah es aus, als wäre Thomas in eine ferne Hafenstadt verschlagen worden und bemühte sich, die Gunst eines Malaienmädchens zu erringen.

Und hier – die Gasse war gebogen, sie sahen noch nicht den Lichtausschnitt, wo der sonnige Quai begann – geschah es, daß Hanna plötzlich anhielt, unvermittelt seine Hand nahm und sie sich auf den Nacken legte. So blieb sie stehen, Atemzüge lang, den Nacken tief gebeugt unter seiner zitternden Hand.

Am Abend desselben Tages verließ Oskar Benommen, ohne seiner Frau Antwort zu geben, wohin er gehe, die Dachstube, begleitet von seinem schmutzigen Wollpudel. Vor dem Hause begegnete er dem Polizeiwachtmeister, der jahrelang regelmäßig seinen Schoppen im ›Schwarzen Walfisch zu Askalon‹ getrunken hatte.

Der Wachtmeister sagte: »Guten Abend, Herr Benommen«, in einem Tone, in dem das ganze mitleidsvolle Verständnis für einen Mann, der alles verloren hatte, enthalten war, hob dabei den Rockschoß, zog die Uhr, die an einer dicken Nickelkette hing, aus der Hosentasche und richtete sie. Die Turmuhr hatte soeben halb acht geschlagen.

Oskar schritt vorbei am ›Walfisch‹, ohne hinzusehen. Er konnte nicht hinsehen. Er schritt über die alte Brücke. Viele Arbeiter, die aus der Werkstatt kamen, grüßten ihn und auch einige gutsituierte Bürger, die etwas übertrieben freundlich den Hut zogen.

Kurz vor dem Hause des Schreibers, das halb noch auf der Brücke stand, eilte er die Brückentreppe hinab, mit langen Schritten den Quai hinauf und bog links ein in das stille und schon dunkle, schimmelgrüne Gäßchen, in dem der Munitionsladen der Witwe war.

In diesem Haus wohnte links parterre Herr Molitor, den die kleinen Leute von Würzburg für den filzigsten Geizhals und für den reichsten Mann der Welt hielten. Er gönne sich das Essen nicht und zähle seiner Aufwartefrau die Bohnen für den Morgenkaffee einzeln auf die Hand, obwohl sein Kassenschrank mit Geld vollgestopft sei.

Herr Molitor, ein zwei Meter hoher, lattendürrer Siebziger mit Adlernase, Goldbrille und einem Schnurrbart, der bis zum Liegkragen herunterhing, hauste seit Menschengedenken allein in seiner Wohnung. Er machte Geldgeschäfte verschiedenster Art und hatte auch die Wechsel von Oskar Benommen aufgekauft, die Prolongierung verweigert und so Haus und Weinwirtschaft billig an sich gebracht.

Außer ihm wohnte nur noch die Witwe in dem einstöckigen Häuschen. Oben befanden sich die Büroräume einer Weinhandlung, die um sechs Uhr geschlossen wurden.

Falkenauge saß im dunklen Hinterzimmer der Witwe vor einem Teller voll Blut- und Leberwurst. Durch das Schiebefenster in der Rückwand fiel aus der Werkstatt Licht herein. Das ohrenbetäubende Rauschen der Lötlampe machte eine Unterhaltung unmöglich. Der junge Büchsenmacher lötete mit Hartlot eine Wildfalle, die anderntags abgeliefert werden mußte.

Vor dem Hause zögerte Oskar noch einige Sekunden, spielte nervös mit der Hundepeitsche, deren Griff aus einer großen, lederüberzogenen Bleikugel bestand, und sprang, plötzlich entschlossen, die drei Steinstufen hinauf.

Herrn Molitors Wohnungstür stand weit offen. Oskar läutete, wartete, läutete, horchte auf das Rauschen der Lötlampe und trat in Molitors Wohnung.

Minuten später sürzte er verstört aus dem Hause und raste dicht an den Häuschen entlang durch die gebogene, menschenleere Gasse zum nachtschwarzen Quai, angesprungen von seinem Pudel, der, begeistert über die ungewohnte Spielfreudigkeit seines Herrn, den Weg dreimal machte.

»Da ist keine Sekunde zu verlieren. Keine Sekunde!«

Er riß die Uhr heraus. Sein schreckverzerrtes Gesicht zuckte. Der Hut saß schief und tief. Er warf, um sein Rennen zu motivieren, einen Stein voraus, den der Pudel apportierte, schleuderte im Rennen immer wieder den Stein, bis die alte Brücke und des Schreibers Haus in Sicht kamen. Kein Mensch war ihm begegnet.

Vor der Wohnungstür traf er den Schreiber, der eben nach Hause kam und mit dem Keuchenden zusammen ins Zimmer trat.

»Deine Treppe ist ja die reinste Leiter, so steil.«

»Da haben Sie recht, Herr Benommen. Ich geh gar nicht mehr hinunter, wenn ich nicht unbedingt muß«, sagte die Frau und ließ sich mühsam an der Tischdecke nieder.

»Hohaho, wir werden alt! Wenn sogar du schon so schnaufst wegen der paar Treppen.!«

»Ich komm grad von daheim.« Oskar sah auf den Regulator. »Es ist jetzt noch nicht ganz dreiviertel acht. Ich hab – vier Minuten fehlen noch – ich hab gedacht, wir könnten noch schnell zum Firnekäs. Die Fräck müssen doch schon fertig sein.«

»Darüber brauchst du dich doch nit so aufzuregen. Ich

reg mich über nichts mehr auf... Wir könnten zuerst Falkenauge abholen. Der ist sicher daheim, wenn er nicht bei seiner Munitionswitwe hockt.«

Falkenauge, der sich soeben von der Witwe verabschiedet hatte, stand noch im Hausflur, unschlüssig und ärgerlich über sich, weil er wieder nicht den Mut gefunden hatte, die entscheidende Frage auszusprechen. Aber ich hätte ja auch brüllen müssen. Diese verfluchte Lötlampe! Er horchte auf das Rauschen. Ich sag's ihr morgen. Oder soll ich's gleich sagen? dachte er und blieb stehen.

Nach einigen Minuten öffnete die Witwe die Wohnungstür und prallte zurück vor Falkenauge. Sein Kopf zuckte nach rechts. »Ich komme morgen wieder.« Er hob den Arm zum Gruße wie ein Artist und sprang die drei Steinstufen hinunter.

Die Witwe blickte begriffsstutzig Herrn Molitors weitoffenstehende Wohnungstür an, die, versehen mit mehreren Sicherheitsschlössern, seit zwanzig Jahren immer wie die Tür einer Grabesgruft verschlossen gewesen war, und ging in den Hof und von hier in die Werkstatt, nachzusehen, ob die Wildfalle fertig sei.

Als eine halbe Stunde später die alte Aufwartefrau des Herrn Molitor die Wohnung betrat, um das Abendessen zu richten, fand sie ihren Herrn in einer Blutlache tot auf dem Fußboden vor dem offenen Kassenschrank.

Oskar und der Schreiber begegneten Falkenauge, der vor Herrn Heilmanns Laden stand, und nahmen ihn mit zu Firnekäs.

Der Schneider hockte auf dem Arbeitstisch und zog die weißen Heftfäden aus der Frackhose, die für den Schreiber bestimmt war. Die Fräcke hatte er verschnitten und noch gar nicht zu nähen begonnen.

Oskar saß geistesabwesend am Fenster, beschnuppert von seinem Pudel, der leise wimmerte. Frau Firnekäs stand strahlend dabei, die Hände auf dem vorstehenden Leib.

Unvermittelt fuhr Oskar vom Stuhl auf. »Wir wollten ja nur einmal sehen, wie weit Sie sind ... Gehen wir!«

Auf dem Rückweg begegneten sie Thomas, der in eine Versammlung ging. Er war Mitglied der Arbeiterpartei. »Kommen die Herren vielleicht mit? Heut hält ein Berliner Abgeordneter ein Referat über die Wirtschaftskrise. Sicher sehr interessant!«

»Das nützt uns auch nichts, Herr Kletterer, so ein Referat.«

»Um was die jungen Kerle sich heutzutage kümmern. Wie wir so alt waren, da haben wir uns überhaupt nur um die Mädchen gekümmert. Und dir geht's heut noch so, nicht wahr, Falkenauge?«

Der Schreiber bekam keine Antwort. Falkenauge setzte im Geiste den Brief auf, den er an die Witwe schreiben wollte, begann immer wieder ›Liebe Frau Julie ...‹ und kam nicht weiter. Plötzlich sah er seine verstorbene Frau in ihrem grauen Kleide auf sich zukommen und sah ganz deutlich, wie sie zustimmend und liebevoll mit dem Kopf nickte.

Oskar raffte alle Willenskraft zusammen, um ruhig zu erscheinen. Er durchdachte immer wieder alle Einzelheiten. ›Es war schon ganz dunkel in der Gasse. Gesehen hat mich niemand.‹ Er hatte, verkrampft in Angst und Grauen, das Gefühl, daß sein ganzes Leben zusammenbrechen müsse, wenn er nur ein einziges unbedachtes Wort aussprechen würde. ›Ich hab doch nichts dort zurückgelassen?‹

Da packte er des Schreibers Arm. »Um Gottes willen, bleib da!«

Der Schreiber riß sich los und eilte voraus. »Da ist etwas passiert.«

Das ganze Gäßchen stand voll Menschen. Spaziergänger, die gemächlich durch die Hauptstraße schlenderten, blieben verdutzt stehen und begannen zu springen, auf Herrn Molitors Haus zu. Kinder versuchten zwischen den Beinen der Erwachsenen durchzukriechen und wurden immer wieder zurückgetrieben.

Vier Polizisten bewachten die Haustür. Die Neugierigen standen, Hände in den Hosentaschen, mauerfest auf gespreizten Beinen, entschlossen, nicht eher von der Stelle zu weichen, bis sie alles wußten. Es wurde nur geflüstert.

»Ach, da hat sich wahrscheinlich ein kleines Kind verlaufen. Die Würzburger bleiben ja stehen, wenn eine Fliege das Bein bricht«, sagte der Schreiber.

»Ja, Fliege! Die haben den Molitor umgebracht«, erklärte flüsternd ein junger Magistratsbeamter, der einen Klumpfuß hatte.

»Wer hat ihn umgebracht?«

Eine Alte mit Kopftuch und Henkelkorb beugte sich zum Schreiber und sprach erregt mit beiden Händen mit: »Und eine Million haben sie geraubt. Aber man weiß ja noch nicht, wer.«

»Eine nur? Mindestens zwei! Das weiß ich besser.«

»Wir waren zuerst da«, sagten sie zu Falkenauge, der durch wollte.

»Laßt mich durch, da wohnt meine Braut.«

»Mi ... mi ... misch dich nicht hinein«, sagte Oskar, weiß bis in die Lippen und das erstemal in seinem Leben stotternd.

Falkenauge war nicht zu halten. Sie ließen ihn durch.

Oskar wußte nicht, ob er stehenbleiben oder weitergehen solle. Beides schien ihm gleich gefährlich. Plötzlich verließ alles Blut sein Herz, der ganze Oberkörper wurde kalt: er stürzte durch die Gasse zum Quai, sprang ins Wasser, versank – und stand dabei eingekeilt reglos auf dem Pflaster.

Erst als der Pudel spielend nach der Hundepeitsche biß, wurde ihm wieder bewußt, daß er sie in der Hand hielt und nicht in Herrn Molitors Wohnung zurückgelassen hatte.

Auch der »Heilige Petrus« eilte herbei, in seiner Ladenschürze, Mund offen, so rund wie seine Hornbrille, Kopf so tief im Nacken, daß der riesige Bart in einem Bogen hing wie der Schweif eines Schimmels. Er wurde von vielen gleichzeitig aufgeklärt, und auch die Widerspenstigsten machten Platz, damit er in die erste Reihe gelangen konnte.

Dann standen sie wieder so dicht, daß sich keiner zu rühren vermochte. Nur vor dem Hause gegenüber war ein Kreis freigeblieben. Da wohnte im ersten Stock ein alter Mann, der seit zwanzig Jahren von früh neun bis abends neun am Fenster saß und jede Minute zweimal auf die Straße spuckte. Er hatte einen chronischen Rachenkartarrh und beobachtete von seinem Fenster aus jede Mücke, die durch die Gasse flog.

Auch auf der Schale des Heiligenbrunnens am Eingang der Gasse standen reglos wie Figuren drei Männer und ein Mädchen. Auf dem Kopfe des Heiligen hockte Oskars jüngster Sohn. Es war ganz dunkel und still. Nur das Räuspern des Alten am Fenster ertönte jede Minute zweimal. Am Himmel hingen schon die Sterne.

Plötzlich entstand ein Gedränge, die Menge wogte, wich schiebend auseinander, ein Schutzmann drückte sich durch. »Wir haben ihn schon!« Und rannte zur nahen Polizeiwache.

Die drei Männer und das Mädchen wurden lebendig und sprangen von der Brunnenschale herunter. Oskars Junge blieb hocken auf dem Kopfe des überlebensgroßen Heiligen, der mit der Rechten ein Kruzifix beschwörend hochhielt, umklammerte das Kruzifix und reckte das Hälschen. Alle reckten die Hälse im entstehenden

Gemurmel und wichen unwillkürlich zurück, in der Meinung, der Raubmörder würde abgeführt werden.

Falkenauge stand im Hinterzimmer zwischen zwei Polizisten. Der Kriminalkommissar saß, die Schnupftabaksdose in der Hand, am Tisch unter der Hängelampe. Die Witwe lehnte, Hände unterm Kinn gefaltet, fassungslos an der Rückwand beim Schiebefenster, neben ihr der junge Büchsenmacher.

Sie hatte angegeben, daß Falkenauge, als sie fünf Minuten nach seinem Fortgehen die Wohnungstür geöffnet habe, noch im Flur gestanden sei neben Herrn Molitors weit offener Tür.

Der junge Schutzmann – er hatte ein winziges Bubengesicht und fast weiße Brauen und Wimpern – kam mit den Handfesseln zurück und meldete, daß der Herr Untersuchungsrichter schon benachrichtigt sei.

»Herr Manger«, sagte bedauernd der Kriminalkommissar, der jahrelang das Sohlenleder für seine Schuhe bei Falkenauge gekauft hatte, »wir müssen Sie festnehmen. Die Sache liegt verzwickt.« Er schob die Dose in die Rocktasche und stand achselzuckend auf.

Der Schutzmann sagte: »Sie müssen sich umdrehen.« Dann hob er mit einer gewissen Vorsicht erst den linken, dann den rechten Arm Falkenauges nach hinten, kreuzte die Hände, zupfte und drückte daran, als verschnüre er sorgfältig ein Paket, und legte die Fesseln an. Falkenauge war der erste Verbrecher, den der junge Schutzmann fesselte.

»Sie müssen gleich zum Herrn Untersuchungsrichter kommen«, sagte der Kommissar zum Büchsenmacher. Er hatte die Schnupftabaksdose schon wieder in der Hand. »Und Sie müssen auch gleich mitgehen, Frau Julie.«

Die Witwe schwankte auf einen Stuhl zu.

»Brauchen sich nicht zu ängstigen. Ihnen passiert nichts.«

Sie legte die Hand auf das tobende Herz. Ihr war schon genug passiert.

Als Falkenauge versuchte, den Arm zum Gruße zu heben wie ein Artist, bemerkte er erst wieder, daß er gefesselt war. Die Witwe starrte ihm nach. Er schritt vorbei an Herrn Molitors versiegelter Tür, wo zwei Schutzleute standen, und stieg etwas unbeholfen die drei Steinstufen hinunter.

Die Menge hatte schon eine Gasse gebildet. Keiner rührte sich. Es war ganz still. Plötzlich rief jemand: »Das ist ja der verkrachte Lederhändler!«

Da warf Falkenauge den Kopf rechtsaufwärts und schritt, Mund frisch gespitzt, die Schultern vor und rückwärts schiebend wie einer, dem nichts passieren und alles gleich sein kann, verlegen lächelnd durch die schwarze, stumme Menschengasse, die sofort aus allen Fugen ging. Keiner blieb zurück.

»Oh, Falkenauge!« sagte, von Mitleid ergriffen, einer aus der Menge, der es nicht glaubte.

Oskar, gedrängt und gepufft, blieb stehen. Der Schreiber hatte den Mund noch nicht wieder zubekommen. »Verstehst du das?« Er wußte nicht, ob er lachen solle.

Oskars hautblondes Schnurrbärtchen zitterte. »Ich versteh nichts. Ich versteh nichts. Gehn wir! Gehn wir! Da kommst du – gehen wir! –, da kommst du in was hinein und weißt nicht, wie.«

»Also, so ein Blödsinn! Falkenauge, der das Angeln aufgegeben hat, weil ihm die Fisch leid tun, wenn sie am Haken hängen! Schau dir diese Rotte an ... Und was wird denn jetzt aus unserem Quartett? Wenn die einmal einen haben, lassen sie ihn nicht so schnell wieder los.«

»Ja, Herr Manger, was machen denn Sie so für Sachen!« Der Untersuchungsrichter, der hinter dem Schreibtisch saß, schob die Goldbrille auf die Stirn und lächelte ungläubig. »Setzen Sie sich, so«, sagte er zur

Witwe. Und zum Schutzmann: »Nehmen Sie einmal Herrn Manger die Fesseln ab... So, jetzt ist es schon gemütlicher.«

Der junge Büchsenmacher, ein baumlanger, hagerer Schweizer mit einer riesigen, dünnen Hakennase im flachen Gesicht, lehnte an der Wand wie einer, den diese Geschichte da in Deutschland weiter nichts anging.

»So, Herr Manger, jetzt erzählen Sie uns einmal alles so recht der Reihe nach. Ob die Tür so zufällig so offen war...«

»Ich habe gar keine Tür gesehn.«

»... Warum Sie so lang so im Flur stehengeblieben sind und überhaupt und so . . .«

Der Untersuchungsrichter, ein rundes Männchen, dessen braunes knuspriges Gesicht mit dem schlohweißen Bart einer gebratenen Gans glich, in der noch die Schwanzfedern stecken, hieß in der Stadt der »Herr Soso«.

Falkenauge wandte sich nach der Witwe um, wandte sich noch einmal um, spitzte verlegen den Mund und schwieg nach rechts.

»So, das wollen Sie mir lieber so unter vier Augen sagen. So, dann gehen die Herrschaften einmal so ein bißchen nebenan.«

Der lange Schweizer drückte an die obere Kante der hohen Tür, und die Witwe schritt unter seinem Arm wie unter einem Brückenbogen durch in den Nebenraum.

»So, Herr Manger, so.«

»Ich hab mich grün geärgert.«

»So, warum denn?«

»Ich wollte noch einmal hinein zu Frau Julie und sie fragen, ob sie meine Frau werden will. Schon seit sieben Monaten will ich sie fragen und bring's nicht fertig. Weil ich nämlich immer meine Frau sehe. Sie erscheint mir, sooft ich fragen will, und auch, wenn ich an die Miete denke.«

»Und wieso denn an die Miete?«

»No, es ist doch alles schief ... Ich steh also da im Flur und möcht mir selbst eine runterhauen, da macht Frau Julie die Tür auf, no, und ich geh meiner Wege. Das ist alles. Und wie ich dann wieder dort vorbeikomm und zu ihr hineingeh, weil doch die halbe Stadt vor dem Haus gestanden ist, da haben sie mich gleich gefesselt.«

»So, da lieben Sie also Frau Julie.«

»Ihr Haar. Und ... und überhaupt.«

»Soso ... Ja, Frau Julie – das kann ich schon verstehen. Wär schon so eine Frau für Sie. Ist ja so hübsch und so. Wie ein Nönnchen, nicht? So still, soso ... Und dazu das gut eingeführte Geschäftchen! Na, und Sie, Sie sind ja auch ein passabler, ordentlicher Mann ... Haben Unglück gehabt, wie?«

»Ja, ich hab eine Dummheit gemacht: ich war großzügig.«

»Soso, Sie waren großzügig.«

»Ich hab nämlich damals fünf Waggons Sohlen- und Schäfteleder auf Wechsel eingekauft, und gleich darauf ist der Großhandelspreis gesunken und gesunken. Da hatte ich dann den Laden voll Kunden, und mit jedem Paar verkaufter Sohlen bin ich ärmer geworden.«

»Ja, das ist ... das war so eine tolle Zeit. Nun, Herr Manger, ich würde da nicht länger zögern, ich würde einfach zu ihr sagen: Frau Julie, werden Sie meine Frau und so. So würde ich sagen ...

Auf was wollen Sie da noch warten?« schloß der Untersuchungsrichter.

Und Falkenauge sagte, als ob er eigens zu dem Zwecke hierhergekommen wäre, sich verheiraten zu lassen, in abschließendem Tone: »Also gut, Herr Richter, ich sag's ihr.«

Der Untersuchungsrichter kugelte wie ein Gummiball, der schon ein wenig Luft verloren hat, zur Tür. »So! Nun, Sie beide waren doch ganz allein im Hause. Was haben Sie denn so gehört? Herrn Molitors Wohnungsglocke? Oder einen Schrei?«

»Wir können unser Alibi nachweisen«, sagte der Schweizer sofort.

»Soso!«

»Ich war immer in der Werkstatt, und Frau Julie immer in ihrem Zimmer. Das können wir einander bezeugen. Hören konnten wir nichts, weil die Lötlampe gebrannt hat. Die rauscht nämlich so stark, daß wir nicht einmal einen Revolverschuß gehört hätten. Also, unser Alibi ist einwandfrei.«

Wenn die Lötlampe so stark rauscht, dann kann Frau Julie ja auch nicht hören, wenn du die Werkstatt verläßt, dachte der Richter und sagte zum Schweizer: »So, dann ist ja alles in Ordnung. Dann können Sie gehen.«

»Nun, Frau Julie, wie denken denn Sie so darüber?«

»Er hat's doch nicht getan, Herr Richter, glauben Sie mir, glauben Sie mir.« Ihre Hände waren unterm Kinn gefaltet.

Falkenauge wartete im Nebenraum.

»Ich meine, wann die Hochzeit sein soll. Der Herr Manger, der ist doch so ein Mann, so ein braver Mann. Da kann ich Sie schon verstehen, Frau Julie.«

Es dauerte eine Weile, ehe sie verstand und die dünnen, gelblichen Hände, deren Fingerspitzen von der Munition immer ein wenig angeschwärzt waren, erlöst sinken ließ. Frau Julie war klein und zierlich.

»Er ist ein Lamm, ich weiß, Herr Richter, ein sanftes Lamm. Aber er sagt's ja nicht. Wenn er's doch nicht sagt!«

»So ein bißchen schüchtern. Das sind die Besten, Frau Julie. Aber zu mir hat er's gleich gesagt... So, Herr

Manger, kommen Sie raus. So, und jetzt gehen Sie beide schön brav miteinander heim. So.«

Sie gingen schweigend durch die schlafenden Gassen. Ihre Schritte hallten.

Die Turmuhr schlug elf.

Ein haushoher, menschenmordender Riese war durch die Stadt geschritten und hatte alle Haustüren verschlossen hinter den Fliehenden, die nun in den Stuben verwesten.

In der Hauptstraße lag noch das schmalspurige Gleis, auf dem früher einmal eine Trambahn gefahren sein mußte. Noch brannten einige Gaslaternen. Der Lampenputzer war in Angst und Eile nicht mehr dazu gekommen, sie auszulöschen. Die brannten nun schon hundert Jahr.

Die Kirchen überragten in ungeheuren stummen Proportionen stadtbeherrschend die armseligen Häuschen, in denen der Mensch gewohnt hatte, die spitzen Filigrantürme und wuchtigen Rundkuppeln schimmerten im Monde, der über dieser Friedhofsstille hing.

Ein mausgraues Kätzchen hopste aus dem Mondschatten heraus, schmiegte sich, Schwanz aufgestellt, um das Schreiten der beiden herum, blieb zurück und hopste immer wieder lautlos heraus aus dem schwarzen Schatten, weich um die Beine sich schmiegend, bis Falkenauge es aufnahm.

»Ich nehm's mit«, sagte er. Da waren drei Worte gesprochen worden in der Stadt, in der kein Mensch mehr lebte.

Sie kamen zum Fluß, der seine Melodie silbern mit Nacht und Mond verschmolz, und bogen ein in die krumme, nachtstumme Gasse, die seit diesem Abend unheimlich geworden war.

»Ich kann nicht, ich kann nicht«, sagte die Witwe voller Angst. »Nicht um alles in der Welt!« Und blieb stehen.

»Dann schlafen Sie heute bei mir.« Er blickte nach rechts.

»Ich hab zwei Betten.«

»Aber die Leute! Die Leute! . . . Dann muß ich aber in aller Früh heim, sonst reden die Leute.«

Mit dem Kätzchen unter dem linken und der Witwe am rechten Arme, marschierte Falkenauge in flottem Tempo wieder zurück.

Selbst der Gerichtsvollzieher hatte am hellen Tage nur mit Hilfe einer freundlichen Nachbarin Falkenauges Wohnung finden können. Die befand sich in einem Bergwerk, dessen Gänge und Stollen und Höhlen durch einen Zauberspuk an die Oberfläche gehoben und in Durchgänge, Höfe, unentwirrbare Neben- und Zwischentreppen und merkwürdige Stuben verwandelt worden waren.

Falkenauge zog die Witwe an der Hand hinter sich her, über stockdunkle, lebensgefährlich morsche Holzterrassen, kreuz und quer, treppauf und -ab und wieder -auf. Die Augen des Kätzchens funkelten grün.

Im Zimmer lag Mondschein. Als ob er, gepeinigt von Schmerz und Angst, unter der Zange des Zahnarztes säße und sich sagte: Jetzt muß er raus! preßte Falkenauge, noch bevor er das Kätzchen abgesetzt hatte, seine Frage hervor und blickte dabei so hilflos nach rechts, daß Frau Julie, die in den Dingen des Herzens nicht weniger empfindsam war, all ihren Mut zusammennahm und, stehend auf den Zehenspitzen, mit ihrer dünnen Hand ihm übers Haar strich.

»Wie schön es hier bei Ihnen ist!«

Sie blickten durchs Fenster in den riesigen Garten eines Nonnenklosters, der, bebend in mondblauer Erdabgeschiedenheit, durchgeistert zu sein schien von ruhelosen weißen Körpern junger Nonnen, die keine Ruhe finden konnten und einander suchten.

Die zwei Mahagonibetten standen nebeneinander. Auf jedem Nachtkästchen stand ein winziges Lämpchen mit grünem Schirm. Die Ausstattung war komplett. Sie legten sich hinein.

Das Kätzchen lag zusammengerollt schlafend auf dem Fenstersims.

Der Hausstand war gegründet.

Drittes Kapitel

Das Ehepaar Lux und das Ehepaar Strichmüller befanden sich auf dem Wege zum Bahnhof, die Tante abzuholen. Die beiden Schwäger blieben in heftigem Streit alle fünf Schritte stehen.

»Aber du mußt doch einsehen, daß so eine alte Dame ihre volle Bequemlichkeit braucht! Hat sie die bei euch? Und sie kann sich's ja auch leisten.« Herr Strichmüller richtete sich wieder auf, warf die Hände in die Hüften. »Wir haben Dampfheizung.« Und schritt weiter.

Hans Lux stand allein unter der flackernden Gaslaterne, noch vorgebeugt zur Entgegnung, die Lippen noch zusammengepreßt, und fand das passende Wort nicht.

»Sie ist meine Ziehmutter und nicht deine ... Ich hab das Zimmer herrichten lassen und also und frisch tapeziert und einen Lehnsessel gekauft«, rief er nach.

»Zimmer herrichten! Lehnsessel! Diese Summen spielen doch jetzt keine Rolle mehr ... Gut, ich ersetze dir diese Ausgaben, meinetwegen. Übrigens hat die Tante selbst zu entscheiden, bei wem sie wohnen will. Du wirst die arme alte Frau doch nicht zwingen wollen!«

»Tante? Ist sie vielleicht deine Tante?«

»Aber meine! So gut wie deine! ... Mein Mann ist doch kein Erbschleicher!« rief Frau Strichmüller, und ihr Mann breitete, Blick auf den Schwager, dazu die Arme aus.

»Wir können's ja auch so halten: einmal bei uns, dann bei euch. Gönnt ihr doch das bißchen Abwechslung. Sie wird ja auch todmüde sein von der Reise, und wir wohnen gleich am Bahnhof«, sagte Herr Strichmüller. Er besaß in einer Seitengasse am Bahnhof ein einstöckiges, langgestrecktes Haus mit acht winzigen Zimmern, von denen er sechs an Durchreisende vermietete. Sein Traum war, mit dem Gelde der Tante das Haus aufzustocken und ein richtiges kleines Hotel daraus zu machen.

In der Bahnhofshalle stieg die Spannung unerträglich. Es wurde kein Wort mehr gesprochen. Sie blickten dem glänzenden Schienenstrange nach, auf dem der Zug, der Verspätung hatte, einlaufen sollte.

Der Stationsvorsteher mit roter Mütze fragte Hans Lux im Vorbeigehen: »Noch keine Aussicht, wieder angestellt zu werden?«

Da lief der Zug ein.

»Wie sieht sie denn aus?« rief Herr Strichmüller, packte seine Frau bei der Hand und lief voraus. »Vielleicht kommt sie gar nicht mit. Zug versäumt! So eine alte Frau!«

Gepäckträger brüllten. Der glatte Zug bekam Auswüchse, die von den Trägern in höchster Eile heruntergerissen wurden. In zwei Minuten mußte der Zug weiterfahren.

»Nicht dabei? . . . Wie sieht sie aus?«

»Also und: dort!«

Im dunklen Fensterausschnitt erschien ein gelber Totenschädel, hinter ihm das junge Gesicht eines Pastors, der den Mund immerzu schief verzog und englische Worte rief. Träger stürzten hin. Der amerikanische Pastor, der die Tante herüberbegleitet hatte, stieg zuerst aus. Er hatte nur einen Arm. Der rechte Ärmel hing schlaff und schwarz herab.

»Da seid ihr ja. Das hab ich mir gedacht«, sagte die Zweiundachtzigjährige und stach ihren Ziehsohn mit dem Regenschirm auf die Brust.

»Und das ist gewiß der Schwager Strichmüller. Hab dich gleich erkannt. Deine Photographie, Jesus, ist die aber ähnlich! Die eine! Die andern schon weniger ... Ich dank dir auch recht schön für die vielen Briefe. Den letzten hab ich grad noch vor der Abreise bekommen. Du verstehst aber zu schreiben!«

Herrn Strichmüllers violettrosa Gesicht – er war rotblond, der Spitzbart fuchsrot – erstrahlte in ehrlicher Freude. »Na, so eine weite Reise! Dazu gehört aber Courage.«

»Courage, da hast du recht ... Oh, das Schiff! Jetzt so was! Aber der Herr Pastor, er hat alles für mich gemacht. Es ist der Herr Pastor von unserm Dorf drüben ... Sogar auf dem Schiff hat er gepredigt.«

Der Pastor stand bescheiden abseits und lächelte gerührt über das schöne Bild des Wiedersehens. Seine jungen roten Backen waren mit flimmerndem Pfirsichflaum überzogen. Er war sechsundzwanzig Jahre und Vater von vier Kindern. Die Tante hatte ihm für die Begleitung das Geld zur Her- und Rückfahrt und für den Aufenthalt in Europa gegeben. Der Pastor wollte seit langem seine alten Eltern in Sachsen besuchen.

»Was guckst mich denn so an?« Sie blickte an sich hinunter auf den schwarzweiß gesteinelten Wollrock. »Weil ich den Rock immer noch hab? Ja, ich schon die Sachen gar sehr.«

»Sie gehören eben noch zum guten alten Schlag ... Ich besorge jetzt den Wagen«, sagte Herr Strichmüller und zeigte die Zähne, frisch, als beiße er in einen Apfel.

Hans Lux hatte noch kein Wort hervorgebracht. Seine Frau sah lächelnd zu, in sich und so in dieser Minute ruhend wie in jeder anderen ihres Lebens, war ganz dabei und doch so unbeteiligt, als hätte sie ungezählte Menschenalter ohne Sorgen schon durchlebt und unzählbar viele noch vor sich.

»So, dann gehen wir jetzt.« Die Alte schritt, allen voran, dem Ausgang zu. »Jesus, mein Koffer!«

Der war schon in der Droschke verstaut. Herr Strichmüller stand am Schlag, half der Tante hinein, bereitwillig auch dem Pastor und setzte sich dazu. »Ich wohne gleich am Bahnhof. Sehr schön! Dampfheizung!«

Sie sagte: »No«, das einzige englische Wort, das sie in den sechsundzwanzig Jahren gelernt hatte. »Das ist mir zu modisch. Ich will in meine alte Wohnung... Warum fährt denn der Kutscher nicht?« Herr Strichmüller hatte dem Kutscher seine Adresse angegeben.

Sie stieß mit ihrem Schirm dem Kutscher in den Rükken. »Jetzt fahren Sie zuerst durch die Kaiserstraße, dann die Domstraße hinunter, über die alte Brücke, nachher den Zellerberg hinauf, bis zur Zellerstraße Nummer 27, rechter Hand, da ist die Vogelsburg, da wohnen wir.« Und zu Herrn Strichmüller: »Ja, ja, ich weiß noch alles.«

Der Gaul zog an und schleppte die Fuhre stadtwärts, an Herrn Strichmüllers Haus vorbei. Hans Lux saß auf dem Bock.

Eine Stunde später kam Hanna von einem Spaziergang mit Thomas zurück, hing ihr kurzes Jäckchen neben den schwarzen Pastorenmantel und betrachtete neugierig das im Aufschlag steckende Sternenbannerfähnchen. Die Tür zum Zimmer der Tante stand halb offen.

»Und diese sechshundert Mark würde ich Ihnen wiedersenden, sobald mich der liebe Gott dazu instand gesetzt hat.«

»No, no, das leid's mir nicht mehr.« Die Stirn des Totenschädels war gewaltig vorgebaut. Die Augenhöhlen glichen Schießscharten, in die sich die alterskleinen Augen, hart und blau, ruhelos wie gefangene Tierchen, tief zurückgezogen hatten.

»Ich möchte mit den sechshundert Mark ein Harmonium kaufen, um meiner Gemeinde weihevolle Stunden bereiten zu können. Der liebe Gott, vor dessen Richterstuhl Sie einmal stehen werden, wird es Ihnen vergelten.«

Sie schoß in sein Gesicht einen zu einer Stahlnadel materialisierten Blick, der an des Pastors Ruhe abprallte und entgiftet von ihr zurückgezogen werden mußte. Sie schwieg mit großer Kraft und gab das Geld nicht. Ihre Hand knetete die Lehne des Rohrsessels. »Ich brauch einen weicheren, er ist mir auch zu modisch.«

»Und drüben will ich alles erzählen. Sie sollen in gutem Angedenken bleiben bei Ihrer Verwandtschaft... Ach, wie oft werden wir an den langen Winterabenden von Ihnen sprechen.«

Jetzt wurden die Schießschartentierchen wieder lebendig. Die alten Hände hoben den Rock hoch, bis zum Kinn, und holten aus dem Unterrock die große Geldtasche. »Dann schreiben Sie mir aber, was Sie der Verwandtschaft von mir erzählt haben.«

Als Hanna Minuten später ins Wohnzimmer kam, saß der Pastor schon auf dem Kanapee, um ihn herum die Familie.

»...hat er gesammelt für die Armen im Zwischendeck. Oh, das sind gar reiche Leute in der ersten Klasse. Die wissen gleich gar nicht, wieviel sie haben. Der Herr Pastor sammelt überhaupt immerzu für die Armen. Ja, der meint's gut.«

Herr Strichmüller blickte den Pastor warm an. Er wollte, um den Kernpunkt – Kapital oder Zinsen – endlich zu entschleiern, zur Tante sagen, auch sie sei für europäische Verhältnisse eine sehr reiche Frau, und mußte schweigen.

Denn der Pastor begann ein Dankgebet zu sprechen. Er legte zuerst den leeren Ärmel über den Leib, dann die Hand darauf, beugte sich vor und blickte die Tischkante an.

Entschlossen faltete Herr Strichmüller die Hände.

Während des Gebetes starrte Herr Strichmüller durchdringend auf den amerikanischen Holzkoffer der Tante. Der war kubikmetergroß, hellgelb, mit schweren Messingecken, vielen Messingschlössern, kreuz und quer mit Messingbändern beschlagen und sah fremd, einbruchsicher und inhaltsreich aus.

Da die Frage ›Zinsen oder Kapital?‹ ihm schon Schmerzen hinter der Stirn verursachte, schlug er verzweifelten Mutes vorsichtig das Thema von ferne an. »Ein prächtiger Koffer!«

»Jetzt was meinst du, daß ich drin habe?« fragte sie schelmisch.

Die ist imstand und steckt ihr ganzes Vermögen in den Koffer zwischen die Hemden, anstatt es durch die Bank überweisen zu lassen, dachte Herr Strichmüller und lächelte listig. »Da wirst du wohl dein, dein... deine Kleider drin haben.«

»Aber außerdem hab ich auch...«

»Hier ist Würzburger Wurst«, sagte Frau Lux und stellte die Platte auf den Tisch. »Und neue Kartoffeln. Mein Mann sagt, die essen Sie gern.«

»Ja, gar sehr! Neue Kartoffeln sind etwas Delikates... Oh, mein gutes Bett laß ich nicht zurück«, sagte sie, in dem Glauben, sie habe schon verraten, daß außer den Kleidern auch das Bett in dem Koffer sei. »Das ist mein Ausstattungsbett aus erster Ehe.«

›Eine so vermögende Frau schleppt ihr altes Bett mit?‹ Plötzlich erschien Herrn Strichmüller das ganze Aussehen der Tante verdächtig: Der abgetragene, schwarzweiß gesteinelte Wollrock, das gestopfte Schultertuch, ihre gar nicht nach Reichtum aussehenden lederbraunen Arbeitshände, die – wie zwei Raubtiere in immer gleicher Wiederkehr sich selbst und die Gitterstäbe streifen – ununterbrochen in Bewegung waren, ineinander krochen, die Tischkante drückten und sich im Handgelenk drehten, als bebe der Nachhall der schweren Lebensarbeit noch in ihnen.

Sie sprach von den gewaltigen Ländereien des verstorbenen Farmers. »Und erst vor vier Wochen haben sie wieder eine neue Scheune zu bauen angefangen, so lang wie die Dorfstraße in meiner Heimat. Das sind rührige Teufel.«

»Es ist eine der westlichen Hundert-Meter-Scheunen. Fünfzehn Meter breit«, erklärte der Pastor.

»Ja, ja, sie haben aber schon elf solche. Akkurat genauso groß. Die hätten ausgereicht.«

Der Pastor lächelte mit Herrn Strichmüller. Die beiden Herren waren einander vom ersten Augenblick an sympathisch gewesen. »Ihre Tante konnte sich eben nie so recht an die großen Verhältnisse drüben gewöhnen.«

»Natürlich, ich verstehe.« Alle Zweifel waren weg. Die Gewißheit zog rauschend in Herrn Strichmüller ein.

»Und dabei ist sie so gut, so herzensgut. Noch beim Abschied gab sie mir für meine liebe Gemeinde fünfzig Dollar.«

»Ja, gut muß man sein. Unser Herrgott will's so.«

Sind zweihundertzehn Mark, hatte Herr Strichmüller ausgerechnet. Verhältnismäßig wenig! Aber vielleicht ist sie besonders sparsam. Wäre auch gut!

Es wurde gegessen. Die Tante erzählte von der Krankheit des verstorbenen Farmers. ». . . Zuletzt konnte er das Wasser gar nicht mehr halten. Akkurat das Gegenteil von mir! Aber bei mir muß das wieder gut werden. Unser Herrgott wird mich doch noch ein paar liebe lange Jahre leben lassen.«

Dann mußte ihr nachgewiesen werden, daß ihr Zimmer nach der Südseite lag. »Wenn also dort die Sonne aufgeht . . .«

»Es ist bestimmt die Südseite«, versicherte Herr Strichmüller und bot dem Pastor, der gewiß todmüde sei, ein Zimmer an für diese Nacht.

»Ich reise schon in zwei Stunden weiter... Endlich werde ich meine alten Eltern wiedersehen.«

Und nun verlasse sie der letzte von ihrer amerikanischen Freundschaft. Die Tante begann tonlos zu weinen.

»Jetzt sind Sie ja im Schoße Ihrer Familie. Ich will drüben allen erzählen, wie herzlich Sie aufgenommen wurden... Sie fallen ja niemand zur Last«, schloß er, und Herr Strichmüller lauerte.

Die Tante nickte alt mit dem Kopfe. »Wenn's mir hier bei euch nicht gefällt, fahr ich wieder zurück. Das hab ich mit denen drüben schon ausgemacht. Die haben aber gemeint, ich soll's doch zuerst einmal bei euch probieren. Die sind gar schnell fertig.« Die gefangenen Tierchen schossen unruhig hin und her. »Weil sie mich halt nie recht haben leiden mögen.«

Alle schwiegen. Und plötzlich schien es, als ginge ein Geist durch das Zimmer. Die Tante sah verlassen aus.

»Wie hoch verzinst sich jetzt hier bei euch das Geld?« Sie sah Herrn Strichmüller an.

»Mindestens fünfeinhalb Prozent, gegenwärtig! Dafür sorge ich.«

»Das ist aber wenig. Wieviel Zinsen geben dann nachher... fünftausendfünfhundert Mark? Soviel ist mir halt bis zur Stund geblieben... Dann muß ich auch etwas daheim behalten, wenn ich einmal Schuh brauche oder ein Tuch. Oder für Wein. Den trink ich doch gern. Ja, den muß ich haben.« Sie sprach weiter.

Unterdessen stürzte Herr Strichmüller aus unermeßlicher Höhe herab, überschlug sich immerfort, stürzte in rasendem Tempo immer tiefer und kam empfindungslos auf seinen Stuhl in der Wohnstube zu sitzen.

Die Tante saß wieder aufrecht im Sessel, zäh und runenhaft. »Schwager, wieviel Zinsen macht das dann?«

»Das macht genau dreißig Mark im Monat. Da kann's dir nicht schlechtgehen.«

»Hat er richtig gerechnet?« fragte sie ihren Ziehsohn.

»Also und, ist schon gut, Tante. Du bist bei uns.«

Herr Strichmüller stand groß auf. »Das Haus wartet. Viel Arbeit!« Und seine Frau sagte, als ob ihr Mann von jemand angegriffen worden wäre: »Die Messe steht doch vor der Tür. Die Fremden sind schon hier.«

Da reckte sich Herr Strichmüller und wurde wieder frisch. »Die bringen Geld ins Haus. Bar Geld!«

Da war also eine neue schwere Sorge hinzugekommen. Hans Lux ging in die Schlafstube und starrte auf die Schnellzugslokomotive, die schon einmal wochenlang im Schaufenster eines Zigarrenhändlers in der Bahnhofstraße ausgestellt gewesen und von der ganzen Stadt bestaunt worden war, aber dennoch keinen Käufer gefunden hatte. Es war kein Geld mehr im Haus, und auch dieser letzte Wertgegenstand konnte keine Hilfe bringen.

Resolut spannte er den Schlüssel, den der Nachbar bestellt hatte, in den Schraubstock am Fenstersims, und während er ihn blankschmirgelte, grübelnd, was er beginnen könne, um etwas zu verdienen, fiel ihm als letzte Rettung das Quartett wieder ein.

Er kassierte beim Nachbar die fünfundsiebzig Pfennige für den Schlüssel und ging sofort zu Oskar. Vor dessen Haus stand ein Mann in unscheinbarem schwarzen Überzieher und mit steifem Hute. Wie der Mann so wartend dastand, hüftlings gestützt auf seinen Stock, und die Vorübergehenden scheinbar interesselos betrachtete, sah ihm jeder an der Nasenspitze an, daß er ein Kriminalbeamter war.

Hans Lux, der noch von seiner Kindheit her gegen alle Kriminaler und Polizisten der Welt eine unausrottbare Feindschaft im Herzen hegte, funkelte den Mann im

Vorübergehen an und starrte, als er eine Minute später in die Dachstube kam, entgeistert auf den Kriminaler, der jetzt in genau derselben Haltung, hüftlings auf den Stock gestützt, neben der Kommode stand, auf der sein steifer Hut lag. Die zwei Kriminalbeamten waren im Anzug und Gebärde einander zum Verwechseln ähnlich.

»Also und, was will denn der?«

»Mir sagt er's nicht. Fragen Sie ihn einmal, Herr Lux, vielleicht macht er dann den Mund auf.« Frau Benommen, eine energische Frau, die in diesem Jahre schon allzu viele Gerichtsdiener und Gerichtsvollzieher bei sich gesehen hatte und schon nicht mehr wußte, woher sie das Brot nehmen sollte für ihre vier Kinder, räumte wutentbrannt die Stube auf, die tadellos in Ordnung war.

Hans Lux hatte die Gewohnheit, beide Arme ein wenig seitwärts zu strecken und, als locke er zwei Hunde gleichzeitig, die Fingerspitzen beider Hände zu reiben, wenn ihn etwas aufregte. So trat er knapp vor den Kriminalbeamten hin. »Also, was suchen Sie denn hier?«

Der Beamte blieb vollständig reglos und stumm wie ein Zivildenkmal aus Erz.

»Also, da haben Sie wahrscheinlich eine verreckte Maus im Hals. Wenn Sie's Maul nicht aufmachen können, also und, dann gehen Sie raus.«

Jetzt schlug der Mann den Rock zurück und zeigte die Messingmarke. »Ich warne Sie vor einer Beamtenbeleidigung.«

Verblüfft starrte Hans Lux die Marke an und ging zu Frau Benommen ans Fenster. »Also, was will denn der Spürhund da?«

»Vielleicht hat mein Junge wieder was angestellt. Die machen sich ja schon wichtig, wenn ein Kind über einen Zaun klettert... Gestern ist der Gauner, der elende, wieder tropfnaß heimgekommen. Da ist er auf den

Brunnenheiligen geklettert, hinauf bis zum Kopf, und ist runtergefallen ins Wasser. Knie und Stirn hat er sich blutig geschlagen.«

»Da komm ich also morgen wieder, Frau Benommen. Wir müssen doch sehen, daß wir auftreten und endlich was verdienen.«

»Ob das was ist, Herr Lux? Ich weiß nicht. Es ist zu verrückt.«

»Also gar nicht! Wir singen doch tadellos. Und die Fräck haben wir ja.«

Als er fortgehen wollte, machte der Kriminalbeamte einen gewichtigen Schritt und verstellte die Tür. »Sie dürfen das Zimmer jetzt nicht verlassen. Im Namen des Gesetzes!«

»Also aber, aber also, also und: Gesetz? Sind Sie übergeschnappt?« Er griff nach der Klinke. Der Beamte drückte ihn zurück.

Da wurde die Tür von außen geöffnet, Oskar trat ein, und den Bruchteil einer Sekunde später der zweite Kriminalbeamte.

»Sie sind verhaftet!« Beide hatten plötzlich Revolver in der Hand. Der Pudel knurrte.

Oskar wich zurück. So blickt ein Mensch, der mit einem schweren Hammer einen Schlag auf die Stirn bekommen hat und sich mit Mühe noch aufrechthalten kann.

»Also und, so eine Viecherei!« Er rieb die Fingerspitzen beider Hände: der Pudel kam.

Den ganzen Tag war Oskar ruhelos, verkrampft und starr durch die Straßen gelaufen. Jetzt plötzlich hatte der Krampf sich gelöst. Gefühle wogten in ihm und rückten in eine andere Lage. Jetzt kam etwas, das er auf sich nehmen mußte. Eine Sekunde lang wollte er alles sagen und sagte ganz bereit und ergeben nur die Worte: »Ich geh schon mit.«

Der eine hielt den Revolver in Brusthöhe, der andere legte die Fesseln an. Frau Benommens Augen waren rund und dick geworden wie Schwarzkirschen. »Was hast du denn getan? Um Himmels willen, was hast du getan?«

»Ich hab nichts getan.«

Der Pudel stand unbeweglich und sah gefährlich aus. Hans Lux rieb fassungslos die Fingerspitzen.

»Gehen Sie voraus!«

»Also und, ich geh mit. Also, Frau Benommen, ich geh mit.«

Als sie das Haus verließen, stand das Leben auf der Straße still. Jeder stockte. Der Trupp der Nachfolgenden wurde mit jedem Schritt größer. Alle kannten ihn. Der Gefesselte wirkte voraus, wirkte wie ein Zauberstab. Jeder, der ihn erblickte, mußte wie verzaubert stehen und folgte nach.

Das ist nie wiedergutzumachen, dachte Oskar, nie und durch nichts wiedergutzumachen!

Sie schritten – Oskar zwischen den Beamten, Hans Lux rechts – in einer Reihe den Brückenberg hinauf, hinter ihnen die anschwellende Menge. Es war noch hell.

Plötzlich heulte ein Bub in die Stille. Oskars jüngster Sohn hatte seinen Vater erkannt. Er blieb stehen, die schmutzigen Händchen ineinandergelegt, lief nach, blieb stehen, jammervoll heulend, lief wieder nach.

Oskar wandte den Kopf und blickte seinen Jungen an. Es war ein Leidensweg ohnegleichen.

Die Brücke war für die Menschenmenge zu schmal. Am Vierröhrenbrunnen standen Droschken. »Also und, ist es Ihnen recht, wenn wir eine nehmen? Ich bezahl sie.«

Die Droschke war geschlossen. Hans Lux saß auf dem Bock. So fuhr er, der seit vielen Jahren nicht im Wagen gefahren war, an diesem Tage zum zweiten Mal. Er holte die fünfundsiebzig Pfennige, die er für den Schlüssel bekommen hatte, aus der Westentasche und hielt sie bereit in der nassen Hand.

Oskars Junge lief heulend heim, heulend die vier Treppen hinauf. »Der Vater! Der Vater!«

»Sei still!« Sie schob ihn in die Küche.

Schrank und Schubladen standen offen. Zwei Beamte kramten die armseligen Dinge heraus. Sie suchten nach Geld und Schlagwerkzeugen und fanden nichts.

Frau Benommen sah schweigend und haßerfüllt zu. Auch sie wußte, was es für Folgen haben mußte, daß ihr Mann am hellen Tage durch die ganze Stadt geführt worden war.

Die Küche war schon durchsucht. Mehr Räume waren nicht da. Die herausgekramten Sachen lagen auf dem Tisch. Obenauf lag ein alter, ausgedehnter Muskelspanner, den Oskar als junger Mensch zum Training benutzt hatte.

Ganz zuletzt fand der Beamte eine Hundepeitsche und wog sie prüfend in der Hand. Sie war sehr schwer.

Der Pudel erhob sich sofort vom Boden und knurrte. In der Küche heulte der Junge.

An einer Stelle des Griffes war der Lederüberzug durchwetzt und das Blei glänzte hervor. Ein einziger Schlag mit dieser Bleikugel auf den Kopf konnte tödlich sein.

Schweigend packten sie sämtliche Gerichtsvollzieherschreiben, Zahlungsbefehle und die Peitsche in ihre Ledertaschen und gingen. Vor der Haustür standen Nachbarn in erregtem Gespräche. Herrn Molitors Tod und Oskars Verhaftung beschäftigten die ganze Einwohnerschaft.

Die Morgenzeitungen hatten, da sie schon am Abend vorher gesetzt und in der Nacht gedruckt worden waren, noch Falkenauge als den vermutlichen Täter bezeichnet.

Frau Julie hatte ihren Laden an diesem Tage nicht aufgemacht. Nach der Nacht im Doppelbett, am frühen Morgen, hatte Falkenauge noch im Schlafe seinen Namen gehört. »Georg, du mußt dich anziehen und dann so lange draußen warten.« Sie zog die Decke über den Kopf, während er in die Kleider schlüpfte.

Als er wieder hereinkam, war auch sie angekleidet, hatte das Zimmer schon aufgeräumt und reinigte gerade Falkenauges Kamm, um ihr rostrotes Haar zu kämmen. Sie unterhielten sich ein bißchen über das Haar, wie über einen gemeinsamen Besitz.

»Wie lang ist es denn, Julie?«

»Daß man grad drauf sitzen kann.« Sie wandte sich um, er durfte sie kämmen.

Dann trugen sie zusammen den Tisch an das sonnige Fenster. Der Klostergarten sah ganz anders aus als in der Mondnacht. Beete und Beerensträucher funkelten taunaß, nüchtern und frisch in der Morgensonne. Schon knieten schwarzgekleidete Nonnen mit blauen Arbeitsschürzen zwischen den Beeten. Die schmalen Pfädchen waren mit ockergelbem Kies bestreut.

Im überdachten Wandelgang, der an der zehn Meter hohen grauen Mauer entlanglief, gingen alte Nonnen betend langsam hin und her.

Frau Julie, die mit ihrem feinen, etwas welken Gesicht einer Nonne glich, kochte Kaffee und Eier, faltete ein frisches Bettuch vierfach zusammen, brach von dem uralten Efeu, der vom Klostergarten aus die ganze Fensterwand des Hauses bis hinauf zum Dach bespannte, einen Zweig und schmückte den weißgedeckten Tisch.

In seinem ganzen Leben hatte Falkenauge nicht an so einem wunderbaren Frühstückstisch gesessen.

Um sechs Uhr früh begaben sie sich in der Elektrischen auf die Hochzeitsreise nach Zell am Main, das eine halbe Stunde unterhalb Würzburgs liegt, und machten, wandernd im Walde und lagernd an Bächen stundenlang Zukunftspläne.

Als das ganze Maintal, Wasser, Himmel, Baum und Halm, im Purpur des Sonnenuntergangs glühte, kehrten sie zurück von der Hochzeitsreise, stiegen bei der Vogelsburg aus und betraten Arm in Arm den Garten, um Theobald Kletterer zu besuchen.

Auch der Schreiber war da und Hanna Lux. Alle saßen in Thomas' Zimmer an der großen Tannenholztafel am offenen Fenster. Der Abend war mild, die Stimmung gedrückt.

Zehn Minuten nach Oskars Verhaftung war ein altes Frauchen, an deren Nase auch im Sommer stets ein Tröpfchen hing, aufgeregt in den Garten gestolpert. »Der Benommen hat den Molitor erschlagen«, und war weitergeeilt ins nächste Haus. Wie sie in der kurzen Zeit den langen Weg hatte zurücklegen können, blieb rätselhaft.

»Das eine ist sicher, daß es mit unserem Auftreten einstweilen Wasser ist. Unser erster Tenor sitzt, und unser Impresario sitzt«, sagte der Schreiber.

Der Gärtner sah mit einem Rundblick allen Anwesenden offen in die Augen. »Es darf nicht sein, daß Männer, deren Ruf und Name ehrbar ist, noch länger diesen Schimpf erdulden.«

Da trat Falkenauge ein, löste seinen Arm aus ihrem und sagte strahlend, Kopf nach rechts, Mund frisch und verlegen gespitzt: »Frau Julie, meine Braut!«

»Hohaho, das hat aber lang gedauert.«

»Er ist frei. Wußt ich's doch, daß die Gerechtigkeit den Sieg erringt.«

Und seine Frau sagte warm: »Das freut mich aber, Frau Julie. Wie mich das freut! Ihr zwei paßt zusammen.«

Thomas mußte Wein aus dem Keller holen. Hanna begleitete ihn unaufgefordert. »Du dummer Kerl, es war ja nichts. Er hat mich angesprochen und dann ein Stück begleitet. Das ist alles.«

»Ich sage ja nichts. Freut mich, wenn du dich gut unterhalten hast.«

»Er hat von seiner Heimat erzählt, sehr schön ... Wirklich, er ist so nett und sehr interessant.«

Am Morgen war Hanna in den Anlagen von einem Arzt aus Buenos Aires, der in der Augenklinik arbeitete, angesprochen worden.

»Weißt du, was das lustigste war? Er sagt, ein Ochs kostet in Südamerika gar nichts. Wenn du ihn selbst schlachtest, darfst du das ganze Fleisch behalten und mußt nur die Haut abliefern. Wenn du aber in einem feinen Restaurant ein Beefsteak ißt, kostet's fünf Mark. Drollig, nicht? ... Oh, wenn das bei uns so wäre, der Vater würde den ganzen Tag Ochsen schlachten.«

Der angehende Nationalökonom erklärte: »Das kommt daher, weil es dort mehr Vieh gibt als abgesetzt werden kann, während die menschliche Arbeitskraft dort sehr teuer ist ... Und wie weit hat er dich begleitet?«

»Nur bis zur neuen Brücke. Da sagte ich: Hier ist die Augenklinik.«

Das hatte sie gesagt. Aber der Arzt war mit über die Brücke gegangen, sie hatte ihn zurückbegleitet, und so mehrmals hin und her.

»Er verehrt den Dichter Shakespeare. Der habe die herrlichsten Frauengestalten geschaffen. Er spricht überhaupt ganz anders als andere Leute und sieht auch ganz anders aus. Genau wie ein Indianer!«

Thomas betrachtete interessiert das Etikett der verstaubten Flasche und stieg voraus die Treppe hinauf.

»Auf Oskars Freiheit!« Der Gärtner tat seinen Rundblick und hob das Glas.

»Ja, Freiheit! Der hockt!« rief Hannas Vater, der eben eintrat. »Bis zum Untersuchungsgefängnis bin ich mitgefahren. Da haben sie das Tor vor meiner Nase zugeschlagen ... Aus! Er rieb die Fingerspitzen und griff nach dem vollen Glas, das der Gärtner wieder abgestellt hatte.

»Ach, das ist doch nicht gefährlich. Mit mir hat sich der Herr Soso ja auch über ganz andere Dinge unterhalten, nicht wahr, Julie? Oskar kommt heute noch raus. Das muß ich doch besser wissen.«

»Wenn du's sagst, muß es ja so sein. Vielleicht ist es aber einmal so und einmal so beim Herrn Soso.«

»Nun ist's an uns, ihm Treue zu bewahren! Was soll geschehen?«

Der Schreiber leerte das dritte Glas. »Da kann man gar nichts machen.«

»Es darf nicht sein, daß ein unschuldiger Mann für ein Verbrechen büßt, das andere begangen haben. Da heißt es nun, die Stimme zu erheben.«

»Also und, Stimme?«

»Dann lassen sie ihn sicher raus, wenn wir die Stimme erheben«, sagte der Schreiber.

Thomas sah den Vater an wie ein liebender Vater seinen Sohn. Und die Mutter ging schweigend in die Vorratskammer, füllte einen großen Gartenkorb mit Frühgemüse, Mehl, Zucker, Schweinefett und Eiern, nahm aus ihrer Privatkasse einen kleinen Geldschein und bat Hanna, sie zu Frau Benommen zu begleiten. Thomas schloß sich unaufgefordert an.

Der gehäuft volle Korb, flach und schmal wie ein Schiff, mit riesigem Rundhenkel, schwebte zwischen den beiden nah dem Boden die Zellerstraße hinauf. Thomas ging hinterher und blickte auf Hannas kindlich geteilten Nacken, packte sie plötzlich am Arm und zog sie hinüber auf die Bank im Soldatenfriedhof, nahm sie auf den Schoß, bettete das Köpfchen in seinen Ellbogen und küßte den Mund.

Das tat er in Gedanken. ›Wenn sie noch einen Schritt

mit diesem Indianer geht, red ich kein Wort mehr mit ihr.‹

Hanna wandte das kompakte Köpfchen. Eine Sekunde sah er ihre heißen Augen. ›Wie sie die Füße setzt!‹ Sie wandte im selben Augenblick noch einmal das Köpfchen, als fühlte sie, wie besonders anziehend sie aussah, da sie schreitend so in dieser Weise half, den Korb zu tragen.

»So Thomas, jetzt pack du an«, sagte die Mutter, und dann ging sie hinterher. ›In zwei Jahren kann er seinen Doktor gemacht haben. Dann ist dieser dünne Frosch erst achtzehn. Aber so lang hält die ja nicht mehr still. Die sengt ja schon.‹ Es war das Mienenspiel im klugen Gesicht der Mutter, das offenbarte, daß Hanna ihr teuer war.

»Und wann siehst du deinen Indianer wieder?«

»Soll ich?« Sie unterdrückte das Lachen. Der übervolle Korb schwankte.

»Wenn ihr nicht vorsichtig tragen könnt, dann nehm ich ihn allein!«

»Warum nicht! Wenn er doch so interessant erzählt. Hörst du doch wenigstens einmal was anderes . . . Also, siehst du ihn wieder oder nicht?«

»Morgen in aller Früh! Im Hofgarten, auf der zweiten Terrasse beim gelben Tulpenbeet! Punkt halb acht!« gab sie wahrheitsgetreu zu, aber in so unglaubwürdigem Tone, daß Thomas, der denken mußte, sie scherze, für den Augenblick beruhigt war.

Auf dem steil abfallenden Zellerberg mußten sie – der Fußweg war für Korb und zwei zu schmal, sie gingen auf der Fahrstraße – einem aufwärts fahrenden sechs Meter langen Bierwagen ausweichen, dessen Kutscher gemächlich zurückgelehnt auf dem Bocke saß und nur die äußerste Spitze der Peitschenschnur auf den mächtigen Hinterteilen spielen ließ, listig zwinkernd mit Hanna und

Thomas, die nicht wußten, ob dies ihnen galt oder dem schön ausgeglichenen Kräftespiel der Pferde.

Diese gedrängt kurzen, schweren Tiere, gut genährt, deren Mähnen flachsblond sind, haben Kraftreserven, die sie niemals angreifen, und die Muskelbrust ist wolkig wie das Leben.

Andern Morgens um fünf Uhr begann Thomas, unter der Oberleitung von Hannas Vater, die Röhren für die Dampfheizung zu legen, durch die er auf seinem Experimentierstreifen eine fünffache Jahresernte zu erzielen hoffte. Die Anlage durfte nicht viel kosten, die beiden mußten alles selbst machen.

Nach sieben Uhr brachte Frau Lux Kaffee für ihren Mann und sagte: »Deine Tante will einen Polstersessel. Der Korbstuhl ist ihr zu hart.«

»Also aber, den muß sie aber von ihrem Geld kaufen. Ruf einmal hinauf und sag Hanna – also und, ist sie schon aus dem Bett? – sie soll mir den großen Rohrschneider bringen.«

»Meine Tochter ist längst ausgeflogen.«

»Also und, unsere Tochter!« Hans Lux lächelte. Das kam selten vor.

»Ich hol ihn selbst.« Die Fünfunddreißigjährige, nur wenig voller als ihre Tochter, schritt wie ein junges Mädchen lebenswarm und leicht über die Straße.

Thomas ließ die Erde von der Schaufel, ließ die Schaufel selbst fallen. Sein Blut schien Arme und Beine plötzlich nicht mehr zu durchströmen. Er steckte die erdigen Hände in den Wasserkübel – »Ich komm bald wieder« – ging ins Haus, zog Kragen und Rock an und passierte um halb acht das historisch berühmte schmiedeeiserne Tor des Hofgartens, in dem tausend Amseln und über diese Juliflut empor noch zwei Nachtigallen sangen.

Thomas hörte nichts und sah nicht die streng gefaßte,

billardglatte Rasenfläche mit dem riesigen lila Tulpenrondell und der Liebesgöttin vor der Terrasse, die, flankiert von alten Steinbildwerken, dicht überwuchert war von Schlingpflanzen, zwischen denen schon weiße Blüten blitzten.

Eine weiße Nebeldecke, bekämpft, durchlöchert und zerteilt von den sichtbaren Strahlen, lag dicht über dem Rasen.

Er sah und hörte nichts. Er suchte Gelb. Und in ihm klang nur noch der Ton, wie sie gestern gesagt hatte: ›... auf der zweiten Terrasse, beim gelben Tulpenbeet.‹ Dieser Ton war wieder etwas ganz Neues. Er entdeckte jeden Tag und jede Stunde Neues an ihr. Noch vor zwei Jahren war sie ein Kind gewesen, das ein junger Mann nicht beachtete. Und eines Tages, ganz unvermittelt, war sie dagewesen. Sie war da und nicht mehr zu übersehen. Das Leben selbst hatte ihre Gestalt angenommen, ihr Wesen, und offenbarte sich seither unerschöpflich vielfältig, in jeder Linie, in Gang und Blick und Haltung, jedem Lächeln, Wort und jedem Schweigen, immer anders, immer neu.

Thomas erinnerte sich genau der Stunde, da sie vor zwei Jahren, sitzend mit ihm im Garten bei den Rosen, plötzlich und wie im Traume die lackschwarzen Zöpfe zu einem dicken Knoten hochgenestelt hatte, vor sich hin blickend, wie zurück in ihre Kindheit.

Er wußte nicht, daß einige Tage vorher die Mutter an Hannas Bett getreten war, vor einen fassungslosen Mädchenblick, und Sekunden später gerührt und beruhigend schelmisch gesagt hatte: »Nun, kleine Frau, heute kannst du liegen bleiben.«

Tobenden Herzens stieg er die edelgeschwungene Terrassentreppe hinauf, deren breite Stufen nur fünf Zentimeter hoch waren. Er wollte sich überzeugen, ob Hanna da war, und dann sofort zurückkehren an die Arbeit. Für ihn würde sie dann nicht mehr existieren. Er würde seine Arbeit tun, die Kollegien besuchen, so rasch wie möglich den Doktor machen und Würzburg für immer verlassen.

Sekundenlang blieb sein Herz stehen, als er Hanna und den Fremden auf der Bank in dem riesigen Hufeisen gelber Tulpen erblickte.

Sie saß zurückgelehnt, Bein übergeschlagen, und hörte dem Fremden zu, der spitzig auf dem Rande saß und mit großer Gebärde erzählte.

»... Und an den Ufern des La Plata lebt der Reiher, dessen Federn die Damen in Europa früher auf den Hüten trugen. Jeder, der will, kann den Reiher schießen.«

Thomas war in den Laubgang getreten. Die Worte konnte er nicht verstehen, er sah nur die ausladenden Gebärden des Fremden. Die Welt war so groß, es gab so viele, gab Millionen, Hunderte Millionen Mädchen auf der Erde, und dieses schmale Kind allein, diese Linie dort auf der Bank, verstörte seinen Sinn.

Der Fremde war aufgesprungen und deutete mit beiden Armen in eine weite Ferne. »Und wenn Sie am Ufer stehen, Kind, noch an seiner schmalsten Stelle, sehen Sie das andere Ufer nicht. Der La Plata ist das Meer der Ströme. Krokodile, zahllos, lang und schnell wie Rennboote, tummeln sich in seinen Gewässern oder ruhen im glühenden Ufersand.«

Hanna sah den mächtigen und herrlichen Strom, am Himmel den Reiher mit der gebogenen, sanft gelben Feder, die Krokodile im Sand. Sie blickte empor zu dem Fremden, der die runde Stirn, die senkrechte Hakennase und schmalen Lippen des Indianers, dazu die blauen Augen des Germanen hatte, und wechselte, als er den Arm wieder hob, rasch und unwillkürlich die Stellung, um weiterzuhören, den heißen Blick ihm zu und abwechselnd in die Ferne gerichtet, die er zeigte.

Plötzlich verschwand in Thomas der knabenhafte Trotz. Gleichzeitig hatte er die Empfindung, als habe sich etwas in ihm gesenkt und seinen endgültigen Platz gefunden: ein Gefühl brennender Zärtlichkeit für Hanna, das weh und süß in einem war, hatte ihn befallen.

Er war in diesem Augenblick um Jahre älter und in seinem Gefühl für Hanna zum Mann geworden. Ihn zog es hin, ihr Köpfchen zu sich zu nehmen und dem Fremden zu sagen: Gehen Sie, gehen Sie, rühren Sie nicht daran, denn es ist ernst.

Der Fremde erzählte von seinen Erlebnissen bei einer Expedition, die er zusammen mit seinem Bruder, einem Forschungsreisenden, unternommen hatte, in Indianergebiete, in denen vor ihnen noch kein Weißer gewesen war.

Hanna sah die eingeborenen Träger, die zitternd auf die Knie fielen, Gesichter zum Mond, wenn der Jaguar schrie, folgte der Expedition bis zu der Stelle, wo die Träger nur noch mit dem Revolver gezwungen werden konnten, noch tiefer in das Landinnere vorzudringen; ihr Gaumen wurde trocken bei der Schilderung, daß die Expedition einmal vier Tage ohne Trinkwasser gewesen und fast umgekommen wäre vor Durst. Sie überquerte im Faltboot den reißenden Strom, folgte der stummen Reihe auf dem Pfade, der erst mit der Axt in den Urwald gehauen werden mußte, und langte endlich an in dem Gebiete jener Stämme, die noch keines Weißen Auge gesehen hatten.

»Zuerst erblickten wir dort zwei blutjunge Indianerinnen.«

»Was hatten die Indianermädchen an? Nicht viel! Oder doch?«

»Nichts! Die eine einen Blumengürtel! Sie standen am Mangobaum, ohne Scheu, wie in manchen Gegenden bei uns die Antilopen, die noch nicht wissen, daß der Mensch furchtbar ist. Sie blickten tief und stumm wie die Natur. Sie waren herrlich gewachsen. Herrlich gewachsen! Beinahe so schön wie Sie, köstliches Kind, in dem sich die naive Anmut dieser Mädchen mit der Zivilisation unseres Jahrhunderts ergreifend vereinigt.«

Er füllte manche Worte im Flusse seiner Rede mit Pathos, das ganz gefühlswahr und lebendig klang. Thomas sah, wie er ihre Hand an die Lippen führte und dabei die Linke mit natürlicher Grandezza seitwärts streckte.

Mit einem Ruck setzte der Fremde sich wieder auf den Rand, eng neben Hanna, Gesicht und gestikulierende Hand dicht vor ihrem Gesicht.

In dieser selben Sekunde schlug die Zärtlichkeit um in so heftigen Schmerz, daß Baum und Beete und Laubgang um Thomas zu kreisen begannen.

Auch Hanna blickte tief und stumm und ließ den Fremden nicht merken, daß ihr seine Worte wie duftender Honig schmeckten.

Sie gingen um das Hufeisen gelber Tulpen herum, dem Ausgang zu. Hanna trug ihr randloses Filzhütchen und tief um das schmale Becken einen breiten Ledergürtel, rot wie Mohn.

Beim schmiedeeisernen Tor gab sie dem Fremden die Hand und eilte voraus. Thomas folgte dem Mann, der, Hände in den Manteltaschen, die Hauptstraße hinunterschritt, ohne Interesse für die Umwelt, keinen Menschen, kein Schaufenster ansah und, mit der Regelmäßigkeit des Zeigers einer Turmuhr, der jede halbe Minute verrückt, an sich hinunterblickte, als müßte er sich immer wieder von neuem davon überzeugen, daß er die Hosen noch nicht verloren hatte: ein Mann, der stark mit sich beschäftigt war, und dessen Gang schon offenbarte, daß er das Leben ganz von innen her erkannte und lebte.

Er trat in die kleine Weinstube auf der Brücke. Thomas folgte und setzte sich ihm gegenüber. Am Fenster saßen fünf Studenten.

Der Fremde trank das erste Glas Wein in kleinen Schlucken, das zweite schnell, das dritte in zwei Zügen. Schon suchte er bei Thomas Anschluß mit den Augen, in denen eine Einsamkeit hoher Art war.

Er leerte noch das vierte Glas und kam, das fünfte in der Hand, durch die Stube auf Thomas zu, lächelnd kleingemachten Mundes. Gefühle gleichsam vorausschickend und Blicke, die ihm eine gute Aufnahme sichern sollten.

»Mein Name ist Huf, Heinrich Christian Huf.« Er setzte sich dabei, den ganzen Unterarm auf den Tisch, Schläfe auf den Daumen der weggespreizten Hand gestützt, und sah zu Thomas empor, als wäre er seit Jahren mit ihm befreundet und spräche schon seit Stunden mit ihm.

»Sagen Sie mir, mein lieber Thomas, ist es nicht eine tolle Verkettung der Dinge, daß ein schlimmer Geist unter meinen Ahnen war? Ein kosmischer Fehler in der Mischung der Gefühle ist geschehen, und ich – ich bin das Resultat.«

Er hob beide Arme und sagte lächelnd: »Ich bin ein geschlagener Mann. Ich trage diesen Burschen im Blute und werde ihn nicht los... Hol ihn doch der Teufel! Prost!«

Herr Huf war fünfunddreißig, bartlos, sorgfältig frisiert und gekleidet, und sprach trotz seines ungewöhnlichen Gebarens mit einem Untertone formellster Höflichkeit.

Thomas, überrumpelt und verwirrt, im Widerstreite zwischen Ablehnung und unwillkürlicher Sympathie, konnte kein Wort hervorbringen. Das erwartete und wollte Herr Huf auch gar nicht. Er sprach selbst. Er brauchte Zuhörer.

»Es bleibt ein ewiges Rätsel im Schoße der Natur, daß ich mein Doktorexamen bestanden habe. Haben vielleicht – was glauben Sie, mein lieber Thomas? – haben vielleicht die Götter meinen Examinatoren in dieser Stunde zugezwinkert?«

Da wandte er sich um – die Studenten waren in Gelächter ausgebrochen. »Sie lachen! Sie lachen!« Er lächelte sie an und rief hinüber: »Bei euch, meine lieben Brüder, werden die Götter sich nicht bemühen. Das ist der tiefe Unterschied.«

Ohne weiteres stand er auf und ging zu den Studenten, überlegen lächelnd und dennoch gezwungen, ihre Gesellschaft zu suchen. Er wollte dem einen die Hand auf die Schulter legen. Der fuhr empor. Ein Papagei krächzte – und Herr Huf hielt eine Visitenkarte in der Hand.

Er schüttelte lange und schweigend den Kopf, die Karte zerknüllend, zog schließlich das Kinn zurück, als müsse er aufstoßen, stieß aber nicht auf, sondern sagte mit großer Gebärde: »Homer und Servantes, Dante, Shakespeare und Goethe haben unsterbliche Werke geschaffen. Sollte dies ganz vergebens gewesen sein, meine Brüder? Prost.« Und ging zurück zu Thomas.

Die Visitenkarte des Studenten lag auf dem Boden.

»Sie sollten nicht so viel trinken.«

»Schulmeistern Sie nicht, Thomas, schulmeistern Sie nicht. Prost! . . . Bin ich dir sympathisch? Junger Bruder, ich seh es deinen Augen an.«

Da zuckte neben dem Tische ein Oberkörper, Absätze knallten zusammen, und wieder krächzte ein Papagei. Dann ergriff der Student das Glas und schüttete den Wein Herrn Huf ins Gesicht.

»Das ist ja ekelhaft, was Sie getan haben, Sie alberner Bursche!«

Thomas war zornbleich aufgefahren und hatte unwillkürlich Boxerstellung angenommen.

Kinn zurückgezogen, tupfte Herr Huf mit dem Taschentuch aus feinstem Batist Gesicht und Anzug ab und lachte lautlos vor sich hin und in sich hinein, lachte, als hätte er soeben den geistvollsten Witz der Welt vernommen, und dabei zuckte sein Gesicht.

VIERTES KAPITEL

Im vorigen Sommer hatte Theobald Kletterer ein Häuschen billig auf Abbruch gekauft und mit den Backsteinen, Dachziegeln, Fußböden, Fenstern und Türen das einstöckige langgestreckte Gärtnerhaus noch um zwölf Meter verlängern lassen. Im Anbau sollte später Thomas mit seiner Frau wohnen.

Als Hanna am Nachmittag in den Garten kam, stand Thomas, bekleidet nur mit einer weiten, weißen Kniehose und Boxhandschuhen, in einem dieser Zimmer, in dem sich nichts als ein Punchingball befand, der in der Mitte von der Decke hing.

Sie setzte sich außen auf das niedrige Fenstersims. »Guten Tag . . . Nun?«

Alle Muskeln gespannt, tänzelte er auf den Zehenspitzen weiter um den Punchingball herum, im schnellsten Tempo Schläge austeilend, als gälte es sein Leben.

»Jetzt hörst du auf! Wir wollen spazierengehen.«

Auch darauf gab er keine Antwort. Rücken und Oberarme waren gut ausgebildet, auch die Beine, die Unterarme waren etwas schwächer.

Hanna setzte sich für längere Zeit zurecht: Rücken gegen den Fensterrahmen, Füßchen auf das Sims, Hände um die Schienbeine. »Hast du vielleicht nicht gehört?«

»Wirf die Uhr nicht runter!«

Die lag auf dem Fenstersims.

»Daß du mich überhaupt bemerkst!«

Da führte Frau Kletterer zwei Studenten durch den Garten. »Thomas, die Herren wollen dich sprechen.«

Sie überbrachten eine Forderung von dem Studenten,

zu dem Thomas gesagt hatte: ›Das ist ja ekelhaft, was Sie tun, Sie alberner Bursche!‹ Der Wortführer, ein berüchtigter Duellant, war schon dreißig und hatte wenig Aussicht, das Examen noch zu machen. Seine Korpsbrüder fürchteten und duldeten ihn, weil er ein unübertroffener Gesellschafter, der beste Schütze und Fechter und auch ein guter Boxer war, der in schwierigen Fällen vorgeschickt werden konnte.

Der andere, ein käsiges, ärmlich gekleidetes Bürschchen, blutjung, Sohn einer Witwe, die sich für ihn die Pfennige am Mund absparte, hatte die spitze Nase vorgeschoben und verharrte in dieser Stellung wie ein hypnotisiertes Huhn.

Thomas war ans Fenster getreten. Die Studenten sahen nur den nackten Oberkörper, den Hannas Beine überquerten.

»Ich habe leider zu wenig Zeit, meine Herren. Von früh fünf bis zehn arbeite ich im Garten. Diese Dampfheizung! Ich baue da nämlich eine Dampfheizung. Dann die Kollegien! Die muß man doch ebenfalls besuchen.«

Hanna blickte zwischen den zwei Parteien hin und her wie jemand, der nur zufällig dasitzt, ganz unparteiisch ist und sich im Augenblick ganz besonders wohl fühlt.

»Außerdem studiere ich gegenwärtig ein ungewöhnlich aufschlußreiches Werk über ›Die Verdrängung Englands vom Weltmarkt‹«, sagte er in natürlichstem Tone, als wäre dies die einzig mögliche Antwort auf eine Forderung, und dabei funkelten seine Augen vor Hohn.

Er streckte bedauernd den Fausthandschuh vor und sagte lächelnd: »Ja, sehen Sie, auch dieses weltwirtschaftliche Problem muß ein Kandidat der Nationalökonomie heutzutage gründlich studieren. Da werden Sie begreifen, daß ich keine Zeit habe, meine Lungen durchstechen zu lassen und mich sechs Wochen ins Bett zu legen.«

Die Studenten begriffen nur das eine, daß Thomas die Forderung nicht annahm. Der Duellant machte wortlos kehrt. Der Sohn der Witwe folgte wie am Schnürchen.

Thomas versetzte dem Punchingball noch einen Schlag und ging mit dem Bademantel zum Gartenbrunnen, duschte sich ab, rannte, ohne Hanna zu beachten, hinauf in sein Zimmer und verließ Minuten später das Haus, die schwarzen Kolleghefte unterm Arm.

Grübelnd, ob er wegen Hanna mit Doktor Huf sprechen solle, schritt er die Hauptstraße hinauf. Plötzlich bekam er einen so furchtbaren Faustschlag auf die linke Gesichtshälfte, daß er das Auge nicht mehr zu öffnen vermochte und ins Knie sank.

Zuerst sah er nur fünf rote Studentenmützen und darunter fünf maskenhaft starre Gesichter, die über ihm in der Luft zu hängen schienen. Dann erst erkannte er den berüchtigten Duellanten, der schon Boxerstellung angenommen hatte.

Thomas war noch so benommen, daß Himmel und Häuser ineinanderwogend sich ihm zuneigten. Er stand ganz langsam auf und zog Rock und Weste ganz langsam aus, um Zeit zu gewinnen.

Die Geschäfte hatten soeben geschlossen. Die Straße war voller Menschen: Ladnerinnen, Kommis, Lehrlinge, Arbeiter, dazwischen viele Studenten beim abendlichen Bummel. Schon hatte sich ein dicker Kreis gebildet.

Erst als Thomas schon gesagt hatte: »Halte du meinen Rock«, erkannte er in dem Buben den jüngsten Sohn Oskars. Der knüllte den Rock zusammen und schob ihn unter die Achsel. »Da können Sie ganz ruhig sein.« Die Augen leuchteten.

»Sie sollten etwas weiter zurücktreten«, sagte Thomas, um noch einige Sekunden zu gewinnen, und würgte die unbändige Wut nieder, die ihn verhindert hätte, klaren Kopfes zu kämpfen.

Er hatte sich allmählich dahin bewegt, wo er im Rükken den Gegner wußte. Vollkommen unerwartet kamen die blitzschnelle Wendung, Sprung und Hieb, der die ganze Wucht des Körpers in sich trug und den Duellanten so hart traf, daß der Kampf gleich zu gleich beginnen konnte.

Und dann gab es ein Schauspiel, wie es in Würzburg seit seiner Gründung noch nicht gesehen worden war und noch vor wenigen Jahren auch in keiner andern Stadt Deutschlands möglich gewesen wäre.

Noch vor zehn Jahren würden die Gegner getrennt worden sein, und in Würzburg hätte dieser Vorfall mit einer allgemeinen Keilerei geendet. Aber im Jahre 1927 war der Sportgeist schon bis in die Dörfer gedrungen, und ein Störer dieses Kampfes hätte den Zorn aller Zuschauer auf sich gezogen.

Thomas tänzelte um den berüchtigten Duellanten herum, der sich um sich selbst drehte und dabei die gefährlich langen Arme vorfühlend streckte und beugte, gleichmäßig, wie eine langsam anlaufende Zweizylinderdampfmaschine die Kolbenstangen vordrückt und zurückzieht. Er war größer, bedeutend schwerer und stärker und hatte einen Ruf zu verlieren.

Thomas, zehn Jahre jünger, grazil und viel beweglicher, wußte, daß ihn nur sein schnelles Auge retten konnte und sein Temperament, gezügelt durch den Kopf. Thomas war Kopfboxer.

Der Kampf spielte sich ab auf dem großen Platze zwischen dem doppeltürmigen Dome und der mächtigen Rundkuppelkirche, wo wie zum Hohne für diese Baudenkmäler ein winziger moderner Kiosk im Stile eines Gartenhäuschens stand und übergenug Raum war für die Zuschauer, die sich stiller verhielten als in der Kirche, wenn der Priester die Messe zelebriert.

Außen umdrängten die Neuhinzukommenden den gemauerten Zuschauerkreis und suchten vergebens durchzuschlüpfen. Wenn auch vor Herrn Molitors Hause besonders hochgeachtete Personen wie der »Heilige Petrus« damals noch durchgelassen worden waren in die erste Reihe – hier hätte selbst der Bürgermeister vergebens gefleht.

Sie hatten im Vorgeplänkel schon einige leichte Streifschläge gewechselt, um die gegenseitige Kampfweise kennenzulernen. Noch kämpften beide mit größter Vorsicht. Es war kein Austrag nach Uhr und Runden. Es ging bis zum Ende, das ein einziger Schlag in der nächsten Sekunde bringen konnte. Beide kannten die furchtbare Wirkung der bloßen Faust. Aber jeder wußte auch, daß er vor unerlaubten Schlägen des anderen sicherer sein konnte als im Ring. Denn hier gab es nicht einen, hier gab es hundert scharf aufpassende Ringrichter, darunter mehrere, die dem von Oskar gegründeten Athletenverein ›Goliath‹ angehörten und die Regeln genau kannten.

Thomas war näher gekommen. Die Knöchel seiner Fäuste waren weiß.

Da fingierte der Duellant einen Linkshieb und schlug, als schleudere er einen Stein über den Platz, die Rechte von seitwärts nach, mit solcher Wucht, daß der schwere Körper sich fast ganz um sich selbst drehte und den Halt verlor.

Ein Hauch stieg aus dem Zuschauerkreis auf. Durch diesen Hieb wäre Thomas hingelegt worden wie gemäht. Er hatte sich blitzschnell geduckt und konnte von unten nach oben einen kurzen harten Kinnschlag geben.

Der Schwergetroffene stürzte über Thomas her, rettete sich in dessen Arme und hielt sie fest. Im Nahkampf, wo mehr die Körperkraft entscheidet, war der Duellant weit überlegen. Thomas bekam mehrere Schläge pausenlos hintereinander auf Kinn und Schläfe und auf das Auge, das schon durch den ersten Schlag getroffen worden war.

»Laß ihn los, du Feigling!« rief Oskars Junge in höchster Erregung.

Jemand lachte. »Bist du ruhig, du Frosch!«

»Er hat ganz recht. Loslassen! Loslassen!«

Sie bleiben eng ineinander verfilzt, bis ein langer Steinbrucharbeiter, aktives Mitglied des Athletenvereins ›Goliath‹, den Kirchplatz ganz zum Ring erhob und die Gegner, den Regeln entsprechend, trennte.

Beider Wäsche, Fäuste und Gesichter waren blutverschmiert, und niemand wußte, wessen Blut es war.

Noch einmal mußte der Ringrichter trennend zwischen ihnen durch. Da wiederholte der Duellant denselben Hieb wie vorhin. Wieder sauste die Faust in die Luft, und der schwere Körper verlor jeden Halt. Wieder hatte Thomas sich blitzschnell geduckt. Und diesmal traf er den Punkt am Kinn genau und mit voller Wucht.

Der Kopf schwankte kraftlos, der ganze Körper schwankte und taumelte in sich zusammen.

Der Schutzmann kam zwei Sekunden zu spät. Er wurde umringt und von so vielen gleichzeitig aufgeklärt, daß er zunächst gar nichts erfuhr.

Oskars Junge, der aus eigener Erfahrung wußte, daß es immer und in jedem Falle, selbst dann, wenn man nichts angestelllt hatte, das beste war, zu verschwinden, wenn ein Schutzmann erschien, zog den noch ganz benommenen Thomas heraus aus dem Knäuel, schnell über den Platz und durch ein Durchhaus in eine stille Gartenstraße. »Dem haben wir's besorgt. Aber gründlich!«

Thomas Auge, das den ersten Hieb bekommen hatte, war blutunterlaufen und zugeschwollen. Er konnte es nicht öffnen. Beim letzten Schlag hatte er den rechten Daumen verstaucht.

Er wollte sich von etwas überzeugen, das entscheidend sein würde für sein ferneres Leben. Deshalb blieb er stehen. Er wollte erfahren, ob das Auge ausgelaufen war und die Sehkraft verloren hatte. Dazu mußte er stehenbleiben.

Er schloß das unversehrte Auge, verharrte noch eine Sekunde in der Finsternis, die durchzogen war von ineinanderwogenden unbestimmten Farben, erzeugt durch das pochende Blut, das auf geheimnisvolle Weise mit dem Weltall verbunden zu sein schien.

In dieser entscheidenden Sekunde, da er so stand und zögerte, fühlte er, daß tief in ihm, im Hintergrunde seines Wesens, nur Hanna war und sonst nichts.

Er legte den Daumen an das untere Lid des verletzten Auges, den Zeigefinger gegen die Braue und zog stokkenden Herzens die Lider auseinander.

In der Finsternis entstand die Welt: ein Garten, eine junge Frau unter einem blühenden Kirschbaum in der Abendröte.

Ein Ton der Freude stieg empor. Alles war gut. Wunder des Sehens! Auch der Daumen würde in einigen Tagen wieder heil sein. Alles war gut.

Sie gingen zu dem fließenden Brunnen, der in die efeuüberhangene Gartenmauer eingelassen war. Thomas fand sein Taschentuch nicht.

»Warten Sie!« Der Junge begann, seines aus der linken Hosentasche herauszuziehen. Dazu beugte er sich nach rechts und streckte, den inneren Blick konzentriert in die Hosentasche gerichtet, das linke Bein seitwärts. »Sie ist nämlich lebendig.«

Er legte das Taschentuch auf die Brunnenschale und knüpfte es mit größter Vorsicht auf: Eine winzige, noch ganz farblose Eidechse flitzte heraus und sofort an der Mauer hoch zum Efeu, wo sie hängen blieb, das Köpfchen zurückgedreht. Sie war in Sicherheit.

»Die ist weg.« Sehnsüchtig sah er nach oben und knüpfte dabei den Zipfel auf, in den drei Pfennige eingebunden waren. »Die erwisch ich nicht mehr . . . So, damit können Sie das Blut abwaschen.«

Thomas faßte es mit den Fingerspitzen und hob es hoch. Er erinnerte sich der unsäglichen Taschentücher seiner Kindheit.

»Nehmen Sie's nur! Wenn's auch naß wird, ach, das macht ja nichts. Da wird's auch gleich sauber dabei.«

Minuten später marschieren sie heimwärts, Hand in Hand, zufrieden mit sich und dem Leben und den Schmerzen in Aug und Daumen.

Wenn Thomas nur wenige Sekunden früher um die Ecke gebogen wäre, hätte er Hanna noch gesehen, die soeben mit Herrn Doktor Huf hinter der Bootsverleihanstalt verschwunden war.

Spaziergänger schlenderten ruhevoll am Abendufer hin und schienen zu fühlen, daß im Vergleich zu ihnen alle anderen Menschen auf der Erde ein gehetztes, elendes Leben führten. Und der Main, der lieblich ist und stark zugleich, sah so gelassen aus, als wüßte er an diesem warmen Frühlingsabend noch bestimmter als sonst, daß nur seinetwegen die Stadt hier erbaut worden war.

Die Marienfeste auf der Höhe stand vor der abendroten Himmelswand. Riesen auf märchengroßen Elefanten überquerten zwischenraumlos hintereinander in der Dämmerung den Fluß: Das war die alte Brücke mit den Heiligen.

Würde diese von Hügeln sanft umsäumte Stadt durch ein Naturereignis der alten Brücke und der Marienfeste beraubt, sie und alle Einwohner verlören den Charakter, wie der Mensch durch eine Seelenerkrankung sein Ich verliert.

Der Junge erblickte seinen Freund, des Schreibers Sohn, der auf der Quaimauer stand. »Ich muß nachsehen, was der da macht ... Aber wenn Sie nicht allein heimgehen können ...«

Dann bringt er das Opfer. Er bringt's, dachte Thomas und schritt auf die Bootsverleihanstalt zu.

»Fisch?«

»Vierzehn Stück!« Er hielt das Netzchen hoch, das er aus Bindfaden fabriziert hatte.

»Geangelt?«

»Nee, im Wald gepflückt!«

Pause. »Wenn du so spät heimkommst, verhaut dich dein Vater ... Gibst mir einen davon?«

»Ich bring Fisch mit. Da tut er's vielleicht doch nicht.«

»Er tut's. Er hat dir ja schon das letztemal versichert, daß es dir schlechtgeht, wenn du noch einmal angelst.«

»Ha, die Fisch hat er dann doch verzehrt. Und dann kann er's ja nicht tun. Der weiß ja nie so recht, was ihm lieber ist: die Fisch oder das andere. Da ist er immer so im Zweifel.«

Pause. »Aber was ich vorhin mitgemacht hab, da sind die Fisch überhaupt nichts dagegen ... Wieviel wiegen sie denn?«

»No, sagen wir drei Pfund ... Was hast du denn mitgemacht?«

»Ha! Das sag ich nicht, das wär ja Verrat.«

»Und für einen Fisch?«

Große Pause. »Ich geb dir lieber einen Pfennig dafür.«

An der Mauer ankerte ein fremdes Schiff aus Eisen, das mit schon behauenen roten Sandsteinquadern beladen und mit einem Motor ausgestattet war. Neben der Kajüte stand ein halbmeterhohes Blechgefäß, das genauso aussah wie eine große Petroleumkanne. Die Fischer saßen in der nahen Kneipe beim Abendschoppen. Der Sohn des Schreibers zog sein Netzchen wieder zu. Den Pfennig hielt er zwischen den Zähnen. »Wenn du's Maul hältst, sag ich dir was.«

»Bin ich vielleicht ein Verräter!« Dabei prüfte er, Arm senkrecht gestreckt, die Größe des Fischchens, das auf der flachen Hand lag.

»Petroleum schwimmt auf dem Wasser, und wenn wir's dann anzünden, brennt der ganze Fluß ... Ich wär ja schon lang heim. Aber wenn's dunkel ist, sieht das Feuer viel schöner aus.«

»Man wird auch nicht so leicht erwischt.«

Doktor Huf fragte Hanna: »Sagen Sie mir: Lieben Sie ihn? Lieben Sie ihn?«

»Oh, wenn Sie wüßten! Nur die Mutter, die Mutter noch mehr ... Vielleicht aber auch nicht.«

»Sie liebt ihn. Sie liebt ihn.«

Sie gingen langsam an den Knaben vorbei. Auch jetzt behielt Herr Huf beide Hände in den Manteltaschen und blickte nach jedem dritten Schritt an sich hinunter, als müsse er sich überzeugen, daß er seine Hosen noch nicht verloren hatte.

Er lächelte gradaus, er sah die Szene in der Weinstube. »Ein netter Junge! Netter Junge!« Und dann, ihr zugedreht: »Aber sagen Sie mal: doch zu jung! Er ist ja hundejung.«

»Und Sie? Sie lieben gar niemand auf der Welt? Immer so allein?«

»Das ist reizend von Ihnen. Entzückendes Kind! ... Vor langer, langer Zeit, begegnete ich einem Mädchen. Wir waren nur einmal allein, nachts, auf der Hotelterrasse in Lugano. Und in diesen fünf Minuten erklärte ich ihr, daß sie mit mir ein Hundeleben haben würde. Sie reiste ab. Eine Engländerin. Sie lebt in Indien. Ich sah sie nicht wieder. Reiste ab. Gleich am nächsten Tag!«

»Wenn Sie selbst ihr solche Angst machen!«

»Sie hätte mir nicht glauben dürfen, mein törichtes Mädchen. Aber sie tat gut daran ... Die meisten haben ja die Auswahl unter so vielen, und es ist beinahe gleich, wem sie sich zugesellen. Ganz Wurscht! Aber ich? ... Und auch für meine Schwester gibt es keinen Gefährten. Sie ist jung, schön, reich, empfindsam wie Flaum im Winde und verliert ihr Leben bei einem lächerlichen Wandertheater. Sie muß spielen. Wir haben beide den Charakter des Genies und sind beide keine Genies. Verpfuschte Existenzen!«

Hanna schwieg eine ganze lange Minute. »Sie sollten Fußball spielen.«

»Ah, welch geniales Wort! In diesen Zusammenhängen ein wahrhaft tiefes Wort!« Er lachte wieder in sich hinein, wie damals in der Kneipe, als ihm der Student den Wein ins Gesicht geschüttet hatte.

»Ich sollte Fußball spielen! Famos! Und Sie haben recht. Tief, tief recht ... Niemals werde ich Fußball spielen.« Das Gesicht zuckte.

»Ich wäre nicht abgereist.« Da lag sie in seinen Armen, fest angepreßt, zitternd am ganzen Körper. Denn von der Stelle, wo des Schreibers Junge das Streichholz auf das Wasser gehalten hatte, dort, wo das Steinschiff ankerte, bis hinunter zur alten Brücke war eine ungeheure Feuerschlange, hundert Meter lang, blitzschnell durch die Nacht gestoßen.

Die Kanne hatte nicht Petroleum enthalten, sondern Benzin, das von der starken Strömung rasch in die Flußmitte und abwärts geführt worden war. Hätte gleich das erste Streichholz gezündet, die Knaben würden inmitten eines gewaltigen Flammenmeeres gestanden sein.

Diesem hundert Meter langen grellen Blitzlicht, das dem ganzen Quai und der alten Brücke zwei Sekunden lang die Farbe des Tages gegeben hatte, folgte um so tiefere Finsternis, in der die Erschrockenen entkommen konnten. Herr Huf, den gleich Herrn Firnekäs derartige Ereignisse wenig berührten, nahm die Gelegenheit wahr, daß Hanna in seinen Armen lag: er küßte den duftenden Nacken. Er fühlte die Antwort des geschmeidigen Mädchenkörpers und fragte: »Du würdest nicht abgereist sein?«

Als Thomas in sein Studierzimmer trat, unterm Arm ein Paket Watte und Flaschen aus der Apotheke, warf die Mutter, die auf der langen Tannenholztafel Ordnung gemacht hatte, beide Hände über den Kopf. »Um Gottes willen, ist das Auge kaputt?«

»Nö, nö«, blökte Thomas. Er war in bester Stimmung. Ihm war, als hätte er durch den siegreichen Kampf einen großen Vorrat an Lebenssicherheit gewonnen. Er fühlte die Lebenskraft in den Schultern, als er das grün und blau geschlagene Auge im Spiegel betrachtete.

Zufrieden lächelnd versuchte er, das Auge ohne Hilfe der Hand zu öffnen. Es ging nicht. ›Gut, machen wir einen Umschlag! Und morgen früh geh ich in die Augenklinik, zu diesem Indianer, der nicht ganz unschuldig ist an dieser Farbensymphonie.‹

Doktor Huf war erster Assistent und bevorzugter Mitarbeiter des Leiters der neuen Augenklinik, einer europäischen Berühmtheit.

In diesen Räumen sah er ganz anders aus als auf der Straße, ruhig, gesammelt, geborgen, und das Indianergesicht über dem weißen Klinikmantel schien noch brauner als sonst zu sein.

Das Auge war schnell untersucht und unversehrt befunden worden. Sie gingen im Klinikgarten spazieren, wo viele Patienten, Greise und Kinder, mit verbundenen Augen oder mit blauen und grünen Schutzbrillen auf den Bänken saßen. Die Vögel im Garten und im Glacis, das unmittelbar anschloß, stemmten mit vereinten Kräften ihren Jubelchor empor zum seidenblauen Zelt.

Zwei kniehohe Mädchen, Arbeiterkinder mit entzündeten Augen, sprangen auf Doktor Huf zu. Es war kein Kinderfreund, kein Welt- und Menschenfreund. Er strich nur so nebenbei über die blonden Scheitel.

»Sie sind ja über Nacht eine Berühmtheit geworden. Der Nimbus unseres verbummelten Goliaths hat bedenklich gelitten.«

Die Kinder, die beachtet sein wollten, patschten mit den Händen auf seine Schenkel, und die entzündeten Augen blinzelten in der Sonne zu ihm empor.

»In den Schatten! Fort mit euch, in den Schatten, wo ihr herkommt und immer sein werdet!« Er blickte ihnen nach, wie ein Mann, der bis ins Blut hinein überzeugt ist von der ewigen Unabänderlichkeit des menschlichen Elends.

»Aber daß Sie sich mit diesem Burschen herumgeschlagen haben! . . . Nein, nein, verzeihen Sie.«

»Und was tun Sie, wenn Ihnen jemand auf der Straße plötzlich die Faust ins Gesicht knallt?«

»Ja, eine schwierige Situation. Aber . . .« Er lächelte. Doktor Huf pflegte Angriffen schlagfertig mit einem geistvollen Wort zu begegnen, und wenn dies den andern nicht entwaffnete, war er wehrlos. Er war oft wehrlos. ›Er gehört zu denen, die den Körper zu gering schätzen und dadurch auch in der Seele tiefere Wunden empfangen als wir. Er gehört einer vergangenen Zeit an. Er ist eine stilreine Antiquität in einem Hochhaus aus Eisenkonstruktion. Er gehört ins Museum. Uns gehört der Tag. Wir gehen hinaus ins Blaue und bleiben dabei nüchtern.‹ Auch Thomas lächelte.

Plötzlich dachte er an Hanna. Und er behielt auch jetzt dieses Lächeln bei, das schonungsloses Mitleid mit dem ungefährlichen Rivalen verriet.

Doktor Huf, der die Anerkennung selbst seines Friseurs nicht entbehren konnte und imstande war, dabei gleichzeitig über sich und diese Schwäche zu lächeln, verlor sofort Ruhe und Sicherheit. Seine Miene zerfiel. »Warum lachen Sie? Warum lachen Sie?«

Er blickte an sich hinunter. »Wie? Warum? Warum lachen Sie denn?« Sein Wesen lag offen. In diesem Augenblick hätte ein Kind ihn durch ein Wort in der Seele verwunden können.

Auch Thomas' Ruhe war weg. Seine ganze Herzensangst brach durch: »Sie waren schon mehrmals mit ihr zusammen. Ich kann Sie nicht bitten, das nicht zu tun. Sie sollen nur wissen, wie ernst das für mich ist. Und jetzt können Sie tun, was Sie wollen.«

Er wartete die Antwort nicht ab; er wandte sich sofort um und ging hinaus.

Hanna war Thomas von zu Hause unbemerkt gefolgt und hatte im Glacis auf ihn gewartet. Sie erblickten einander gleichzeitig. Thomas blieb stehen. Sie ging, Kopf gesenkt, Arme reglos, wie eine Schlafwandlerin langsam auf ihn zu dicht vor ihn hin, bis ihr Kinn seine Schulter berührte, und verharrte, in Gefühl und Haltung dem Geliebten ganz und gar hingegeben.

Der Mutter hatte sie gesagt, daß sie mit Thomas einen Ausflug machen und erst abends heimkommen werde.

Sie gingen durch die alten Weidenstöcke, dem Bootshäuschen zu. Thomas trug eine Gürtelhose, den Rock überm Arm, es war warm, sie ein dünnes Kleidchen, ärmellos, das einmal grüngeblümt und rosa gewesen, aber durch vieles Waschen ihren Armen und dem hohen Hälschen in der Farbe so ähnlich geworden war, daß Thomas, als er in einiger Entfernung hinter ihr schritt, plötzlich sekundenlang glaubte, sie sei nackt.

Das Kleid war so eng, daß es die Formen weniger verhüllte als offenbarte. Diese schlanke Sprungfeder war nicht mager.

»Wieviel kostet die Stunde?«

Der alte Schiffer drückte den Teerpinsel erst gründlich

am Topfrand aus. »Für Sie vierzig Pfennig.« Er hatte buschige, graue Brauen wie sein alter Schnauz, der in der Sonne lag und ebenfalls mit braunem Blick durch die überhängenden Haare zu Thomas emporsah.

»Und der ganze Tag?«

»No, sagen wir zwei Mark, und für das schöne Fräulein gar nichts. Aber wenn mir Ihr Vater einen Korb voll neuer Kartoffeln rüberschickt, bin ich auch bezahlt.«

Thomas zog das Boot vom Lattenboden herunter ins Wasser, geschickt und mit kraftvollem Schwunge, und setzte sich zwischen die langen Ruder.

Das Wasser roch in der Sonne. Sie hatten den ganzen Tag vor sich, der so lang war wie das Leben.

Sooft er die Ruder mit Lust und junger Kraft durchs Wasser riß, daß das schmale Boot mit einem Ruck auf ihn zusauste, hatte er das Gefühl, Hanna an sich zu reißen.

Sie saß vollständig reglos, streng und gerade wie eine ägyptische Statue. Zu dieser Zeit trugen Weltdamen und Dorfmädchen kurze Röcke, und wenn sie sich setzten, schlüpften die Knie hervor.

Sie fuhren abwärts. Bald verschwanden die letzten Dächer, und schon entrückten auch die Kirchturmspitzen in dem Maße, wie der Bogenlauf des blauen Bandes eine andere Landschaft bot. Kein menschlicher Laut mehr, nur Vogelgeschrei, Sonne, Duft und die zwei.

Sie gerieten in eine Strömung – Hannas geschmeidiger Körper machte in der Hüfte das Schaukeln des Bootes schmiegsam mit – und näherten sich schnell einer kleinen Insel, auf der nur einige Buchen standen und zwischen Weidenbüschen ein altes Badehäuschen, das lichterloh brannte.

Der Sohn Oskars und Hannas neunjähriger Bruder, die Falkenauges Frack von der Brücke aus in den Fluß hatten werfen wollen, flüchteten durchs Wasser uferwärts, gleich Wilden, wenn eine Expedition sich ihrer

Insel nähert, versteckten sich im vorjährigen Schilf und genossen, sprungbereit, von hier aus ihr Werk.

Plötzlich flohen sie wie Hasen querfeldein, verfolgt vom uralten Flurhüter, dessen Hund immer wieder zurückjagte und, sich windend im Jagdfieber, seinen Herrn verbellte, der nicht mitkam und den kleinen Hügel erst erklommen hatte, als die Brandstifter schon verschwunden waren in der blauen Ferne.

»Diese zwei kleinen Gauner!« rief Hanna verblüfft und entzückt, setzte sich ins Gras und betrachtete die Flammen, die die Farben der Sonne hatten. Sie glaubten allein zu sein auf der Insel.

Da bekam der Weidenbusch neben ihnen zwei kleine schmutzige Hände, die langsam und vorsichtig die Zweige auseinanderbogen für den Kopf des eigentlichen Brandstifters, dessen weitaufgerissene Blauaugen forschend zum Ufer hinüberblickten. Auf allen vieren kroch der Sohn des Schreibers heraus und wurde vor Schreck leblos, als er die beiden sitzen sah.

Er war der Anführer. Auch Hannas Bruder, ein eigenwilliges Bürschen, drahtig, dünn, schwarz, mit schneeigen Zahnreihen, konnte dem nervösen Vorwitz des Kameraden nicht widerstehen. Die drei steckten immer zusammen.

Zu Hause war der Sohn des Schreibers verschlossen. Darin glich er seinem Vater. Oft schlief er abends nach dem Essen auf dem Stuhle sofort ein, und die Augen waren offen, weit und starr. Fünfmal hatte er während des vergangenen Winters abends zu seiner Mutter gesagt: Heute nacht brennt's. Und jedesmal war Stunden später der Brand ausgebrochen. Es war, als hätte seine Leidenschaft, Strohhaufen auf dem Felde oder dürre Hecken anzuzünden, ihren Ursprung in einer übernatürlichen Verwandtschaft mit dem Feuer. Streichhölzer trug er immer bei sich.

»Komm nur rüber, du Lausbub, komm du nur rüber! Dich hab ich!« Der Flurhüter stand auf dem erhöhten Ufer und schüttelte triumphierend den Stock über seinem Kopf.

Unwillkürlich umhalste Hanna den Geliebten, der den Arm um sie legte und die Hand auf ihr klopfendes Herz an den Rand der kleinen, harten Brust.

Der Junge blieb knieweich stehen, fluchtbereit, und blickte sich nach einem Ausweg um. Aber es gab keinen Ausweg. Hinüber ans jenseitige Ufer konnte er nicht, der Fluß war zu tief, und an diesem Ufer stand der Flurhüter, neben ihm, hopsend vor Jagdgier, der Hund. Er war gefangen.

Der Flurhüter, der das Liebespaar, das hinter einem Weidenbusch saß, nicht sehen konnte, krabbelte mühsam den Bahndamm herunter, bis an den Rand des Wassers. »Kommst du auf der Stelle rüber!«

Der Junge war bis zum entgegengesetzten Rand der Insel zurückgewichen.

»Ich schlag dich grün und blau, wenn du nicht augenblicklich rüberkommst.« Er stolperte aufgeregt am Ufer hin und her.

Da begriff der Junge, daß der Flurhüter das Wasser nicht durchwaten konnte. Er steckte beide Hände in die Hosentaschen, Rock und Weste hatte er nicht an, und sagte schlicht: »Ich komm nicht.«

Auch Hanna begriff. Sie schlug auch den zweiten Arm um den Hals des Geliebten und ließ den Kopf in den Nacken sinken. Plötzlich fühlte sie seine Hand an ihrer Brust, in der kindlichen Freude entstand ein anderes Gefühl, ihre Augen wurden anders heiß, und der Mund öffnete sich. Sie zog Thomas Kopf herunter.

Der Junge blickte verblüfft auf die zwei, zwischendurch schnell zum Flurhüter hinüber.

»Du kommst nicht rüber?«

Er schüttelte den Kopf, blickte wieder die zwei an.

Dieser erste Kuß ihres Lebens dauerte lange.

Der Flurhüter setzte sich. »Du entkommst mir nicht.«

Die Belagerung hatte begonnen.

Mit einem in sich versinkenden kleinen Ton fand Hanna noch einmal Thomas Mund. Unvermittelt grub sie die Nägel in seinen Hals, stieß ihn von sich und flüchtete bis zur äußerersten Spitze der Insel.

Die Seitenwände des Badehäuschens stürzten ein. Die Flammen schlugen hoch auf.

Der Junge setzte sich, holte aus seiner Hosentasche ein Doppelbrot, hob die eine Scheibe ab, kontrollierte, Kopf schief gestellt, mit wieviel Butter das Brot bestrichen war, und paßte die Scheiben zuerst wieder sorgfältig aufeinander, eh er zu essen begann. Er fühlte sich sicher.

Der Flurhüter begann zu verhandeln: »Wenn du gleich rüberkommst, geschieht dir weiter nichts. Wie heißt du denn?«

Der Junge reckte das Hälschen. »Da müßt ich aber schön dumm sein! Ich frag ja auch nicht, wie Sie heißen.«

Erst nach einer Viertelstunde kam Hanna langsam wieder, Schultern zurückgebogen, Arme im Rücken, als wolle sie alles Nackte verstecken. Die kleinen Brüste traten stärker vor. Die Augen waren noch naß.

Sie setzte sich auf einen Baumstumpf. Plötzlich machte sie mit dem ganzen Körper eine Bewegung des Unwillens, weil sie lachen mußte über den Jungen, der genau gegenüber dem Flurhüter wie ein Türke im Gras hockte und seelenruhig die letzte Rinde in den Mund schob.

Die Sitzenden bildeten ein Viereck, sie hätten Ball spielen können. Keiner sprach ein Wort. Auch der Hund hatte sich beruhigt und tappte schnuppernd am Wasser umher.

Die Holzreste begannen zu rauchen, von Flämmchen noch umknistert. Die Sonne stand hoch am Himmel. Der

Flurhüter zog die Uhr, erhob sich brummend und mühsam, pfiff seinem Hund und marschierte stadtwärts, dem Suppenteller zu.

Die Augen des Jungen leuchteten auf, blauer als der Himmel. Wie ein Tier brach er durch das Gestrüpp. Sie hörten noch das Plätschern des Wassers, Getrappel übers Feld und den hellen Ruf nach den Kameraden, dem kaum vernehmbar die Antwort folgte, fernher.

Dann war es überall ganz still. Das Liebespaar war allein auf der Erde, zwischen sich fünf Meter Rasen und das dunkle Geheimnis, vor dem als riesiger Wächter die Keuschheit stand.

Die Gesetze des Lebens sind rein und wunderbar.

Hanna saß immer noch reglos auf dem Baumstumpf, die nackten Arme hingen im Rücken, sie gewann ihre Haltung aus dem Schoße heraus.

Beim Ärmelloch spitzte der Rand des Hemdchens hervor, ein schmales weißes Rähmchen für die keusche Schönheit dieser sechzehn Mädchenjahre. Die Schulterkugel war schon lieblich gerundet, der Oberkörper noch um eine Linie zu dünn.

Thomas ging auf diesen rührenden weißen Rand zu und fand, wie er sich niederbeugte, den Mund.

Da lagen sie im Gras, und auch Hannas Arme taten, was der Strom des Gefühles begehrte. Sie nahm sich den Kuß, dessen Ungefährlichkeit sie nun schon erprobt zu haben glaubte. Man verging nicht vor Scham. Sie fühlte, daß sie gab, was sie empfing.

Es erging ihnen wie einem, der allzu lange gefastet hat und nun mit Brot allein vollkommen zufrieden ist. Ihnen genügte der Kuß ganz und gar.

Das Köpfchen ruhte an seiner Wange und machte, im Gleichklang des Begehrens, immer wieder die liebliche Wendung zum Kuß.

In den Pausen sprachen die Augen, und die Gewißheit, gleich wieder küssen zu können, verlieh auch den Pausen genug des Glückes.

Sie waren Schüler der Liebe und Lehrer zugleich.

Stunden vergingen. Es gab keine Pause mehr. Ein winziger Käfer, dessen goldgrünes Pänzerchen in der Sonne blitzte, konnte ungestört aus Thomas hellerem Haar in das Lackschwarz hinüberwechseln und von hier aus gleich Hannas in der Umarmung hochgehaltene Schulter erreichen. Vor dem weißen Rande des Hemdchens und der nackten Schulterkugel scheute der Goldkäfer zurück und nahm den Weg um den Rand herum, körperentlang, hinunter in das Tal der Hüfte und unverdrossen wieder empor an dem sanft hochgewölbten Bekken, weiter abwärts, bis oberhalb des Knies, wo das Kleid endete und ein schmaler, nackter Streifen des Beines Halt gebot.

Das schmucklose Strumpfband war etwas ausgedehnt, warf Falten an den Rändern, wie das eines kleinen Mädchens, das so lange mit dem Gummiband spielte, bis die Mutter es wieder enger nähen mußte.

Erst als seine Hand, noch halb unwillkürlich, auch die kleine harte Brust fand, richtete Hanna sich wieder auf.

In einem plötzlichen Gefühle wollte sie die Hände heben und die Schulterbänder lösen, um dem Geliebten das zu zeigen, was ihm gehörte. Die Keuschheit nahm den Armen die Kraft.

Sie saßen wieder reglos, Wange an Wange. Ruhe ließ sich mildernd nieder. Aber noch der Nachklang des Erlebten war so beseligend, daß sie alle Kraft der Entsagung brauchten, um nicht gleich von neuem zu beginnen.

Hanna stand auf. Sie hatte schon gelernt, daß auch der Kuß gefährlich war. Und als sie wieder im Boote saßen, Blick in Blick, fühlte sie eine vorher nie gekannte Zärtlichkeit für den Geliebten.

Es war nur ein Meter zwischen Steuer und Ruderbank.

In der Zärtlichkeit erhob sich unwillkürlich das Verlangen wieder.

Da saß Hanna nun wirklich auf seinem Schoß, Köpfchen in seinem Ellbogen, wie damals, als er sie nur in Gedanken hinüber auf die Bank im Soldatenfriedhof geführt hatte, und er nahm und behielt den Mund, der diesmal weich geöffnet war.

Das Boot schwamm führungslos in der Flußmitte, stellte sich quer, kreiste mit der Strömung langsam um sich selbst. Sie sahen nichts. Ihre Augen blieben geschlossen.

Sie fühlten einander tiefer im Schwanken des Bootes, die kleinen Wellenstöße setzten sich fort, Gefühl erzeugend in das Gefühl hinein.

Über und in ihnen war der Himmel, durch den sie beseligt segelten, ineinander vergangen.

Fernher klang in die große Stille das Klappern eines Pfluges, der schon heimwärts fuhr. Das Wasser duftete schon abendlich. Schon war die Sonne rot und sank. Fluß und Boot und Liebespaar waren aus Gold. Die Frösche begannen den Abendgesang.

Die blauen Hügelschatten auf dem Flusse wurden breiter und dunkler. Das Liebespaar bemerkte die Zeichen des versinkenden Tages nicht. Sie schaukelten auf der noch goldenen Rinne in den tiefen Schatten hinein.

Die Sonne ging unter. Das Tal fröstelte.

Und mit dem Bogenlauf des Flusses vergingen Boot und Paar in der heraufkommenden Nacht.

Hanna stieg die vier Treppen zur Wohnung empor, langsam, abwechselnd zehn Stufen schnell und wieder langsam, wie die Wellen des Gefühles wollten.

»Kommst aber spät!«

Hanna, die dieses Tages Herrlichkeit in den glänzenden Augen trug, sagte der Mutter alles, ohne ein Wort zu sagen.

Und die Mutter, ein Mädchen, das zwei Kinder geboren hatte und mit immer gleicher Wärme und Weisheit eines ruhigen Herzens die Gesetze des Lebens sich erfüllen ließ, antwortete auch nur mit einem Frauenlächeln und legte den Arm um die jüngere Schwester.

Nach dem Essen stieg Hanna sofort hinauf in ihre schmale Schlafkammer, die außerhalb der Wohnung unter dem Dache war. Sie schlüpfte hinein wie ein listiges Pelztierchen in seinen Bau. Sie drehte den Schlüssel um. Sie schloß das Vorhängchen, obwohl nur die Sterne ihr Gegenüber waren. Sie wollte ganz allein sein mit ihren sechzehn Mädchenjahren.

Thomas trat ins Wohnzimmer. Frau Lux senkte den Blick wieder auf die Näharbeit. »Sie ist schon oben.«

»So früh?«

»Sie war müde ... Das macht die Luft.«

Auch die Tante saß am Tisch. Sie war vor zwei Tagen dreiundachtzig geworden und hatte seitdem Todesgedanken. Die Hände kneteten die Sessellehnen. Der Kopf nickte. »Wenn nur gutes Wetter ist, wenn nur gutes Wetter ist, sonst geht ja niemand hinter meinem Sarg her. Ich will eine schöne Beerdigung haben. Die will ich noch haben.«

Das regte Hannas Vater wieder auf. Die Fingerspitzen seiner beiden Hände lockten nichtvorhandene Hunde. Er beugte sich zu Thomas: »Also, die ist imstand und stirbt nicht, wenn's regnet, also und, nur weil's regnet.«

»Und den neuen Leichenwagen müßt ihr nehmen. Nicht den alten, den elenden Karren, den miserablen! Den will ich nicht. Was denken da die Leute!«

»Dann geh ich wieder. Ich bin auch etwas müde.« Er hatte noch keine drei Minuten gesessen.

»Natürlich, Sie waren ja auch den ganzen Tag in der Luft, das macht müde.« Frau Lux hatte dabei nicht gelächelt.

Er schloß die Wohnungstür und blieb vor der Tür, die zum Dachboden und zu Hannas Kammer führte, reglos stehen, minutenlang.

Seine Hand griff nach der Türklinke. Er hielt sie von unten her mit Daumen und Zeigefinger wie ein Juwel, das man von sich weghält, um es besser betrachten zu können. Es war doch nicht gut möglich, das Hanna diese Tür geöffnet hatte, ohne die Klinke zu berühren.

Plötzlich waren seine Lippen auf der Klinke. ›Ich bin verrückt. Ich bin verrückt. Aber es ist wunderbar, verrückt zu sein.‹ Die Glückswelle trug ihn die Treppen hinab.

Er versuchte, sich zu beruhigen mit der Vorstellung, daß Hanna ihm nun ja für das ganze Leben angehöre. Aber wenn er sie doch nur noch eine Minute sehen könnte! Ob ich hinaufrufe? Dann kommt sie vielleicht ans Fenster. ›Bist du's, Thomas? Ja, ich. Schlaf gut, Hanna. Schlaf du auch gut . . . Ja, schlafen! Wer kann da schlafen!‹

Er ging ins Vorzimmer, drehte das elektrische Licht an und machte den Oberkörper frei. »Jetzt aber los!«

Die Mutter kam aus dem Garten herein. Sie hatte die Mistbeete zudecken wollen. Es war schwül und konnte regnen. Sie kraulte im Vorbeigehen ihrem Sohn den Nacken und setzte sich in die Ecke ans offene Fenster. Thomas trainierte mit dem Sprungseil.

»Das haben wir als kleine Mädchen getan.«

»Aber heute tun das die jungen Männer, und sie wissen, warum. Es gibt übrigens keine bessere Übung.«

»Wenn du morgen um fünf Uhr aufstehen willst, mußt du jetzt ins Bett.«

»Ich brauchte mich überhaupt nicht zu legen. Bin kein bißchen müde.« Er hatte ein kräftiges Wohlgefühl in den Schultern und im Nacken.

»Heute nachmittag war jemand da und hat nach dir

gefragt, ein Herr Doktor Huf aus der Augenklinik.« Sie beobachtete unauffällig ihren Sohn.

Der mußte aufhören zu springen, um gleichgültigen Tones fragen zu können: »Was wollte er denn?« Er hängte das Sprungseil an den Nagel.

»Das ist schwer zu sagen. Er unterhielt sich mit dem Vater stundenlang über Shakespeare und trank dabei drei Flaschen Wein aus. Der Vater ist ganz hingerissen von ihm... Du wirst dich erkälten.« Sie schloß das Fenster.

»Ich bin abgehärtet... Über Shakespeare? Na und?«

»Und dann wollte er unbedingt, daß ich Hanna herüberhole... Laß doch das Fenster zu!«

»Schade, daß Hanna nicht daheim war!«

»Zwei Monate in einem Pensionat, gnädige Frau – er sagte gnädige Frau zu mir, und da war er noch gar nicht betrunken –, in einem guten Pensionat oder im Hause meiner Mutter, nur zwei Monate, nur zwei Monate, und dieses anmutige Kind...«

»Ist ja gar nicht einmal nötig!«

»Und dabei legte er mir die Hand auf die Schulter.« Frau Kletterer vergaß sogar die Gefahr, die ihrem Sohne drohte. »Wie dieser Mann sprechen kann! Da dreht sich in einem alles um und um. Schade, daß er so trinkt. Es muß ihm schlechtgehen. Dieser Blick! Daß er mich nicht umarmt hat, war alles. Es war überhaupt so, als ob wir uns seit Jahren kennten.«

»Er kennt jeden Menschen seit Jahren, wenn er will. Jeden!... Nun, und was sagte er denn, daß dann wäre, wenn Hanna zwei Monate im Hause seiner Mutter leben würde? Ich meine, wie drückte er sich denn aus?«

»Ja, er sagte, dann hätte seine Mutter eine Tochter – er meinte: eine Schwiegertochter –, daß sie sich eine bessere gar nicht vorstellen könnte.«

Frau Kletterer hielt es für das beste, ihre Meinung zu

sagen. »Der Mann ist ganz verrückt nach ihr. Der brennt ja lichterloh. Was er alles von ihr sagt! Sie ist das entzükkendste, lieblichste, unschuldigste, anmutigste Geschöpf auf Erden . . . Da war er allerdings schon ganz betrunken. Ist sie nicht eine Blume? Das fragte er mich immer wieder . . . Da hat dieser Frosch eine schöne Geschichte angestellt. Dieser dünne Specht!«

Sie ist ja gar nicht so dünn, konnte Thomas noch denken. Auch in ihm drehte sich alles um und um, und schließlich blieb das Gefühl obenauf, daß Doktor Huf doch ein nicht ungefährlicher Rivale sei. Gegen dieses Gefühl half auch das Training mit dem Sprungseil nicht. Er schlüpfte ins Hemd und half seiner Mutter beim Zudecken der Mistbeete. Hannas Dachfensterchen war noch beleuchtet. Sie ging unruhig in der Kammer umher. Hier hatte Hanna allerhand zusammengetragen: ein winziges Kanapee, auf dem schon die Mutter als Kind gesessen hatte, eine Strohmatte für den Boden, vor das Bett ein weißes Fellchen, gerade groß genug für die Füße. Das Unterteil des uralten Schaukelstuhls, vom Vater repariert, war halb aus Eisen. Sie setzte sich hinein und betrachtete ihr Reich.

Zwei Stearinkerzen, Stück acht Pfennige, brannten vor dem Spiegel, neben dem am Nagel in der Wand eine Kette grüner Glasperlen hing.

Der Wunsch nach Schlaf wollte sich heute nicht einstellen. Sie machte Schaukelbewegungen und seufzte dabei zufrieden. Aber der Selbstbetrug gelang nicht. Thomas war nicht hier. Niemand war da, dem sie sich hätte mitteilen können. Die Unruhe wich nicht.

Sie zog Schuhe und Strümpfe aus und betrachtete, tief im Stuhle liegend, die hochgestreckten, fest aneinandergepreßten Beine, zog den Rock noch etwas weiter zurück, um die lebendige Linie von oben an verfolgen zu können.

Die Beine, die sich tadellos verjüngten, gefielen ihr. Die unverbildeten Füßchen waren schmal, dünn die gewölbten Zehen, dicht beisammen.

Die Beine sanken von selbst. Sie zog den Rockrand wieder bis zu den Knien und lag still im Stuhle, die Augen offen.

Die Natur hatte mit Bruchteilen von Millimetern rechnen müssen, um in diesem kleinen Oval alles unterbringen zu können: modellierte Mädchenstirn, Näschen, Augen, Mund und Kinn. Da kam alles auf das Größenverhältnis an. Die Öhrchen lagen so straff an wie das straff zurückgekämmte Haar.

Zwei Millimeter waren übriggeblieben. Die hatten Mund und Augen noch zugeteilt bekommen.

Ganz zum Schluß hatte die große Bildnerin mit der Kühnheit eines Meisters ihrem schon fertigen Werke noch die Andeutung zweier Wangengrübchen gegeben.

Hanna wurde von der Unruhe aus dem Stuhle geschnellt und vor den Spiegel gestellt, zwischen die zwei Kerzenflammen. Sie stieg aus dem zu Boden fallenden Kleid heraus. Das kurze Hemd war in der Taille abgebunden.

Thomas' Photographie steckte im Spiegelrahmen. Hanna tat, was sie auf der Insel nicht zu tun vermocht hatte: Sie schlüpfte aus den Schulterbändern heraus, Die Spitzen, rosig und viel heller als die kleinen Brüste, standen nach seitwärts.

Sie hob das Hemd wieder über die Brüstchen hoch. Dann zogen die bebenden Fingerspitzen es noch einmal ganz langsam herunter, ganz langsam, bis in die Taille. Das hatte sie dem Geliebten zeigen wollen.

Sie betrachtete sich im Spiegel. Sie verharrte lange reglos. Dabei fiel das Hemd. Sie stieg heraus, stand wieder reglos. Sie prüfte kritisch wie eine kluge Braut vor der Hochzeitsnacht, wandte sich um, Gesicht zum Spiegelbild zurückgedreht, tippte mit den Spitzen beider Zeigefinger in die zwei Grübchen, die dort waren, wo der Rücken endet, etwas größer und tiefer waren, als die in den Wangen.

Sechzehn Jahre und neun Monate hatte die Natur gebraucht zur Vollendung, vom Haar bis zur Sohle. Selten gelingt ihr der Mensch. Der Leopard und der Käfer gelingen ihr immer.

Die Unruhe wich nicht. Sie drückte Thomas Bild fest an sich, zwischen Achselhöhle und Hüfte. Es half nicht. Die Augen öffneten sich von selbst wieder. Sie schmückte sich mit der grünen Halskette. Auch das half nicht.

Die Hand strich an den Linien herunter, die der Goldkäfer entlanggewandert war, strich über den kleinen runden Leib herunter und verharrte. Hanna wußte nichts.

Das erstemal in ihrem Leben stieg sie ohne Nachthemd ins Bett. Auch das kühle Leinen half nicht.

Sie stampfte die Decke weg, lag still, kniete auf und hängte die Decke über das Unterteil, zupfte sie ordentlich zurecht.

Sie lag auf dem Rücken, lag auf dem Leibe, immer ganz reglos, immer die Augen brav geschlossen, die sich immer von selbst wieder öffneten. Sie drehte sich zur Wand, zog die Beine an, gab dem Köpfchen den Arm als weichen Rahmen. Alles half nichts.

Die Natur half sich selbst, als ihr unschuldiges Kind endlich eingeschlafen war. Dabei erwachte Hanna. Und diesmal stand nicht die Mutter da, die auch dazu zärtlich hätte sagen können: ›Nun, du kleine Frau . . .‹

Der untere Rand des Vorhängchens flatterte, die Nacht begann zu wispern, Bäume rauschten auf, die ersten Tropfen trommelten auf die Dachrinne.

Den folgenden Nachmittag saß Hanna in ihrer Kammer am Fenster und machte Stenographieübungen. Sie besuchte die Handelsschule. Sie wollte Stenotypistin werden. In Würzburg gab es zu jener Zeit mehr stellungslose Stenotypistinnen als Schreibmaschinen.

Zuweilen betrachtete sie ihre Hand, an der sie noch den silbernen Kinderring mit dem farbigen Steinchen trug. So dünn waren ihre Finger geblieben. Sie hielt die Hand gegen das Licht. Sie konnte die Spitzen nach rückwärts biegen. Die Verbindungshäutchen zwischen den Fingern leuchteten rot.

Hanna war allein in der Wohnung, und wenn sie den Blick hob, sah sie drüben im Garten einen weißen Hemdrücken, eine erhobene Hacke. Das war Thomas. Am Vormittag hatte er für eine große Provinzzeitung einen bestellten Artikel über die Industrialisierung der englischen Kolonien geschrieben, jetzt arbeitete er an der Dampfheizung, und wenn er scharf blickte, konnte er in der Ferne hoch oben im Dachfenster einen Ellbogen, einen nackten Arm erkennen.

Als Hanna mit der Fingerspitze leise am Arm emporstrich bis zur Schulter – sie trug das ärmellose Kleidchen –, fühlte sie diese Berührung erschauernd in den Beinen, an der Innenseite knieaufwärts.

Sie stenographierte den Satz: ›Wir haben Ihre Offerte erhalten . . .‹, strich unwillkürlich wieder am Arm hinauf, ›und teilen wir Ihnen mit . . .‹ Sie schlug die Beine übereinander. Dazu brauchte sie erstaunlich viel Kraft. Denn sie fühlte eine ungewohnte, nicht unangenehme Schwäche, in der die Kraft verging. Ihr war, als hätte sie Blei und Watte in den Knien. Das angenehme Rieseln konnte nicht durch die Knie hinunter in die Waden.

Die Bodentreppe knarrte. Der dunkelrote Strom stieg ihr bis in die Augen und trug sie zur Tür, unter der Thomas stand.

›Kleid fallen lassen wie gestern abend, alles fallen

lassen und mich an ihn hin. Nachher muß er mich umbringen. Dann ist alles gleich. Dann muß er mich ersticken.‹

Sie standen neben dem Bett, schweigend. Nur Blick und Blut hatten gegrüßt.

Thomas brachte die ersten Rosen, die der Garten gegeben hatte. Zwei waren noch ganz geschlossen.

Sie steckte die nassen Rosen hoch an die Schulter. Dabei mußte sie den Arm heben.

Thomas konnte nicht mehr widerstehen, sein Mund nahm die dunkle Höhle. Da glitt sie blitzschnell an ihm nieder in die Knie. Er mußte aus ihren Armen heraussteigen.

Es war still da oben. Auch die Dreiundachtzigjährige war die vier Treppen hinuntergestiegen und durch die halbe Stadt spaziert in die Weinstube auf der alten Brücke, sich zum Beweise, daß sie noch lange nicht sterben werde.

Hanna ging hinunter in die Küche, um Kaffee zu kochen und Tassen zu holen. Geführt von dem Gefühl, daß sie mit dem Geliebten stärker verbunden bleibe, wenn unterdessen die Kammertür offen sei, kehrte sie auf der Treppe noch einmal um.

Wie Thomas so dastand, vor dem Bett, und ergriffen das Kissen ansah, auf dem ihre Wange geruht hatte, erhob sich gegen sein stürmisches Verlangen das Gefühl der Verantwortung wieder.

Thomas war noch Jüngling und mit dem Kopfe schon Mann. Er kannte die vielerlei Schwierigkeiten, in die Hanna geraten mußte, wenn er seinem Verlangen nachgab, und fühlte zugleich die Gefahr, die der Geliebten drohte und ihm selbst, wenn er sich bezwang.

Der Gedanke, sie könnte, gestoßen von dem Feuer ihrer frühvollendeten Natur, in ihrer kindlichen Unschuld Doktor Huf zufallen, machte ihn innerlich weiß vor kalter Bereitschaft, den vielleicht weniger verantwortungsbewußten Nebenbuhler umzubringen.

Er lauschte. Und da sie es war, die in der Küche mit den Tassen klapperte, empfand er auch dies noch als Stufe zum Glück.

Schon hörte er sie kommen. Sie summte.

›Da blüht und schwingt sie unbeschwert dem Leben entgegen, getragen von dem Bewußtsein ihrer Schönheit, und kann unversehens in tiefste Not geraten, in den Ruin. Es kommt immer nur auf den Mann an, und den wählt für alle ja doch mehr das Schicksal, an dem sie dann zerbrechen mögen, wenn sie es nicht tragen können‹, dachte der Neunzehnjährige, dem das frühzeitige Wissen um die Dinge des Lebens das Leben nicht erleichterte. ›Darüber muß ich mit ihr sprechen. Ich muß!‹

Beschwingt von der Anbetung in seinem Blick, hob sie im Schreiten das Tablett so hoch, daß ihr Kinn den Rand berührte und die Ober- und Unterarme ein waagerechtes Gepränge bildeten.

Auf dem winzigen Kanapee blieb zwischen ihnen kein Zentimeter frei. Als sie beim Eingießen den Deckel der Kanne mit der Fingerspitze festhielt, dachte er: ›Wenn ich ein Filmregisseur wäre, würde ich zuerst nur das von ihr zeigen, diese Hand, dann allmählich den Arm langsam hinauf bis zum Rand des Hemdchens. Schon da müßte jeder einzelne im Publikum ihren Liebreiz empfinden. Und wenn dann noch das Köpfchen auf der Leinwand erscheint, der Mund, die Mädchenstirn und dieser Blick, oh, oh, das Hälschen! So hoch! Und jetzt ist es gebogen.‹

»Trink!« Sie spitzte die Lippen, die Tassen waren klein. »Gut?«

»Sehr gut!« Er hatte ihn noch gar nicht versucht.

Mit schöner Gleichzeitigkeit begaben sie sich – jeder

von sich aus in derselben Sekunde – wieder auf das Terrain, das sie gestern erobert hatten, wobei auch Hanna die Arme um seinen Hals legte, mit einem Seufzer der Erleichterung.

Der Kuß schmeckte wieder ganz neu, genausogut wie auf der Insel der erste. Schon gestern hatten sie entdeckt, daß es mehrere Arten Küsse gab. Heute fanden sie noch neue hinzu und prüften deren Süße, indem sie zwischendurch auch die bekannten probierten. Sie entdeckten, daß durch die verschiedene Reihenfolge schon mit ihren sieben Sorten ein nahezu unerschöpflicher Reichtum an Abwechslung erzielt werden konnte.

Das Kanapee war zu schmal, war eigentlich nur ein Sessel, dessen Rückenlehne, auf der einen Seite hoch, sich zum Sitz hinunter verlor.

Auch sie hatten schon ihre Lieblingsstellung in die sie wieder einschnappten, gleich einem präzis gearbeiteten Kontakt. Wie gestern im Boot saß Hanna wieder auf seinem Schoße, ruhend das Köpfchen in seinem Ellbogen. So fühlte sie sich geborgen, und er gewann das Maß seines Wesens und die schöne Pflicht, über die Geliebte zu wachen.

Die Rosen, hoch an der Schulter, störten. Mit einer Naivität und Anmut ohnegleichen nestelte sie, als eine Liebkosung nicht gleich gelang, eifrig die Rosen los und sank sofort wieder in ihre Stellung zurück. Dabei glitt das Kleid von der Achsel herunter.

Wie nackt ein unschuldiges Mädchen aussieht, wenn und weil nur eine Schulter entblößt ist!

Vom Ansatz des hohen Hälschens – noch sichtbare Andeutung eines Kreises – zog die Schulterlinie, in edlem Schwunge nach rückwärts ausbiegend, herunter und vor zum sichtbaren Ansatz der Achsel, die in sanfter Rundung wieder klar nach rückwärts strebte.

Die Natur zeigte hier dem Plastiker dessen schönste

Notwendigkeit: mit Gefühl und Kopf erst die Wunder des anatomischen Baues zu kennen und zu geben, ehe er dem Temperamente seines Wesens Schliff und Vollendung anvertraut.

Die Haut, im Grundton rosa und leis nußgrün getönt wie das Gesicht, war glatt und kühl und auch dort nicht heller, wo das Kleid sie der Sonne entzogen hatte. Hannas Haut hatte die Sonne in sich, sie konnte von den Strahlen nur begrüßt, nicht gebräunt werden. Er drückte die Lippen in die weiche Bucht, wo fein gezeichnet die Brust begann. Sie ließ es geschehen.

Aber als er, den Hemdrand in Händen, auch mit dem Blick ihre Schönheit erkennen wollte, neigte sie, die Nacktheit zu verdecken, das Köpfchen zur Schulter, die sich entgegenhob, so hoch, daß sie die rosige Ohrmuschel berührte. Ihre Augen erröteten: wurden schwarz im Brande des Blutes.

Berührt plötzlich von dem Gedanken, ihre Unschuld und naive Bereitschaft mißbraucht zu haben, ebenso unbedenklich, wie er es von Doktor Huf befürchtete, hob er selbst den leichten Stoff wieder über ihre Brust. Ihr Gesicht fiel in seine Hände.

Thomas' Mund war fest und grad, die Nase an der Wurzel leicht gebogen. Es schien, als würde die Stirn noch höher werden und sich noch stärker modellieren. Es war schon jetzt zu sehen, daß das Gesicht später schärfer aus dem Gesicht heraustreten würde. Das hellste waren die Augen.

Fünftes Kapitel

Oskar hatte die Nächte in der Zelle nicht nur wegen der Wanzen schlaflos verbracht. Immer wieder war er den Leidensweg über die Brücke gegangen. Sein Junge heulte auf. Jeder blieb stehen und folgte. Alle kannten ihn.

Das Lebensziel, einmal wieder hinter dem Schanktisch im ›Schwarzen Walfisch zu Askalon‹ zu stehen, schien ihm, wie die Geschichte auch enden würde, nun unerreichbar.

Unzählige Male hatte er in diesen Nächten berechnet, in wieviel Minuten der Weg von seinem Hause bis zu Herrn Molitor und von hier wieder zurück bis zum Hause des Schreibers von einem starken Fußgänger bewältigt werden könne, und war von zwanzig Minuten auf achtzehn und schließlich auf sechzehn heruntergegangen.

Oskar gründete seine einzige Hoffnung, sich noch retten zu können, darauf, daß er nur elf Minuten allein gewesen war: Punkt halb acht war er vor seiner Hautür von dem Polizeiwachtmeister gegrüßt worden, und schon vier Minuten vor dreiviertel acht hatte er zusammen mit dem Schreiber dessen Zimmer betreten. Unaufhörlich und immer vergebens versuchte er, sich damit zu beruhigen, daß ihn bei seinem Galopp durch die dunkle Gasse und den nachtschwarzen Quai entlang, bis zum Schreiber, niemand gesehen habe.

Gegen Morgen, als die Zelle dämmergrau wurde, las er wieder die Inschriften und betrachtete die Zeichnungen, mit denen die vier Wände fast zwischenraumlos bedeckt waren.

Hier waren Lebensauffassungen und Schicksale vieler Landstreicher drastisch und knapp formuliert. Hundert Romane an einer Wand! Auf einer Blechtafel, ebenfalls dicht bekritzelt, stand: Das Beschreiben der Wände ist bei strenger Strafe verboten.

Oskar zählte siebenunddreißig Galgen. Das war das einfachste: ein senkrechter Strich, ein waagerechter Strich, ein Strich herunter und ein langgestrecktes Strichmännchen daran.

Zwei Schließer traten ein, fesselten Oskar und führten ihn eine winzige, gußeiserne Wendeltreppe empor, die eine ewige Spirale zu sein schien und direkt in das photographische Atelier unter dem Dache des Untersuchungsgefängnisses mündete.

Er mußte die Fingerspitzen auf eine weiche, kautschukartige Platte legen. Dann wurde er photographiert von einem Spitzbauch mit Spitzbart und breitlächelndem Munde, der mehrmals aufmunternd sagte: »Das tut nicht weh. Nur schön stillhalten! . . . So, sehen Sie, und das kostet nicht einmal etwas. Sie bekommen auch einen extra guten Platz in meiner Sammlung.« Er verbeugte sich grausam spielerisch und hopste vergnügt um seinen Apparat herum. Die Fesseln wurden wieder angelegt.

Auf dem Schreibtisch des Herrn Soso, der nachdenklich im Sessel zurückgelehnt saß, beide Hände unter den schlohweißen Gansfedern versteckt, stand ein Bierglas mit dünnen Buchenreisern, deren winzige Blättchen den Frühling bewiesen.

»Warum haben Sie Herrn Molitor getötet?« Er blieb reglos, nahm auch die Hände nicht weg; nur die Augen spitzten nach oben.

»Ich war's nicht, das können Sie mir glauben.«

»Sie haben sich aber so dringend verdächtig gemacht.«

»Das hab ich mir gleich gedacht.«

»So? Warum haben Sie sich das denn gleich gedacht, wenn Sie es doch nicht waren?«

Da spreizte Oskar alle zehn Finger auseinander, als hätte er in Dreck gegriffen.

Der Protokollführer, der dem Schreiber auffallend ähnlich sah, zog ganz für sich privat die Brauen hoch.

»Würzburg hat neunzigtausend Einwohner. Warum haben gerade Sie geglaubt, daß der Verdacht auf Sie fallen könnte?« Der Richter beugte sich vor und hielt Oskars fahrigen Blick fest.

»Ja, das war so ein Gefühl. Ich hab auch gleich zu meinem Freund gesagt, da geraten wir in was hinein und wissen gar nicht, wie... Es kommen doch so viele Unschuldige ins Zuchthaus. Mein Freund wurde ja auch verhaftet.«

Der Herr Soso tippte auf die Mappe, in der das Protokoll über die Aussage der Aufwartefrau lag. Sie hatte Herrn Molitor um halb acht verlassen und ihn bei der Rückkehr tot vor dem offenen Kassenschrank gefunden.

Neben ihrem Protokoll lag in einer zweiten blauen Mappe das Protokoll über die Aussage des alten Herrn, der seit zwanzig Jahren von früh neun bis abends neun jede Minute zweimal auf die Straße spuckte. Er hatte gesehen, daß zwischen halb und dreiviertel acht ein Mann mit einem Pudel aus Herrn Molitors Haus herausgestürzt und durch die Gasse quaiwärts gesprungen war.

Pudel gab es in Würzburg nur drei. Der eine gehörte einem alten Fräulein und der andere einem gelähmten Herrn, der täglich im Rollstuhl ausgefahren wurde.

»Nun, Herr Benommen, wo waren Sie so zwischen halb und dreiviertel acht?«

»Ich kann mein Alibi nachweisen. Mein Alibi ist ganz einwandfrei«, sagte Oskar mit denselben Worten und in fast demselben Tone wie der Schweizer. »Und das ist doch die Hauptsache.«

»Soso! Und ich sage Ihnen, für Sie ist jetzt die Hauptsache, die Wahrheit zu sagen. Schaden kann Ihnen das nicht mehr. Denn wir wissen schon die Hauptsache«, sagte der Herr Soso immer noch sehr ruhig, aber schon so aufgebracht, wie er überhaupt werden konnte. Die Schwanzfedern zitterten ein wenig.

»Sie werden doch nicht glauben, daß ich ihn umgebracht hab, um Himmels willen, das werden Sie doch nicht glauben!«

»Wo waren Sie zwischen halb und dreiviertel acht?«

»Mein Alibi ist doch . . .«

»Wo Sie waren!«

Dieser Ton reizte Oskar. Er stülpte die Lippen nach außen. »Ich bin erst um halb acht, Punkt halb acht von daheim fortgegangen. Das kann ich beweisen. Das muß der Wachtmeister bestätigen. Der hat mich gegrüßt, er hat gerade seine Uhr nach der Turmuhr gerichtet. Wenn Sie mir nicht glauben, dann fragen Sie ihn.«

»Und dann sind Sie zu Herrn Molitor gegangen.«

»Nein!« rief er wütend. Plötzlich sah er in die Luft und sprach sehr schnell und mit unnatürlich hoher Stimme, wie damals im Festungsgraben, als er den Vorschlag gemacht hatte, die vier sollten für Eintrittsgeld auftreten. »Ich bin langsam über die Brücke geschlendert, ich hab doch nichts zu tun oder wenigstens nicht viel. Ich bin zu meinem Freund Widerschein. Der ist auch grad heimgekommen. Da war's noch nicht ganz dreiviertel acht. Vier Minuten haben noch gefehlt. Ich hab ihn noch extra darauf aufmerksam gemacht.«

»Soso . . . Und wo war Herr Widerschein gewesen?«

»Ja, das weiß ich doch nicht . . . Ich mein, ich hab ihn nur deshalb darauf aufmerksam gemacht, weil wir doch noch zum Schneider Firnekäs wollten. Nicht, daß Sie was anderes glauben!«

Der Herr Soso kugelte ins Nebenzimmer und schickte

die zwei Kriminalbeamten, die Oskar verhaftet hatten, zum Schreiber.

»So, also die Wahrheit, soso, die Wahrheit wollen Sie nicht sagen. Nun, Herr Benommen, ich habe Zeit. Ich kann mich jeden Tag, ich kann mich so Monate lang so täglich mit Ihnen unterhalten.«

Die Erinnerung an die schweren Stunden in der Zelle und die Aussicht, noch viele solche Nächte erleben zu müssen, seine Machtlosigkeit und des Richters Tonfall erzeugten zusammen einen so unwiderstehlichen Zorn in Oskar, daß er plötzlich zu brüllen begann.

»Einen Unschuldigen könnt ihr schikanieren, das wissen wir ja. Sonst könnt ihr ja nichts. Aber ich sag Ihnen, wenn der Halsabschneider – ja, er war ein ganz schofler Halsabschneider –, wenn der zwischen halb und dreiviertel acht umgebracht worden ist, dann kann ich mein Alibi nachweisen, und ihr könnt mir einen Dreck anhaben. Das wär ja noch schöner!«

Der Herr Soso ließ eine wunderbar abgemessene Kunstpause verstreichen. Und als er dann wieder sprach, wurde sein Ton in unbemerkbar feinen Übergängen immer freundlicher und menschlicher. Er ließ den Strick, den er in der Hand und Oskar um den Hals hatte, immer länger werden, wie der Hirtenjunge den Strick verlängert, so weit, bis die Geiß ganz frei zu weiden glaubt.

»Herr Molitor war ja sehr hart gegen Sie. Aber deshalb darf man ihm doch nicht den Schädel einschlagen.«

»Ich hab's nicht getan!«

»Es hat ja damals großes Aufsehen in der Stadt erregt, wie hart der Mann gegen Sie vorgegangen ist. Und Ihnen hat kein Mensch seine Achtung versagt. Das war wohl sehr schwer für Sie, ich kann das verstehen.«

Oskar zuckte die Schultern. Sein Zorn verflog schon.

»Ja, das sind so Schicksalsschläge, Herr Benommen.

Aber viele arbeiten sich auch wieder herauf. Ist ja schwer in diesen Zeiten, wenn einer Frau und Kinder hat. Es gibt gar zu viele, die jetzt um das Allernötigste vergebens kämpfen.«

»Natürlich! Es gibt ja allein in Würzburg ein paar hundert Leichen.«

»Wieso Leichen?«

»No, wir nennen die halt Leichen, die Ausgerutschten.«

»Ihre Kinder sind auch schon herangewachsen, wie?«

»Mein Jüngster ist acht. Das ist der größte Gauner. Aber das ist nicht so schlimm. Wir waren ja auch nicht anders.« Oskar lächelte, und der Herr Soso nickte.

Dann ließ er den Strick scheinbar ganz aus der Hand. »Ja, so geht's. Wenn Herr Molitor die Wechsel prolongiert hätte, wären Sie heute vielleicht schon wieder so ziemlich in Ordnung! Ah, es ist ein rechtes Unglück!« Er ließ die Hand auf den Schreibtisch fallen und schüttelte traurig den Kopf.

»Das hätte der Mann nicht tun dürfen«, sagte er noch, in einem Ton, als spräche er zu einem guten Bekannten an einem Frühlingstag an der Straßenecke.

Oskar hatte ganz vergessen, daß er gefesselt war. Er spannte die Muskeln, und sein Gesicht wurde hell. »Schaff's noch einmal. Es braucht halt eine gewisse Zeit. Die Hauptsache ist, daß Sie mich rauslassen. Sie werden mich doch heut noch rauslassen. Ich war ja vier Minuten vor dreiviertel acht schon bei meinem Freund. Da kann ich's doch gar nicht gewesen sein. Der weite Weg! Das müssen Sie doch einsehen.«

Die Augen des Herrn Soso spitzten wieder von unten nach oben. Er nahm die Hundepeitsche in die Hand und betrachtete ganz wie in Gedanken die abgewetzte Stelle der lederüberzogenen Bleikugel. »Ja, so schnell wird das nicht gehen, so hurtig.«

Der Strick hatte sich plötzlich gespannt: Oskar war wie die Geiß einen Schritt zu weit gegangen und hatte wie sie die Zunge nach einem besonders saftigen, aber nicht mehr erreichbaren Blatt ausgestreckt.

Daß Oskar zwischen halb und dreiviertel acht in Herrn Molitors Wohnung gewesen war, wußte der Richter mit absoluter Bestimmtheit. Aber gerade die Art, wie Oskar in diesem Punkte log, sein Verhalten, ließ ihn bezweifeln, daß der Mann da vor ihm diese Tat begangen hatte.

»So, Herr Benommen, dann machen wir jetzt eine kleine Pause. Ich frühstücke, und Sie bekommen auch Ihr Essen.« Er lächelte und nickte so überaus herzlich, als bedauere er nur das eine, dem Gefesselten leider nicht auch die Hand geben zu können, und ließ ihn abführen.

»Nun, nun, so schlimm ist das ja nicht. Der Herr Widerschein tut mir doch nichts«, sagte er zu den zwei Beamten, die den Schreiber hereinführten. »Nehmen Sie Herrn Widerschein nur ruhig die Fesseln ab. So. Herr Widerschein, wir zwei kennen uns ja.«

Der Schreiber, der im Dienste seines Chefs viele Jahre auf den Gerichten tätig gewesen war und Herrn Soso als den hervorragendsten und gefürchtetsten Untersuchungsrichter des ganzen Landkreises kennengelernt hatte, lächelte verlegen und schmerzlich. Beinahe wäre er – sein Gesicht lief schon rot an – in hysterisches Lachen ausgebrochen, weil er die weichen Fallen, die der Herr Soso stellte, aus der Praxis schon kannte und genau wußte, daß er durch eigenes Zutun nicht eine Minute früher wieder freikommen werde, trotz aller Menschenfreundlichkeit des Herrn Soso.

Der Richter äugte durchs Fenster und sprach über das ganz besonders herrliche Frühlingswetter. Der Schreiber verzog grinsend den Mund und sagte: »Das ist gut für den Wein. Für den Wein kann's im Frühling gar nicht warm genug sein.«

»Erinnern Sie sich noch?« begann der Herr Soso und sprach lang und breit über den 1917er Most. Der war soso, war süßer als Honig... Was wußten Sie denn von dem Plan? Sie sehen übrigens frisch aus, obwohl Sie gegenwärtig wahrscheinlich nicht jeden Tag Gansbraten essen können. Und vor allem: seit wann wußten Sie davon?«

Der Schreiber konnte nicht widerstehen. »No, seit ungefähr einer Woche.«

»Soso!« Er hatte sein Erstaunen nicht verbergen können und suchte es nun anders zu begründen, indem er sofort fragte: »Erst seit einer Woche?«

»Ja, länger ist es nicht her. Da waren wir im Festungsgraben – an Zeit fehlt's uns ja nicht – und überlegten wieder einmal, wie wir Geld verdienen könnten. Wir haben doch alle nichts, keine Stellung und nichts. Wir haben alle schon alles mögliche probiert. Alles ging fehl. No, und da rückte Oskar plötzlich raus mit dem Plan.«

Des Protokollführers Bleistift flog über den Kanzleibogen. Der Schreiber hatte in tiefernstem Tone gesprochen. Jetzt erst begann er zu grinsen: »Wenn Sie aber einen nach dem andern, wenn Sie gleich unser ganzes Quartett verhaften lassen, dann können wir höchstens im Untersuchungsgefängnis auftreten.«

Auch des Protokollführers Mund blieb offen. Der Herr Soso zwinkerte, als ob ihm ein längst Verstorbener erschienen wäre. Und der Schreiber erzählte in natürlichstem Tone Oskars Quartettidee.

»Aber Sie lassen ihn ja doch nicht raus, solang der Fall nicht ganz geklärt ist. Das kann ja schön werden.«

Der Herr Soso erholte sich. »Na, wir zwei werden uns schon verständigen. Wir sind ja so halbe Kollegen.« Er sah in eine blaue Mappe und tat, als lese er. »Also, zu Ihnen hat Herr Benommen gesagt: ›Den Halsabschneider bring ich noch um.‹ Wann war denn das?«

›Mich fängst du nicht.‹ »Davon weiß ich nichts. Und

wenn er wirklich einmal so was gesagt haben sollte, no, dann war das nur so geredet. So was ist doch nicht ernst gemeint. Das wär ja auch eher ein Beweis dafür, daß er ihn nicht umgebracht hat. Denn wenn einer ...«

»Sie sind ja ein richter Schlaukopf ... Also, was wissen Sie denn nun von der Sache?«

»Keinen Schimmer hab ich.«

»Und wo waren Sie selbst zwischen halb und dreiviertel acht?« »Spazieren.«

»Wo?«

»Am Main.«

»Mit wem?«

»Allein.«

»Können Sie das beweisen?«

»Es war schon dunkel. Ob mich jemand gesehen hat, weiß ich nicht.«

»Schlimm! ... Herr Molitor wurde doch nun einmal in seinem Blute tot vor dem Kassenschrank gefunden, und Tatsache ist, daß Ihr Freund, der einen – menschlich ja vielleicht verständlichen – Haß gegen den Toten hatte, von dort direkt zu Ihnen gegangen ist. Sie verstehen ja genug von unserem Beruf und werden begreifen, daß ich Sie unter diesen Umständen einstweilen hierbehalten muß. Das nehmen Sie mir doch nicht übel ... Ich habe Ihnen ja Ihren Scherz auch nicht übelgenommen ... Allerhöchstens fünf Minuten später war er bei Ihnen. Da müssen Sie doch irgend etwas, so eine Aufregung und so, an ihm bemerkt haben.«

Er wird's doch nicht getan haben? dachte der Schreiber. Er erinnerte sich an Oskars Atemlosigkeit, an sein verstörtes Aussehen und sagte zunächst: »Er war so wie immer.«

»Was Sie sagen! Das ist doch so recht merkwürdig, so kaum zu glauben ... So, kommen Sie mal rein«, sagte er zu den Beamten, »und seien Sie recht nett, so recht besonders nett zu Herrn Widerschein. Wir zwei kennen einander nämlich schon lange. Wir sind ja beinahe Freunde.«

Schmus du nur, du Schweinehund, dachte der Schreiber und nahm die dargebotene Hand des Herrn Soso. Dann wurde er gefesselt.

»Nur recht vorsichtig! Nicht weh tun! . . . So.«

Des Schreibers Gesicht lief schon wieder rot an. Noch unter der Tür überkam ihn der hysterische Lachanfall. »Sagt er das auch zum Scharfrichter?«

Die Beamten grinsten, und der Herr Soso, der die Worte noch gehört hatte, lächelte vergnügt.

Er hatte die vier Angestellten der Weinhandlung, deren Büro sich im ersten Stock befand, schon vernommen, auch Oskars Frau und Herrn Firnekäs, der nur zehnmal kaum bemerkbar genickt und den Kopf geschüttelt hatte, den Schweizer Büchsenmacher schon mehrmals, und war nicht weitergekommen.

Die Sachverständigen hatten festgestellt, daß Herrn Molitors Tod durch einen einzigen Schlag mit einem nicht eckigen Gegenstand auf die linke Schläfe verursacht worden war. Ob und wieviel Geld fehlte, war aus den sehr unübersichtlich und ganz unkaufmännisch geführten Büchern noch nicht zu ermitteln gewesen.

Theobald Kletterer hatte sich unaufgefordert gemeldet. Er habe eine wichtige Aussage zu machen.

»Mein Name ist Theobald Kletterer«, rief er bei der Tür und trat auf: durchquerte ohne jegliches Lampenfieber das große Zimmer, schnell und sicher, offenen Blickes.

Der Herr Soso sah sich den etwas zu kleinen kaffeebraunen Mann an, der blütenweiße Wäsche und eine etwas zu große Lavallièrebinde trug, den Schlapphut fest in der Hand. »Setzen Sie sich.«

Darauf war er nicht vorbereitet gewesen. Er blieb stehen. »Ich hab den Schlüssel nicht zu diesem Rätsel. Mich trieb mein Herz, die Stimme zu erheben für meinen Freund. Der Schritt ist mir nicht leicht geworden. Jedoch ich mußte mich zu ihm bekennen. Er hat es nicht getan.«

»Sie haben eine Gärtnerei, nicht? Muß schön sein, wenn man's versteht.«

»Seit meinem vierten Lebensjahr kenne ich ihn. Auch er ist immer seinem Ideal treu geblieben. Der Mann ist ein Charakter. Ich bürg für ihn. Ich stelle die Kaution. Denn er erträgt die Fesseln nicht.«

»Soso ... Vielleicht können Sie mir raten, was ich tun soll, Herr Kletterer. Ich habe da nämlich ein Beet Teltower Rübchen in meinem Garten angelegt. Aber es ist noch rein gar nichts zu sehen.«

»Ist ja noch zu früh, Herr Richter! Viel zu früh! Teltower Rübchen brauchen Zeit und Sonne. Aber heuer werden sie ganz besonders zart ... Es darf nicht sein, daß solch ein Mann ...«

»Das freut mich. Sie glauben also, daß ich doch noch zu meinen Rübchen kommen werde!«

Er federte hoch und begleitete Theobald Kletterer zur Tür. Die zwei waren gleich groß. »Hoffentlich liegt's nicht daran, daß ich die Pflänzchen zu tief gesetzt habe«, vernahm der Protokollführer noch.

»So, jetzt haben wir so ziemlich das ganze Quartett kennengelernt. Angenehme Leute! Wirklich nette Leute! Jeder so in seiner Art«, sagte er zum Protokollführer und griff sinnend wieder nach Oskars Hundepeitsche. Auch durch die chemische Untersuchung der Peitsche war nichts Verdächtiges ermittelt worden.

»Bringen Sie mir noch einmal Herrn Widerschein und zehn Minuten später – genau zehn Minuten später! – Herrn Benommen!«

Der Schreiber hatte sich auf die Pritsche gelegt, Gesicht zur Wand, und das gedacht, was er immer dachte, wenn allzuviel auf einmal über ihn kam. Diese Aufforderung, die sich auf die ganze Welt bezog, war seit längerer Zeit sein wirksamstes Schlafmittel, und er erwachte dann immer so weit gestärkt, daß ihm schon das Bewußtsein, seine zwei Beine noch zu haben, genügte, wieder alles etwas hoffnungsvoller zu sehen.

»Sehen Sie, wir erfahren doch alles. Warum verschweigen Sie mir denn, daß Ihr Freund so verstört war, als er nach der Tat zu Ihnen kam?«

»Wenn man nichts zu beißen hat, wenn immer alles schiefgeht, dann ist man öfter einmal verstört. Da braucht einer noch lang keinen Raubmord begangen zu haben.«

»Gut. Aber Sie durften nicht sagen, er sei so gewesen wie immer. Für so dumm durften Sie mich doch nicht halten. Das ist nicht nett von Ihnen. Außerdem ist es so ein bißchen gefährlich für Sie, wenn Sie falsch aussagen.«

»Er war doch so wie immer. Das heißt, er war schon öfter so wie damals. Der kann's doch nicht verwinden, daß er seine Wirtschaft nicht mehr hat.«

Plötzlich glänzte Herr Soso wie ein Festbraten. »Vielleicht wollte Ihr Freund nur irgend etwas besprechen mit Herrn Molitor oder ihn um etwas bitten, und wie er zu ihm kommt – die Wohnungstür war ja offen, sagt er –, sieht er Herrn Molitor tot vor dem Kassenschrank liegen. Da packt ihn die Angst, der Verdacht könnte auf ihn fallen, und er rennt schnurstracks zu Ihnen, nur um sich ein Alibi zu verschaffen.« Herr Soso strahlte vor Herzlichkeit und Freude, Oskar aus der Patsche gezogen zu haben.

»Genauso könnt's gewesen sein. Aber er war ja gar nicht dort und kann in der kurzen Zeit ja auch kaum dort gewesen sein. Er kam ja direkt von daheim zu mir.«

»Nun, nehmen wir einmal an, es war so, wie ich sage ... So, jetzt bleiben Sie einmal ruhig dort in der Ecke stehen und machen den Mund nicht auf.«

»Soso, Herr Widerschein, verstört war er? . . . Also, wie gesagt, die Probe mit dem Schutzmann klappte vollkommen«, sagte er in verändertem Ton, als spräche er schon lange mit dem Schreiber über dieses Thema und habe Oskars Eintreten noch nicht bemerkt. »Der Schutzmann marschierte Punkt halb acht vom Hause des Herrn Benommen weg, zu Herrn Molitor, blieb so lange dort, wie man braucht, um einen alten Mann niederzuschlagen und ein paar Griffe in den Kassenschrank zu tun, rannte dann durch die Gasse, am Quai entlang und kam sogar schon fünf Minuten vor dreiviertel acht bei Ihnen an . . . Sie haben eine Minute länger gebraucht, Herr Benommen.«

Das stachelige, hautblonde Schnurrbärtchen zitterte.

»Welchen Grund gab denn Ihr Freund an, Herr Widerschein, als Sie ihn fragten, weshalb er so atemlos sei?«

Der Schreiber war plötzlich vom Kopf bis zu den Zehen mit siedendem Wasser angefüllt und brachte kein Wort hervor. Er konnte nur denken: ›Verlogener Schweinehund!‹

»Vielleicht gingen Sie gar nicht mit der Absicht hin, Herrn Molitor zu töten? Vielleicht sind Sie erst während des Gesprächs in Zorn geraten? Dann läge die Sache ja etwas günstiger für Sie.«

»Heiliger Gott, ich hab ja kein Wort mit ihm geredet. Er war ja schon tot, als ich hinkam.«

»So.«

Der Schreiber riß die Augen auf.

»Zuerst sagen Sie, Sie waren überhaupt nicht dort, und jetzt – Daß Sie mich für do dumm halten! Nicht nett von Ihnen.« Der Herr Soso war gekränkt.

In der einen Hand den Packen Zahlungsbefehle und Gerichtsbeschlüsse, in der andern die Hundepeitsche, fragte er: »Was soll ich jetzt glauben – mit Absicht? Oder im Zorn?«

Oskar erging es wie einem Hochzeitsgast, der zuviel und immer noch mehr gegessen und getrunken hat und plötzlich alles auf einmal wieder von sich geben muß. Die Sätze brachen heraus. Der Körper zitterte. Die Fesseln klirrten. Er suchte mit dem Blick bei Herrn Soso, beim Schreiber, beim Protokollführer. Die vollen Negerlippen waren dünn und blau geworden.

»Ich wollte ihn bitten – ich sag jetzt alles –, wollte ihn bitten, daß er mir meine Wirtschaft in Pacht gibt. Der Jetzige ist doch bankrott. Weil er die Vereine nicht hat. Ich hab geläutet . . . Also, weil die Mitglieder vom Athletenverein ›Goliath‹ und vom Skatklub ›Bargeld lacht‹ doch wieder zu mir kommen würden. Beim Jetzigen verkehren sie doch nicht. Ich bin ja der Gründer. Das wollt ich ihm klarmachen. Dreimal, ich hab ja dreimal geläutet. Die Tür war offen. Aber da hat etwas so gerauscht. Da bin ich hinein und hab geklopft, an alle Türen, und hab immer noch gewartet. Man geht doch nicht gern in ein fremdes Zimmer, ohne daß jemand ›Herein‹ sagt. Und wie ich die Zimmertür aufmach, liegt er da in einer Blutlache. Also, glauben Sie mir, so war's. Genauso war's!«

Wieder zuckte sein Blick von einem zum andern, fragend, ob sie ihm glaubten. Er schöpfte neue Kraft, füllte den Brustkorb mit Luft, die für zehn Sätze reichte: »Zuerst wollte ich Frau Julie rufen. Da ist aber so was in mir aufgestiegen, ich kann das gar nicht so erklären – er hatte Geldscheine in der Hand –, bis in die Augen gestiegen. Und da bin ich auf und davon. Das ist alles.«

Das Fassungsvermögen des Schreibers funktionierte so plötzlich wieder wie eine Maschine, wenn der Arbeiter den Strom einschaltet.

»Und du hast geglaubt, du Rindvieh, daß dich niemand sieht? Oh, du heiliges Rindvieh! Wo in Würzburg doch sogar die Pflastersteine Augen haben!«

Oskar versuchte gar nicht, seine Ehre zu verteidigen. »Ja, denken Sie doch einmal an meine Heidenangst! Ich hab da nämlich letzthin auch noch in der Zeitung gelesen, daß einer zwölf Jahr Zuchthaus bekommen hat, weil er ein Dienstmädchen umgebracht haben soll. Und wie die zwölf Jahr um waren, hat sich herausgestellt, daß er's gar nicht gewesen ist, sondern ein ganz anderer.«

Er wandte sich zum Schreiber: »Ich hab dir's ja damals erzählt, daß er dann Entschädigung verlangt hat. Zwölf Mark für den Tag!«

»Ja, soviel, wie er täglich verdient hätte! Zusammen 52 560 Mark. Ein schönes Stück Geld, hast du noch gesagt.«

»Ja, aber zwölf Jahr im Zuchthaus! Und außerdem wollten sie ihm noch nicht einmal die Sonntage bezahlen.«

»No, die müssen sie ja bezahlen. Ich hätt noch viel mehr verlangt. Wenigstens Hunderttausend!«

Der Herr Soso unterbrach das Zwiegespräch: »Nun war doch aber außer Ihnen niemand in der Wohnung, und der tödliche Schlag kann nur von einem so runden Gegenstand herrühren.« Er zeigte die lederüberzogene Bleikugel. »Beides ist unzweifelhaft erwiesen. Wer also hat es getan?«

»Ach, Sie bringen das schon heraus. Da hab ich keine Angst. Aus mir haben Sie ja beinah mehr herausgebracht, als ich selber wußte. Das haben Sie tadellos gemacht«, sagte der Schreiber, der wieder knapp vor einem Lachanfall war.

»Jedenfalls muß ich die Herren so lange hierbehalten. Und das kann, wie die Dinge liegen, noch so einige Zeit dauern. Aber ich werde Ihnen, damit die Zeit so ein bißchen schneller vergeht, eine hübsche Doppelzelle geben lassen.«

»Mit Bad und Balkon! Südseite!« Der Lachanfall brach durch.

»Ach, es kann ja sowieso nie mehr gut werden, wie's auch ausgeht.«

»No, wenn meine Frau und meine Kinder was zu beißen hätten, dann wär mir's ganz gleich. Mir ist ja schon alles gleich. Unser Essen kriegen wir ja. Brotsuppe, Mehlpapp – hohaho! – und Runkelrüben. Mahlzeit!«

»Am meisten tut mir mein Kleinster leid. Der war dabei, wie sie mich über die Brücke geführt haben.«

»Wenn du vielleicht glaubst, ich hätte zum Herrn Soso gesagt, daß du außer Atem und verstört zu mir gekommen bist, dann irrst du dich. Das hat der raffinierte Gauner nur so gedreht dir gegenüber. Da hätt ich ihm am liebsten eine Maulschelle gegeben. Aber was will man denn machen.«

»Da kann man gar nichts machen. Aber eigentlich ist er doch sehr freundlich gewesen.«

»O ja, der schmiert dir den Honig pfundweis ums Maul, bis er alles rausgequetscht hat, und dann liefert er dich menschenfreundlich an den Staatsanwalt ab. Ein Schleicher. Ein ganz gefährlicher Hundsknochen.«

(›Was dieser Herr Widerschein so für eine Meinung von mir hat!‹)

»Aber wer kann ihn umgebracht haben?«

»Jedenfalls tut er mir nicht gerade sehr leid. Der hat in den letzten Jahren viele Leute ins Unglück gebracht. Einer davon war's vielleicht.«

»Daß uns auch das noch passieren muß! Jetzt ist unser Quartett auch beim Teufel.«

»Die Fräck haben wir, hohaho! ... Ich schlaf jetzt, Oskar. Die haben wir.«

(Der Schreiber hatte sich zur Wand gedreht, wieder mit der Aufforderung, die sich auf die ganze Welt bezog.)

Der Herr Soso las dieses Stenogramm noch einmal

aufmerksam durch, nahm es mit nach Hause und las es nach dem Essen, stehend vor seinem Teltower Rübchenbeet, noch einmal. Bekümmert betrachtete er die glatte Fläche, auf der nichts zu sehen war. »Ich werde mir den Herrn Kletterer kommen lassen.«

Um drei Uhr kam der Schließer in die Zelle. »Herr Widerschein, zum Untersuchungsrichter!«

Grinsend streckte der Schreiber die Hände vor.

»Nein, fesseln soll ich Sie nicht.«

»Du kommst raus«, rief Oskar voller Freude und spürte dennoch plötzlich einen Druck in der Brust.

»Ach, weiß der Teufel, was der wieder vorhat!«

»Du mußt ihm sagen, daß ich nur deshalb gelogen hab, weil ich eben mit der ganzen Sache nichts zu tun haben wollte. Das ist doch menschlich, mußt du ihm sagen. Das muß er doch verstehen. Er weiß doch selber, daß genug Leute unschuldig ins Zuchthaus kommen.«

»So, Herr Widerschein, ich wollte mich nur verabschieden von Ihnen. Sie können wieder heim zu Ihrer Frau. Der Fall ist zwar noch ganz ungeklärt. Aber Sie sind ja ein vernünftiger Mann und bleiben schön in Würzburg, damit ich Sie zur Hand habe, wenn ich Sie noch etwas fragen muß.«

Er blickte ins Stenogramm. »Ein so recht aufrichtiger Mann und ein wirklich guter Menschenkenner!«

Listig äugte er über den Blattrand nach oben und setzte, als gelte sein listiger Blick nur diesen Worten, sofort hinzu: »Wenn Sie Herrn Kletterer sehen, dann bitten Sie ihn, er solle zu mir kommen. Die Teltower Rübchen! Er weiß schon Bescheid.«

Unterdesssen trat der Schließer wieder in die Zelle, um des Schreibers Hut zu holen. Oskar fuhr empor von der Pritsche: »Er kommt nicht zurück?« fragte er und fühlte plötzlich wieder den schweren Druck über dem Magen.

Wenn Oskar lauschte, vernahm er das Leben: Fernher klang das Poltern eines Wagens. Ein Junge pfiff tonfest die Melodie des Tages. Im nahen Glacis tobten die Vögel. Die Sonne schien. Und die uralten grauen Gartenmauern, schon grün überwuchert, sahen aus, als wüßten sie mehr als der Mensch vom Werden und Vergehen.

Sechstes Kapitel

Als der Schreiber heimkam, waren Frau Kletterer und Hanna soeben wieder dabei, den langen, flachen Gartenkorb auszupacken. Der Tisch glich schon der Auslage eines Gemüseladens. Hanna hatte noch sechs Eier in den Händen und wußte nicht, wohin damit. Die Frau lag im Bett. Sie nahm den Kopf ihres Mannes zu sich. »Daß du wieder da bist!«

Diesmal war Thomas nicht mitgegangen, obwohl Hanna ihn aufgefordert hatte. Auf dem Heimweg fragte Frau Kletterer, was denn wieder los sei.

Hannas Füßchen waren klein, und die gezogenen Beine glichen, ganz im Gegensatz zu denen der Frau Kletterer, die zwei umgekehrte Rotweinpullen waren, den hohen, schlanken Weißweinflaschen. Sie hielt das Köpfchen gesenkt und schwieg.

»Also, sag's schon, dumme Ursel!«

Da kam zuerst ein Ton, der kein Wort und nicht Trotz war, sondern nur von Wohlbehagen zeugte und ganz zum freien Spiele ihrer Hüften paßte. »Er hat mich mit Herrn Doktor Huf gesehen.«

»Das war doch schon vorbei.«

»Er hat mich schon wieder gesehen.«

»Hanna, Thomas ist ein lieber Junge«, sagte da die Mutter ihres Sohnes, »er ist nicht dumm, und er weiß, was er will, sogar zu gut für sein Alter und für meine Begriffe. Aber wenn du solche Sprünge machst! . . . Oft denke ich, es ist dir gar nicht ernst mit ihm.«

»Aber natürlich nicht! Das ist doch nur Kinderei.«

Knaben, die geangelt hatten, stoben nach allen Seiten

auseinander, als der Schutzmann auf dem Quai erschien. Der Sohn des Schreibers rannte auf die beiden zu, blieb stehen, trotz seiner Angst:

»Können Sie mir sagen, wieviel Uhr es ist?«

»Ui, schon so spät?« Und raste weiter. Er hatte nur gefragt, um einen anderen Grund für sein Rennen vorzutäuschen, wie Oskar damals nur deshalb den Stein für seinen Pudel geworfen hatte.

»Kinderei? Soll ich ihm das sagen? Das werde ich ihm sagen.«

Da bekam sie plötzlich einen Kuß, blitzschnell und hart, als ob ein vorbeizuckender Vogel sie auf die Wange gepickt hätte, und dann einen Blick, so vieldeutig, daß sie noch weniger wußte als vorher.

Hanna hatte schon öfter bewiesen, daß ein Mädchen, das seine Schönheit bei jedem Schritt in Knie und Hüfte fühlt, eine Diplomatin ist, die ihre Welt mit einem Blick nach Wunsch gestalten kann.

Und dabei ist dieser Frosch noch nicht sechzehn, dachte Frau Kletterer.

Bei der Kastanienallee erschien Thomas. Die gewölbte Brust drückte den Rock oben weit auseinander, Weste hatte er nicht an, nur der unterste Knopf war geschlossen. Er setzte, nur so im Gehen, über den drei Meter breiten Straßengraben und schritt, ohne auch nur einen Zentimeter ins Knie gesunken zu sein, in ausgemittelter Kraft elastisch weiter, ungebunden, als passiere er nur zufällig diese Stadt, nirgends verharrend auf seinem Lebensmarsch durch die Welt, durch nichts von seinem Wege abzubringen noch zu verändern in seinem Wesen.

Er ging zu dem Schweizer Büchsenmacher. Von dem wußte Thomas etwas, das der Herr Soso nicht wußte. Er hatte den Schweizer auf einer Arbeiterversammlung kennengelernt und sich später oft mit ihm unterhalten.

Der Schweizer behauptete als Diskussionsredner in

den Versammlungen immer das gleiche: Solange in Rußland das Geld nicht abgeschafft sei, könne von einer Revolution nicht gesprochen werden. Die Russen waren ihm nicht radikal genug.

Der Schweizer war Anarchist.

Als junger Mensch hatte er in der Nähe von Zürich mit Hilfe eines Querseils und eines Brownings ein Auto angehalten, dem Engländer das Geld abgenommen und dafür zwei Jahre im Gefängnis gesessen. Er lebte in Würzburg unter falschem Namen. Das alles wußte Herr Soso nicht.

Thomas, der Oskar von Kindheit an kannte und nicht eine Sekunde dessen Unschuld bezweifelt hatte, war der Meinung, daß nur der Schweizer die Tat begangen haben könne, falls außer Oskar an jenem Abend wirklich niemand in Herrn Molitors Haus gekommen sei.

Auf dem Johanniterplatz, wo der Schweizer wohnte, mußte Thomas stehenbleiben beim Erblicken des Häuschens, in dem links der Laden des »Heiligen Petrus«, rechts der des Mützenmachers Lämmlein war. Das Häuschen gehörte den beiden, die seit Jahren verfeindet waren, zu gleichen Teilen. Sie hatten die Fassade neu streichen lassen, sich aber über die Farbe nicht einigen können: Die Seite des Mützenmachers war vom Giebel bis zum Erdboden giftgrün, die des »Heiligen Petrus« hellrosa.

Der »Heilige Petrus« stand in seiner Ladenschürze reglos auf dem Platz und betrachtete, den Kopf im Nakken, bekümmert das verschandelte Giebelhäuschen.

Nebenan wohnte der Schweizer im ersten Stock. Unter ihm war das Polizeirevier. Wenn er auf und ab ging, hörten die Schutzleute seine Schritte.

An der Wand hing an grünen Seidenbändern eine kleine Etagere. Die zwanzig Porzellanhäschen und -kätzchen hatte der Schweizer in die Ecke gerückt, um Platz zu haben für die Werke der anarchistischen Schriftsteller Krapotkin und Bakunin.

Der hagere Riese saß an einem winzigen Rokokotischchen und schrieb, wie seit Jahren täglich nach der Arbeit, an italienische und spanische Gesinnungsgenossen seine langen Briefe, die manchen Staatsanwalt entsetzt und dem Herrn Soso nur ein Lächeln und ein besonders betontes Soso entlockt haben würden.

Die unstillbare Sehnsucht, der Nüchternheit des Daseins Farbe und Schimmer zu verleihen, die Hans Lux eine handgroße Lokomotive bauen und Theobald Kletterer Heldenrollen spielen ließ, dieser unausrottbare Zug des menschlichen Herzens, der den Jüngling zu Taten treibt, die der Mann verwirft, war auch der Antrieb für diese Korrespondenz, in der die sofortige Ermordung sämtlicher Minister und Wucherer der Welt beraten und beschlossen wurde.

Die Seele ermattet und vertrocknet, wenn einer jahrelang, tagaus, tagein, immer nur Revolver reinigt. Der Schweizer ging morgens frischer an das Reinigen der Revolver, wenn er abends vorher einem spanischen Gesinnungsgenossen geschrieben hatte, weshalb der spanische Ministerpräsident beseitigt werden müsse, durchs sechs Schüsse aus einem dieser Revolver, der auf kompliziertem Wege bei dem Adressaten eintreffen werde.

Der dreißigjährige Schweizer war Jüngling geblieben. Er zehrte noch heute von dem Ruhm, den er vor zehn Jahren durch das Züricher Attentat gewonnen hatte, und die Tatsache, daß er unter falschem Namen lebte, erwärmte täglich von neuem sein Herz.

Thomas, der geistig ganz anders geartet war, einer anderen Generation angehörte, deren beste Vertreter durch die umwälzenden Ereignisse des letzten Jahrzehntes gelernt hatten, sich einer scharfen und reinen Sachlichkeit anheimzugeben, kannte aus vielen Gesprächen das Gehaben des Schweizer Anarchisten und wußte, daß dessen Harmlosigkeit unter Umständen auch einmal ins Gegenteil umschlagen konnte.

Als Thomas eintrat, sah der Schweizer auf aus seiner Welt. Es lagen schon mehrere vollgeschriebene Bogen auf dem Tisch. Er erhob sich zu seiner ganzen Länge. Nicht zwanzig Zentimeter blieben frei zwischen Kopf und Zimmerdecke.

Es war doch so, als befände dieser riesige Pilger seiner Idee, der nun seit Jahren schon in diesem schmalen Gängchen lebte, sich nur vorübergehend hier, nur auf der Durchreise von Rom oder Madrid oder Paris ins Zukunftsland, so unbewohnt sah dieses Zimmer aus.

Thomas begann ohne Einleitung: »Was denken denn Sie über den Mord an Molitor?«

»Wieder einer weniger! Das freut mich natürlich.«

»Aber wer ihn umgebracht hat!«

»Das weiß ich doch nicht. Und wenn ich's wüßte, würde ich es nicht sagen. Das muß dieser Herr Soso schon selbst herausfinden. Ein komischer Kauz! Aber hoffentlich gelingt's ihm nicht.« Er sprach den Schweizer Dialekt so ausgeprägt, daß auch das Wort ›aber‹ mit einem ›ch‹ endete.

»Und der ganz schuldlose Herr Benommen, der sitzt unterdessen. Wer weiß, wie lange noch!«

»Was kümmert das mich! Der gehört zu unsern Feinden wie dieser Herr Soso, wie Molitor und die ganze Bande. Denn . . .«

Thomas wußte, daß jetzt eine endlose theoretische Auseinandersetzung über die anarchistische Auffassung kommen würde. Er bog ab: »Wenn tatsächlich niemand sonst ins Haus gekommen sein sollte, dann blieben nur noch Sie übrig.«

Da setzte sich der Anarchist, mit dem Rücken zum

Fenster, auf das Sims und machte ein Gesicht, als sei ihm etwas tief Wohltuendes widerfahren.

»Das ist mir eine Ehre, daß Sie mich für den Täter halten. Aber vielleicht ist doch jemand ins Haus gekommen, und wir haben ihn nur nicht gehört wegen der Lötlampe.«

Hat er es getan? Oder lächelt dieser Romantiker nur deshalb so vieldeutig, weil er möchte, daß ich ihn für den Mörder halte, obwohl er es gar nicht war? Das ist die Frage, dachte Thomas.

Und auf diese Frage, die sich während des ganzen noch sehr lange dauernden Gespräches immer wieder auftat, konnte er an diesem Abend die Antwort nicht finden.

»Ihr Herr Soso hat mich schon viermal vernommen, und auf morgen bin ich wieder bestellt. Wundert mich ja selbst, daß er mich frei herumlaufen läßt. Ich könnte doch längst auf und davon sein. Aber er scheint nicht an meine Schuld zu glauben. Er hat keine Beweise. Mein Alibi ist tadellos.« Er lächelte vieldeutig.

»Ach, das ist nur eine Spielerei. Das Material kostet mich selbst beinahe so viel. Außerdem habe ich das richtige Werkzeug nicht«, sagte er schlicht, als Thomas das falsche Zweimarkstück, das nicht geprägt, sondern nur gegossen war und den rohen Gußrand noch hatte, vom Tischchen nahm und betrachtete.

»Eine gefährliche Spielerei, wo doch unter Ihnen die Polizeiwache ist!«

»Im Gegenteil, man lebt nirgends so sicher wie in einem Hause, in dem die Polizeiwache ist. Das haben wir erprobt.«

Als Thomas den Johanniterplatz überquerte, stand der Mützenmacher Lämmlein in der Mitte und betrachtete kopfschüttelnd das giftgrün und rosa leuchtende Giebelhäuschen. Zwei Tage später war es neu überstrichen.

Der »Heilige Petrus« und Herr Lämmlein hatten sich auf Blau geeinigt.

Thomas zog dreimal kurz die Hausglocke: Hannas Füßchen liefen die hundert Stufen herab, gleichmäßig und in schnellstem Tempo, wie die Finger einer Pianistenhand die Tastatur durchlaufen.

An den Abenden gingen sie die stillen Pfade zwischen Gartenzäunen, die ganz verschwiegen sind und hinausführten zu den Klee- und Haferfeldern, deren Unbewegtheit, Duft und Farbe den Abend bilden. Da war niemand.

Da konnten sie höchstens einem Liebespaar begegnen, das am Feldrande sitzt, oder von ferne einen Jüngling sehen, der vor einem Baume steht, Rinde abbröckelt und dabei an seine Zukunft denkt: Was er mit seinem Leben anfangen, was er werden will und was er tun muß, um das Ersehnte zu werden.

An diesen linden Frühlingsabenden, da es überall ganz still ist, da die Halme schweigen und die Grille auf sich selber lauscht, fern und plötzlich nah, treffen Jünglinge tiefinnerlich ihre Entscheidungen für das Leben, und die Mutter wundert sich dann.

Büsche wucherten zwischen den Zaunlatten heraus, da mußte Hanna ausweichen, diese kleinen Bogen machen, eng zum Geliebten hin.

Nach Minuten zwischen Feldern kamen sie in einen tiefen Hohlweg, der von Hecken so dicht überdacht war, daß das Licht des Sternenfirmaments nur heimlich durch die Zweige sickern konnte und der Duft der Heckenrosen, dem kein anderer gleicht an Süßigkeit und Frische, in ihm ganz gefangen blieb.

Der Hohlweg wurde seit Jahren nicht mehr benutzt. Die Radspuren waren mit Gras überwachsen, Brombeerranken überquerten ihn und hakten sich an den Kleidern fest.

Thomas hob eine dichtbesetzte lange Rosenrute hoch. Sie schlüpfte durch und machte dann die kleine Wendung zu ihm zurück, umschlingend seinen Hals wie eine Verwunschene, die nun ganz erlöst sein wollte.

Er sah in der Dunkelheit nur den Glanz ihrer Augen und fühlte ihren Körper, der in der Sonne kühl blieb und hier in der durchduftenden Kühle warm geworden war.

Sie hätten schon eine Kartothek des Kusses anlegen können.

Die kindlichen genügten ihnen nicht mehr. Sie fanden einander gleich in dem, der alles gab, was ein Kuß allein noch zu geben vermag.

Thomas streifte die Schulterbänder des ärmellosen Kleidchens herunter, links und rechts, sie schlüpfte mit den Armen heraus und gab sich seinen Augen hin, entblößt bis zur Hüfte. Es war dunkel. Nur das Licht der hellen Sternennacht rieselte durch das Blätterdach über die blumigen Brüstchen, die in Hannas Gefühl größer zu werden, zu wachsen schienen unter Thomas Händen.

Die Natur, die große Verführerin, versprach noch die letzte Steigerung, in der das Glück selbst in einer aufspringenden Kapsel enthalten war.

Aber die Ordnung der menschlichen Dinge richtete in Thomas auch diesmal wieder die Tafel auf, auf der das Wort ›Verantwortung‹ stand. Sie war sechzehn, er noch nicht zwanzig.

Ein kaum vernehmbares Geräusch – wachsender Zweig, der sich schnellend aus der Verschlingung löste – verklang wieder in der Nachtstille.

Thomas hatte diese halbe Sekunde den Kopf hochgehoben. Sie zog sofort das Kleid hoch. Und obwohl sie dem Geliebten dankbar war und nicht die Spur einer Demütigung empfand, stand doch hinter ihrem Blick ein ferner Schimmer dieses Gefühles, durchglüht von Stolz, als hätte er sie verschmäht.

Auf der Landstraße, die, nur wenig heller als das Feld, zehn Schritte weiter schon in Nacht und Apfelbaumallee verging, schritten sie anfangs schweigend nebeneinander her.

Doktor Huf würde das sicher nicht so ernst nehmen, dachte er und sagte: »Doktor Huf hat schon viele Frauen kennengelenrt . . . und so.«

Hanna machte eine Bewegung höchsten Interesses: »Wie viele?«

»Oh, er ist sicher sehr erfahren auf diesem Gebiet.«

Und dann sagte er den Satz, den er sich schon lange ausgedacht hatte: »Durch ihn könnte auch ein ganz unschuldiges Mädchen ins Unglück geraten, und dann weiß es sich nicht mehr zu helfen und ist verloren.«

Er sah nicht das Fünkchen Spott in Hannas Augen.

»Die andern natürlich, diese andern Mädchen, die machen sich darüber weiter keine Gedanken!«

»Die kennt er auch, meinst du?«

»Gott, er nimmt das gar nicht so genau . . . Ich finde das ja häßlich.«

Hanna zupfte im Gehen ein Blatt vom Apfelbaum. »Er muß ein sehr interessanter Mann sein.«

Das war für Hanna ein ganz neues und sehr angenehmes Gefühl, einen Mann, der schon so viel erlebt hatte und alles wußte, einen richtigen, erfahrenen Mann, in Schutz zu nehmen. »Soll ich dir etwas sagen? . . . Er ist ein edler Mensch.«

Dagegen konnte Thomas nichts einwenden, dieser Meinung war er selbst.

»Und daß er die Frauen so sehr liebt, ach, das ist schön.«

»Aber für ein unschuldiges Mädchen ist ein Kuß von ihm nur ekelhaft.«

Da rächte sie sich dafür, daß er im Hohlweg nicht das verlangt und zu erzwingen versucht hatte, was sie ihm verweigert haben würde. »Er hat mich geküßt.«

Die Wirkung auf ihn war ungeheuer. Sie sah nur seinen krassen Blick. Im allerletzten Moment konnte er mit der Linken die schon zum Schlage geballte Faust noch zurückreißen.

Wie einer, der sich selbst gefesselt hat, um nicht zum Mörder werden zu können, riß er sich herum und ging davon.

Als er in sein Zimmer trat, saß der Anarchist da. Thomas hatte das Gefühl, als wäre sein Herz zum Platzen mit Luft gefüllt. Das verletzte Auge schmerzte plötzlich wieder. »Gut, daß Sie gekommen sind! Sonst wäre ich morgen bei Ihnen erschienen.«

Dennoch begann der Anarchist so, wie er sich vorgenommen hatte, zu beginnen: »Sie wundern sich, daß ich hier bin?«

Thomas legte Watte und Handtuch für den Umschlag zurecht. »Ich wundere mich gar nicht.«

»Sie glauben also, daß ich den Alten umgebracht habe?«

»Einen Moment.« Er zog den Korken aus der Flasche, in der die essigsaure Tonerde war. »Ja, das glaube ich.«

»Und warum?«

»Warum Sie ihn umgebracht haben?«

»Nein, warum Sie das glauben!«

»Hab ich Ihnen schon gesagt. Weil außer Ihnen niemand in Frage kommt, wenn außer Herrn Benommen niemand ins Haus gekommen ist.«

»Und wenn ich's gewesen wäre?«

»Warum sagen Sie denn nicht ganz einfach: Ich war's nicht!«

»Also gut! Ich habe ihn nicht umgebracht. Glauben Sie mir?«

»Nein!«

»Der Herr Soso glaubt aber nicht, daß ich es war.«

»Der weiß auch nicht, was ich weiß. Wüßte er das, Sie würden nicht frei herumlaufen.« Thomas ließ das Handtuch mit dem Umschlag wieder sinken – der Anarchist hatte in die Hosentasche gegriffen.

Er lehnte am Kachelofen und lächelte. »Brauchen keine Angst zu haben. Den Alten könnte ich zwar umgebracht haben. Aber Ihnen gegenüber liegt die Sache doch ein wenig anders. Denn ich habe eine Gesinnung und gewisse Ansichten, die meine Handlungen bestimmen. Das wissen Sie doch.«

»Jetzt sind wir bei dem Punkt, über den wir ein bißchen genauer reden müssen. Auch ich habe ja gewisse Ansichten darüber, mit welchen Mitteln praktisch und tatsächlich etwas geändert und vielleicht sogar gebessert werden kann. Nur glaube ich nicht, daß auf der Welt mehr und vernünftiger produziert und das Produzierte besser verteilt werden wird, wenn Sie einem alten Wucherer in Würzburg den Schädel einschlagen.«

»Und wenn man im Parlament Reden hält?«

»So ins einzelne wollen wir jetzt nicht gehen. Über die besten Methoden können wir uns ein andermal unterhalten oder in den Versammlungen. Jetzt handelt es sich vor allem um folgendes: Die ganze Stadt weiß, daß Molitor Herrn Benommen ruiniert hat. Herr Benommen war in der entscheidenden Viertelstunde in Molitors Wohnung. Durch diesen reinen Zufall ist er in so schweren Verdacht geraten, daß der Herr Soso, der wahrscheinlich – er ist ja nicht dumm – rein gefühlsmäßig von der Schuldlosigkeit des Herrn Benommen überzeugt ist, ihn gar nicht freilassen kann, solange der wirkliche Täter nicht ermittelt ist. Er muß also einem mehr als harmlosen Mann festhalten wegen eines Mordes, den Sie begangen haben. Ihre Motive kann man gelten lassen und auch nicht. Ich lasse sie nicht gelten. So liegt die Sache. Das Moralische wollen wir dabei ganz außer acht lassen.«

»Und da soll ich also hingehen und sagen: Ich habe ihn umgebracht.«

»Wie Sie das machen, ist Ihre Sache.«

»Und wenn ich mich nicht stelle, was werden Sie dann tun?«

»Darüber möchte ich zunächst nicht sprechen und überhaupt nicht darüber, ob ich wünsche, daß Sie gepackt werden. Ich will vor allem erreichen, daß der Herr Soso Herrn Benommen freilassen kann. Und das kann er, wie die Dinge liegen, nur dann, wenn er von dessen Schuldlosigkeit nicht mehr nur gefühlsmäßig überzeugt ist, sondern auch irgendwelche Beweise für die Täterschaft eines andern hat. Wie wir Herrn Soso diesen Beweis am besten und so schnell wie möglich verschaffen können, darüber müssen wir beide uns klarwerden.«

»Zum Beispiel, wenn ich plötzlich aus Würzburg verschwinden würde, in auffälliger Weise?«

»Plötzlich verschwinden? ... Da Sie heute keinen Revolver bei sich haben, kann ich mich ja ein bißchen aufs Bett legen ... In auffälliger Weise? Ja, ich glaube, das würde schon genügen.«

Lächelnd zog der Anarchist den Revolver aus derselben Hosentasche.

»Daß Sie doch nicht eine Stunde ohne dieses Ding sein können! Wie ein Säugling, der schreit, wenn er den Lutscher nicht im Mund hat!« Er legte sich aufs Feldbett. »Wollen Sie so gut sein und mir den Umschlag erneuern?«

Der Schweizer ließ das Tuch in der Wasserschüssel auskühlen.

»Bitte, geben Sie noch ein bißchen essigsaure Tonerde hinein ... Noch etwas!«

»Nicht zu viel! Das reizt nur.« Der Anarchist legte den Umschlag selbst auf Thomas' Auge und schmiegte ihn mit sanftem Druck noch besser an.

»Das tut wohl... Gut, ich komme also morgen mittag – einigen wir uns auf zwölf Uhr – unter irgendeinem Vorwand in Frau Julies Werkstatt und sehe, ob Sie noch da sind.«

»Sagen wir übermorgen. Ich habe noch einiges zu erledigen.«

›Er hat mich geküßt.‹ Mit unwiderstehlicher Wucht schlug die Erregung wieder über ihm zusammen, als der Schritt des Anarchisten im Flur noch nicht verklungen war.

Er mußte fort. Er kam erst gegen Morgen nach Hause. Die Nacht hatte er schlaflos im Freien verbracht. Sein Gesicht war mager geworden. Die Stirn stand vor.

Hanna wartete den ganzen Tag vergebens auf ihn. Immer wieder trat sie ans Fenster und sah zu, wie er im Garten arbeitete. ›Er kommt also nicht, dieser himmelblaue Langweiler.‹ Dabei betrachtete sie sich in der Scheibe des geöffneten Fensters, zog das festanliegende Öhrchen mit den Fingerspitzen vor und ließ es zurückschnellen.

Gegen Abend schickte Doktor Huf halbmeterhohe Stengel, die nicht in Deutschland gewachsen waren. Die weißen Blüten, wie aus Wachs geschnitten, rochen dunkel, und der Mitte dieses schweren Geruches entströmte ein süßer Duft, den Hanna, als ihr Näschen die Blüte berührte, im Nacken und hinter den Ohren fühlte. »Ihre Blume, entzückendes Kind!« hatte er dazu geschrieben.

In drei Minuten machte sie sich vor dem Spiegel schön, entschlossen, Doktor Huf in der Wohnung zu besuchen. Es war acht Uhr.

In einer Großstadt hätte Doktor Huf jede Frau, für die er sich interessierte, im Theater, in der Gesellschaft oder durch Vermittlung von Bekannten in ihrem Haus sehen können. In dieser kleinen Stadt konnte er Hanna, die in den kleinsten Verhältnissen lebte, nur durch Zufall auf der Straße treffen. Frau Lux gab keine Nachmittagstees.

Hannas Erscheinung, das Geschlossene ihrer Schönheit, das Einmalige ihrer klaren, fremden Anmut bewegte ihn und zog ihn an, so unwiderstehlich, wie ein Kügelchen aus Holundermark das andere anzieht.

Da wirkte sich also offenbar ein Gesetz aus zwischen ihm und dieser bezaubernden Lieblichkeit!

Und dieses unbeeinflußbare Geschehen beglückte ihn um so tiefer, da es den Beweis enthielt, daß auch für ihn, der so weit entfernt von den andern lebte und sie nur im Durchbruch seiner Ursprünglichkeit erreichen konnte, ein Wesen existierte, durch das in ihm ein Gefühl hatte entstehen können, das die Kraft und den Duft der Ganzheit besaß.

Das war also Liebe, Bestimmung! Das war also möglich! Darauf hatte er, der durch sämtliche Großstädte mehrerer Erdteile geweht worden war, schon nicht mehr hoffen dürfen, und hier war es ihm geschehen, hier, in dieser kleinen Stadt der Wissenschaft, wo er resigniert hatte bei Arbeit und bei Alkohol . . . Entzückendes Kind!

Hanna verließ das Haus und ging wie jemand, der ein Ziel hat. Niemand konnte ihren Zauber ganz erkennen, solange er nicht gesehen hatte, wie sie ging. Wenn sie stand oder saß oder lag, war ihre Schönheit noch kindlich, noch nicht ganz erschlossen. Erst in ihrem Gang klang ihr inneres Feuer, gebannt durch Anmut, und ihr Unbelastetsein rein zusammen mit dem feinen Ebenmaß und der vibrierenden Bewegtheit ihrer Glieder.

Das Köpfchen ruhte auf dem Gang, und im Auge stand, unverlierbar wie ein gefangener Blitz, die Selbstsicherheit, die nur durch den Reichtum des Körpers und einer unbelasteten Seele Leben gewinnen kann.

Beim Erblicken Hannas, die bei der Zimmertür stehengeblieben war, wechselten in Doktor Huf die Gefühle so schnell, wie bei einer Wechselszene im Film die Bilder übereinander zucken.

Ihn wunderte nicht, daß er seine Wünsche so unerwartet schnell erfüllt sehen sollte. Ihn packte die große Freude.

Aber schon während dies geschah, fühlte er an der Art, wie Hanna auf ihn zuschritt, daß es für sie überhaupt nicht in Frage kam, ihm etwas zu gewähren.

Dieser denkbar stärkste Schutz, den eine Frau sich zu geben vermag und den zu beseitigen unter tausend Männern nicht einem gelingt, entwaffnete ihn sofort und vollständig.

So unmittelbar wirkten nur Schönheit und Unschuld eines Mädchens, das kraft seiner ungebrochenen Naivität keinerlei Überlegung nötig hat.

Er trug eine elegante Hausjacke mit dunkelblauen Seidenaufschlägen. Die Wohnung, vier Zimmer in einer Flucht, war mit stilreinen alten Möbeln und guten alten Teppichen eingerichtet. Das Parkett spiegelte.

Hanna durchdrang spielend leicht die Situation. Sie war gekommen und war da, mit einer Selbstverständlichkeit ohnegleichen. Sie legte sich auf die Ottomane. Beide Fußspitzen waren in dieser Lage ein klein wenig nach innen geneigt. Das sah kindlich aus.

Wie er sich in der Wohnung bewegte, Likör, Zigaretten, ein Kissen suchte, ein Tischchen zur Ottomane trug, glich er in seiner Wohnungsfremdheit dem Mitglied eines Alpenvereins, das die Schutzhütte erreicht hat und nun den Notvorrat sucht, der, wie in den Statuten stand, vorhanden sein mußte. Doktor Huf wohnte nicht. Zwar gab er sich getreulich Mühe, so zu tun und sich selbst vorzutäuschen, als wohne er; aber er war von den Gegenständen ebensoweit entfernt wie von den Menschen.

Vor Jahren war Hanna einmal an zwei Fremden vorübergegangen, die Englisch gesprochen hatten. Da hatte

Schon eine Stunde später brachte der Lauscher in der Nebenzelle dem Herrn Soso folgendes Stenogramm über die Unterhaltung der beiden:

»No, und jetzt?«

»Was fragst du da noch! Du bist und bleibst eins.«

»Was bleib ich?«

»Ein Rindvieh! Warum hast du nicht gleich gesagt, daß du bei dem alten Gauner in der Wohnung warst? So eine heillose Dummheit! Jetzt kannst du warten, bis du rauskommst.«

»Dann kann ich jetzt auch nichts mehr machen.«

(Sie hatten sich einander gegenüber auf die Pritschen gelegt, Ellbogen aufgestützt.)

»Du hast also geglaubt, es sieht dich niemand. Da will ich dir einmal was erzählen. Ich hab letzthin geträumt, daß ein Onkel von mir gestorben ist – ich hab gar keinen Onkel – und mir hunderttausend Mark hinterlassen hat. Da hab ich mir im Traum sofort das gelbe Haus im Kühbachsgrund gekauft. Und wie ich dann am andern Morgen über die alte Brücke geh, kommt der Michel auf mich zu und sagt: ›Ich gratulier dir zu deiner Erbschaft. Wohnst du schon in dem Haus im Kühbachgrund?‹ ... Siehst du, so ist das in Würzburg. Aber wenn dich auch keine Katze gesehen hätte, der Herr Soso hätte doch alles aus dir herausgebracht. Der ist doch der verschlagenste Schweinehund, den wir überhaupt haben.«

(›Soso!‹)

»Wer kann ihn denn nur umgebracht haben?«

»Eine Minute lang hab sogar ich geglaubt, daß du's warst. Es spricht ja aber auch alles gegen dich. Jetzt erst recht, durch deine Dummheit... Vielleicht war's ein Fremder.

Der Halsabschneider hat ja auch nach auswärts gewuchert. Bevor die den Richtigen nicht gepackt haben, kommen wir nicht raus.«

sie aufgehorcht in dem plötzlichen Gefühl, diese Sprache schon einmal in einem früheren Leben selbst gesprochen zu haben, so vertraut war ihr der Klang gewesen. Später hatte sie in der Handelsschule Französisch sehr schwer und Englisch auffallend mühelos gelernt. So erging es ihr auch hier. Zimmer und Stimmung und der Mann, wie er dort stand, Profil gegen das Fenster, die Eigenart und Wärme seines Wesens waren ihr tief vertraut.

In einer hohen Kristallvase standen dieselben Stengel. Sie waren nicht so reich mit Blüten besetzt. Für sie hatte er die schönsten ausgewählt. Hanna empfand die Befriedigung darüber im Rücken, sie mußte ein klein wenig den Leib heben, so angenehm war das.

»Kann man denn Sie das überhaupt fragen? Ich weiß nicht, weiß ja nicht... Sie wollen nicht meine Geliebte sein, was?... Pardon!«

Nur kleine Pelztierchen können sich manchmal so wohlig und zufrieden auf winzigstem Raume bewegen wie Hanna in dieser Sekunde, da sie die Wange auf die Schulterkugel legte und mit großem Augenaufschlag kaum bemerkbar den Kopf schüttelte.

»Sie lächelt! Wie sie lächelt!« Das sagte er in dem bewundernden Tone eines Menschen, der die Waffen, die sonst nie versagt hatten, von vornherein ablegt.

Frauen waren immer zu billig und schnell zu haben gewesen, und sie und das Erlebnis hatten dadurch an Wert verloren. Daß da vor ihm ein Wesen lag, auf das er auch mit dem Glanze seines Innern und des Geistes wirken durfte und wirken mußte, wenn er versuchen wollte, sich in ihr Gefühl hineinzusäen, löste zuerst nur Dankbarkeit für diese Fügung in ihm aus. Er war entflammt.

Er ließ Hanna das Tal seines Innern betreten, wo in noch paradiesischem Vertrauen das Schmalwild äste, das die Existenz des Jägers noch nicht ahnt.

Die Werbung kam aus dem Urgrund seines Wesens. So bin ich. »Ein dummer Junge! Ein verrückter Junge!... Sag, ob du mich lieben wirst, zauberhaftes Mädchen, sag.«

Sie hatte Bewunderung erwartet. Sie war deshalb gekommen. Aber nicht dieses Auftun einer Menschenseele. Sie erbebte unter dieser Preisgabe und ursprünglichen Sehnsucht, deren reine Kraft bis in ihr geheimstes, ihr selbst noch unbekanntes Leben reichte und sie nicken ließ.

Sie nickte noch einmal. Tief in ihr, wo etwas berührt und erschlossen worden war, entstand das Nicken und setzte sich nach außen fort.

Durch ihn hatte das Leben plötzlich unendlich tiefer als bisher Gestalt und Sinn bekommen. Sie spürten beide den Ursprung des Unfaßbaren. Und daß sie es war, an der er dies geschehen lassen konnte in Gemeinschaft mit ihm, erfüllte sie mit dem großen Stolz, an dem der Mensch ein Leben lang zu zehren vermag. Sie war mit sich bekanntgeworden durch ihn. Dieses Geschehen hatte seine eigene Logik, jenseits der Worte, die sie dabei sprachen.

Hanna brach den seltenen Bann durch eine Bewegung, sie strich ihm übers Haar und beendete diese Gebärde mit einem leichten Druck gegen seine Stirn, deutlich genug, ihm zu zeigen, daß sie es aus Dankbarkeit getan hatte.

Er schuf sie neu für sich mit einem Blick, so wie sie dalag, gestreckt, im Dufte ihrer Linien, auf dem bloßen Arm das dunkelsprühende Gesichtchen. »Herrliches Geschöpf!«

Da strich er, als hätte sie selbst ihm gesagt, daß keine andere Berührung sie so wehrlos machte, mit den Fingerspitzen an ihrem glatten, kühlen Arm empor. Sie mußte die Augen schließen.

Auch erfahrene Frauen waren ihm wehrlos zugefallen, weil er mit unfehlbar sicherem Instinkt den Nerv ihres Frauentums getroffen hatte.

Dem Hause gegenüber lehnte Thomas gelähmt an der Mauer. Er war der Geliebten heimlich gefolgt. In dem Augenblick, da sie durch die Haustür geschlüpft war, hatte sich die Katastrophe ereignet: Wie bei einem Hochhaus, dessen überlasteter oberster Fußboden nachgibt und alle Stockwerke innen durchschlägt, war auch bei Thomas nur das Äußere stehengeblieben. In ihm war alles eingestürzt. Auch der Wille war eingestürzt. Er konnte sich nicht von der Stelle rühren. Nur die Augen lebten noch, sie stierten empor zu dem beleuchteten Fenster.

Drei Jünglinge, die alle drei auffallend gleichartig unbelebte feste Gesichter hatten, grüßten Thomas im Vorbeigehen. Sie gingen zum Sportplatz.

Die Augen stierten wieder hinauf:

Das Fenster war nicht mehr beleuchtet.

Da schoß aus dem wüsten Einsturzdurcheinander ein glühender Schmerz empor, so unerträglich, daß der Gefolterte, rannte er nicht hinauf, um beide zu erwürgen, in diesem wilden Schmerz den Gedanken entstehen lassen mußte: ›Ist mir gleichgültig, was jetzt da oben geschieht.‹

Dabei lehnte er an der Mauer wie ein Toter, der nicht umfällt, weil hinter seinem Rücken zufällig etwas ist, das ihn stützt.

Doktor Huf hatte die schweren, undurchdringlichen Vorhänge zugezogen. Nur die Lampe auf dem Tischchen bei der Ottomane brannte. Schon lag ein Dutzend angerauchter Zigaretten im Aschenbecher. Ein Likörglas war umgefallen. Des Doktors Scheitel war noch tadellos gezogen. Nur beim Wirbel standen die Haare empor. Immer, wenn er betrunken oder unruhig war, standen die Wirbelhaare empor. Denn da legte er die Hand an den Hinterkopf und sprach, zuckenden Gesichtes, seine Worte in die Welt hinein.

Hanna lag zusammengerollt wie eine Katze, beide Kniekehlen im Arm, die andere Hand unter der Wange. Auch ihre Augen glichen denen einer Katze, die allein durch die im Blicke gesammelte Kraft den körperlich viel stärkeren Gegner von sich abhält.

Er ließ sich langsam nieder in diesen Leib- und Schenkelbogen.

Diese Bewegung, wie sie das Gesicht ihm zudrehte, setzte sich durch den ganzen Körper fort, endend damit, daß sie gestreckt auf dem Rücken lag. Auch die gelähmten Arme sanken zu Boden, und er nahm den sich öffnenden Mund.

Auch noch das Vergehen des Gedankens, daß sie widerstehen müsse, war beseligend. Sie gab sich ganz und gar dem unbegreiflichen Gefühle hin und glitt und sank hinunter, tief hinunter in brausend braune Ruhe. Erst hier in dieser letzten Tiefe traf das Vergehen auf einen Widerstand, der nicht verging. Der Kopf blieb dabei ganz unbeteiligt, auch dann noch, als sie sich langsam und mit sanfter Kraft entzog.

Er stürzte ins Knie. Er packte sie. Er tobte. Er fand ihren Körper.

Das alles ließ sie geschehen wie jemand, der ja doch nicht über sich verfügen kann, schmerzlich lächelnd, schmachtend selbst unter dem Befehle ihres Innern, das sie zwang, sich zu bewahren.

Eine leichte Bewegung nur, und er mußte Hanna freigeben, die aufstand, sich über Kleid und Haar strich, im noch lächelnden Gesicht den schmerzlichen Stolz, den sie durch ihre innere Haltung gewann.

Sie drehte den Schalter, der Kronleuchter flammte auf.

»Öffnen Sie das Fenster wieder, es ist heiß.«

Er zog die schweren Vorhänge zurück. Der plötzlich erhellte Fensterausschnitt schlug hinein in Thomas Augen. Er erkannte des Doktors verhaßte Gestalt und wurde über die Straße gerissen.

»Waas?« fragte er vor der Haustür. »Waas? Was will ich noch, da sie dieses Furchtbare getan hat!« Die Mordgier verging in körperlicher Lähmung, künstliche Gleichgültigkeit wurde wieder sein einziger Halt.

In Gedanken ging er hinauf, trat ins Zimmer: ›Ich will dir nur sagen, daß du mir gleichgültig bist.‹

›Thomas!‹ schrie sie flehend.

›Ganz gleichgültig!‹ Und er ging.

Hanna hatte während der ganzen Zeit nicht an Thomas gedacht, und auch jetzt, da sie, schon zum Gehen fertig, sich seiner erinnerte, war er ihr ferner als sonst.

Sie gab verlegen lächelnd Doktor Huf die Hand zum Abschied. Da wurde an die Tür geklopft.

Doktor Hufs Schwester war eine zierliche Blondine, sehr elegant, ihr mattweißes Gesichtchen – schläfenbreites Dreieck – offenbarte auf den ersten Blick, daß sie einen künstlichen Optimismus zur Schau trug, an den sie selbst nicht glaubte. Sie gab rasch die sehr kleine Hand, sie gab mit einem strahlenden Lächeln und mit viel Willen ein bißchen Gefühl dabei ab und zog sich sofort wieder in sich selbst zurück, um von der nächsten Lebenssekunde nicht ungeschützt überrascht zu werden.

»Was machst du denn hier? Sag mal, was machst du denn hier?« fragte er nervös und ohne jede Überraschung, als läge die letzte Begegnung erst zwei Tage und nicht zwei Jahre zurück.

Das Wort ›Ochsenfurt‹ kam nicht leicht von den überaus fein gezeichneten, schwunglosen Lippen, sie waren sehr schmal und blaß. Aber sie mußte dieses Wort jetzt in selbstverständlichem Tone aussprechen, wenn sie weiter an Ochsenfurt glauben wollte. »Unsere Truppe spielt am

Samstagabend in Ochsenfurt, und da bin ich rasch zu dir heruntergefahren . . . Ich spiele die Ophelia.«

»In Ochsenfurt! Die Ophelia in Ochsenfurt!« Er kicherte in sich hinein, mitgetroffen im Schicksal seiner Schwester.

Sie mußte sich sofort wieder mit ihrem künstlich optimistischen Lächeln schützen, die Augenlider flatterten, um die aufsteigende leichte Röte zu verwehen.

»Hier, das entzückendste Kind dieses verpfuschten Planeten! Das entzückendste Kind, was?«

Die beiden gaben einander die Hand, lächelnd wie zwei Frauen, die wissen, daß man in so einem Falle den Mann reden lassen muß.

Die Schwester stellte sofort auch Hanna über sich und ihr unsicheres Seelchen und bewahrte dennoch auch hierbei mit jedem Blick und jeder Miene die Sicherheit und die gebärdenlose Haltung der großen Dame, die sie war.

Das Hotel, in dem sie wohnte, war nur drei Häuser weiter. Sie war ohne Hut herübergelaufen, in einem weißen Seidencape aus kostbaren spanischen Spitzen mit halbmeterlangen Fransen und einem Zobelkragen, in dem das ondulierte Blond halb versank. So trafen Bruder und Schwester, beide durch dunkle Ursachen wehrlos an die Peripherie des Lebens gestellt, einander manchmal in der Welt.

Zuletzt hatte er sie in Begleitung eines ungepflegten jungen Provinzschauspielers am Büfett eines Berliner Automatenrestaurants nur flüchtig von der Straße aus erblickt und war weitergegangen, in sich hineinkichernd über ihr und sein Schicksal, dessen Bitternis nur durch Geist und Skepsis gemildert werden konnte. Mit einem Stein an ihrer Hand hätte sie das ganze Automatenrestaurant kaufen können, und den Mitgliedern des Wandertheaters, die auf Teilung spielten, lieh sie in einem

Monat mehr, als eine berühmte Schauspielerin in einem Jahr verdient.

Die Eltern, Deutsche von Geburt, besaßen in Südamerika Ländereien, an Umfang größer als ganz Württemberg. Die Schwester war von einer Engländerin erzogen worden, streng behütet vor dem Leben, wie es ist, ganz jenseits des robusten Getriebes ihrer Heimat. Sie war über ein paar verbotene Bücher aus der Bibliothek des Vaters ins Leben geklettert und später mit Mutter und Bruder nach Europa gefahren.

Auch hier hatte das Leben ein wüstes Gesicht. Sie fand den Anschluß nicht und konnte, gleich dem Bruder, der millionenfältigen alten Fratze Europas doch nicht mehr entsagen und wieder zurückkehren in das Land, dessen Herren Fleischexporteure sind, gigantische Schlächtermeister, und sonst nichts. Sie hing zwischen zwei Erdteilen in der Luft und mußte das Leben spielen, das sie nicht leben konnte.

Sie zog das Spitzencape, durch das hindurch die mädchenhaften Schultern schimmerten, wieder über der Brust zusammen und wartete. Sie war schön. Gedanken über das Leben und über ihr Leben, das sie, untertänig der Sehnsucht ihres Herzens, so verkehrt genial vertat, hatten den Mundwinkeln leichte Schatten zugefügt, und die Schwermut hinter den großen felsgrauen Augen durfte nur im Schwung der Lider sichtbar werden. Daß sie jemals einem Manne körperlich angehören könnte, war undenkbar. Eine Umarmung auch des würdigsten Geliebten wäre einem wilden Gewaltakt gleich gewesen.

»Ein toller Ahne hat unsere Seelen gemixt.« Er zeigte zur Tür. Sie huschelte voraus. Für beide war diese Begegnung eigentlich schon wieder zu Ende.

Wie die drei das Haus verließen, wie sie auf das Hotel zuschritten, diese einfache Tatsächlichkeit war von nachhaltiger Wirkung auf Thomas. Hier konnte durch Erwürgen nichts erreicht werden, und auch die künstliche Gleichgültigkeit versank in dem heißen Rachen der Qual. Hier mußte gelitten und gekämpft werden, da nicht verzichtet werden konnte. Das Ereignis bekam sein Wirklichkeitsgewicht.

Vor dem Hotel verabschiedete sich die Schwester. In der stillen Kastanienallee sah Thomas zu, wie Doktor Huf Hannas dargebotene Wange küssen durfte, und als sie allein weiterschritt, trat er aus dem Nachtschatten heraus. Auch sie blieb stehen.

Da schoß das wilde Verlangen wieder in ihm auf, diesen Hals, der hoch genug war, mit beiden Händen zu packen. Dann würde alles auf einmal erledigt und alles wieder so sein wie früher.

Aber die Selbstverständlichkeit, wie Hanna mit den beiden andern das Haus verlassen hatte, diese furchtbare Selbstverständlichkeit war ja eine Tatsache, eine ungeheuer qualvoll einfache Tatsache, da konnte er ja nichts tun, nicht wüten, nicht erwürgen, gar nichts. Da konnte er nur zusehen, an sich halten und warten, ob sie sich ihm zuneigen werde oder dem andern.

Sie sah ihn an. Und das genügte.

»Hast du es getan? Sag, ob du es getan hast? . . . Die Wahrheit!« brüllte er. »Sag die Wahrheit!«

»Das habe ich nicht getan.«

Jetzt, da sie es gesagt hatte, sah er es selbst an ihrem ruhigen Blick. Das hatte sie nicht getan. Das nicht. Aber die Qual verminderte sich nicht. Da blieb etwas. Etwas Furchtbares!

»Du hast dich wieder küssen lassen. Ich weiß es.«

In seiner Qual, die so tief und auflösend war, daß sie an das gegenteilige Gefühl grenzte, fragte er: »Hat er dich auf den Mund geküßt? Auch auf den Mund?«

Da wandte sie sich wortlos, und sie gingen schweigend weiter, bis vor das Haus.

Hanna machte kein Licht in der Kammer. Schon beim Entkleiden überkam sie die Unruhe, und im Bett lag sie wieder preisgegeben unter dem Kusse, den sie von Doktor Huf empfangen hatte. Sie glühte. Es gab keine Rettung vor der Tragik der sechzehnjährigen, schon für das Leben reifen Mädchen, die sich bewahren müssen und allmählich vergiftet werden, weil sie sich bewahren.

Das Studierzimmer mit der langen Tannenholztafel, auf der die Bücher lagen, die er gegenwärtig brauchte, war so hell, so hell. Da gab es keine dunklen Ecken. In seinem Leben hatte es bisher keine dunklen Ecken gegeben. Das kam daher, weil die elektrische Birne hundertkerzig war. Und in den Büchern steckten Merkzettelchen.

Ja, nun war das alles anders. Das Warten hatte er sich ja selbst auferlegt. Aber nicht dieses Warten: er oder der andere. Nicht dieses Warten! Das konnte er nicht. Er konnte nicht zusehen, abwarten und in dieser Wunde herumstochern. Mit der mußte er auf eine ganz andere Weise fertig werden. Er werde keine Rücksicht auf sich nehmen. Möge diese Wunde in ihm sein. War eben die Frage, ob er das aushielt. Sport! Und in ihm verkrusten.

Dabei hatten seine Hände ganz selbsttätig die Bücher schon zu Stößen geordnet. Etwas Geld besaß er. Wenn er alles verkaufte, reichte die Summe zur Überfahrt nach Amerika. Er schrieb Englisch so gut wie Deutsch. Seine Artikel würde er auch drüben anbringen. Der Hundert-Meter-Weltrekord war 10,4 Sekunden, er hatte vorgestern die hundert Meter in 10,9 Sekunden gelaufen. Ihm war jedes Mittel recht. Er würde drüben Fuß fassen. Teufel, er war zwanzig!

Thomas war ganz gefühllos. Ihn schmerzte nichts. Er riß die Kleider herunter und stieg mit Kraft ins Bett.

Das Ruhigliegen, das Schlafen und das Träumen war natürlich wieder eine andere Sache. Da würde dieses heiße Gewürm sicher wieder zu krabbeln beginnen. Aber ein scharfes Dreistundentraining von sieben bis zehn Uhr abends und dann ins Bett – ha, da wollte er einmal sehen, ob er dann nicht schlafen werde wie ein gesunder Toter.

›Auch auf den Mund? Keine Antwort! Darauf gab sie keine Antwort. Das hat sie also getan. So wie mit mir im Hohlweg. Das hat sie getan. Mund.‹

Auch zu ihm kehrte der Kuß wieder. Und diesmal wich er nicht zurück vor dem Letzten. »So blöd werde ich nicht mehr sein. Jetzt nicht mehr!« Er riß sie mit Gewalt zu sich. (Aber das wußte Hanna auch. Sie ging in keinen Hohlweg mehr mit ihm.)

Sie lag verweint, verkrümmt und glühend im heißen Bett, hin und her gerissen zwischen Thomas und Doktor Huf, der mit seiner Schwester im Speisesaal des Hotels saß: die letzten Gäste. Der Kellner schlief auf dem Stuhl neben dem Büfett.

Wie er das dünnstielige Glas spitzig mit zwei Fingern hochhob, gewann der Wein erst seine Kostbarkeit. »Ihre Augen! Hast du ihre Augen gesehen? Sag man, Nina, hast du ihren Blick gesehen? Wenn sie die Lider hebt, zeigt sie – versteckt, oh, tief versteckt! – mehr ursprüngliches Wissen um die Dinge des Lebens als der alte Doktor Kant aus Königsberg.«

Sie hielt nun schon seit einer Viertelstunde die schmalen Lippen fest geschlossen, sie horchte mit dem Blick und wandte ihn auch dann nicht ab von dem entflammten Bruder, als sie ihr Glas, das er nachfüllen wollte, mit der Hand schützte.

»Weißt du, ihr Liebreiz glüht, und ihr Stolz ist mitgeboren. So geht sie. Geht in ihrer Anmut durch mich durch.« Er machte lächelnd den Mund klein, sein Gesichtsausdruck setzte ihr Verständnis für sein Hingerissensein voraus. Du weißt schon.

Sie wußte schon. Sie staunte, und sie freute sich und erlaubte sich das Staunen nicht. Sie nippte am Leben, indem sie daran teilnahm, wie der Bruder sich an das Leben heranwagte.

»Sag mal, Nina, glaubst du, daß sie mich lieben wird? Sag mal!«

Kam sie da aus Ochsenfurt zufällig nach Würzburg, und siehe da, gerade hier erlebte sie das Wunder. Sie sah gespannt den Bruder und das Wunder an, ganz bereit, an das Wunder zu glauben.

Sie saßen, wie arme Diebe fasziniert von dem ersehnten Einbruch in das Leben, allein in dem kahlen Speisesaal, der rückwärts in der Dunkelheit verging. Der Kellner gähnte.

SIEBENTES KAPITEL

Der alte Herr, der zwanzig Jahre die schimmelgrüne Gasse als Spucknapf benutzte, war in den letzten Tagen ausschließlich damit beschäftigt gewesen, zu ergründen, was in Frau Julies Munitionsladen vorging.

Maurer hatten Schutt und alte Backsteine herausgeschleppt. Der Rollkutscher des Spediteurs hatte große Eilgutkisten, der Schreiner neue Regale vor dem Haus abgeladen.

Die Wand zwischen Laden und Hinterzimmer war herausgebrochen worden. Seit heute wohnte Frau Julie ganz bei Falkenauge, am kommenden Tage sollte die Hochzeit sein.

Frau Julie hatte Falkenauges Rat befolgt und das Geschäft nicht nur räumlich vergrößert: von nun an konnten außer Waffen und Munition auch alle Stahlwaren, Taschenmesser, Scheren in jeder Größe, Gillette-klingen, Rasier- und Schleifapparate zu reellen Preisen gekauft werden.

Schon stand in der Mitte des Schaufensters eine Glasschale, mit Wasser gefüllt, in dem eine Gabel und ein Löffel lagen. Die Kauflustigen sollten sich überzeugen können, daß dieses schöne Besteck, das genau wie Silber glänzte und doch nur aus billigem Weißmetall war, selbst wenn es jahraus jahrein ununterbrochen im Wasser lag, nicht das winzigste Rostfleckchen zog.

Über der Glasschale hing an einem Faden ein Wundermesser, das siebenundzwanzig Klingen hatte, und hoch oben schwebte seit gestern ein Adler, dessen ausgespannte Schwingen die ganze Breite des Schaufensters einnahmen. Mit den Gewehren, die in diesem Laden zu haben waren, konnten derart riesige Tiere erlegt werden, falls der Schütze Zeit und Geld hatte, in die Alpen zu reisen, und das Glück, einem Adler zu begegnen. Daß ein Junge an diesem Schaufenster vorbeiging, war ausgeschlossen.

»Ich brauche einige Dutzend Röhrchenhalter für meine Dampfheizung.« Thomas zeichnete in sein schwarzes Heft einen Halter in Originalgröße. »Aus Fünf-Millimeter-Flacheisen!«

Falkenauge stieg von der Leiter herunter. Er trug eine blau-weiß gestreifte Schupfschürze, in der Taille abgebunden. »Das ist eigentlich Schlosserarbeit. Aber wir können's übernehmen.«

Erst jetzt bemerkte Thomas, daß Falkenauges Glasauge nicht mehr kobaltblau, sondern braun und kaum noch zu unterscheiden war von dem natürlichen. Er hatte Frau Julie zuliebe auf seine Lieblingsfarbe Blau verzichtet.

Thomas lauschte nach dem Fenster in der Rückwand hin. In der Werkstatt rührte sich nichts. »Da spreche ich am besten gleich mit ihrem Arbeiter selbst.«

»Ob der heute da ist? Gestern war er nicht da. Das ist in den zwei Jahren noch niemals vorgekommen. Er war immer ein überaus ordentlicher Mensch.« Dabei blickte Frau Julie ihren Mann zärtlich an. Auch wenn sie sagte: ›Wie herrlich heute die Sonne scheint‹, sah sie ihn so an, als ob er die Sonne scheinen ließe.

Ich werde auch gleich noch in seine Wohnung gehen und nachsehen, ob er tatsächlich verschwunden ist, dachte Thomas.

Einmal hatte ich einen Gehilfen in meinem Ledergeschäft, der war fünf Jahre lang pünktlich wie die Uhr. Da hat er angefangen, mit einem Stammpärchen Kanarienvögel zu züchten, und dann war's aus. Damals lebte meine erste Frau noch.« Das sagte Falkenauge strahlenden Gesichtes und sah dabei nicht im mindesten nach rechts. Schon seit einigen Tagen sah er nicht mehr nach rechts, wenn ihn etwas an seine Frau erinnerte.

Das Fenster in der Rückwand wurde geöffnet, der stahlblaue Doppellauf eines Jagdgewehrs, an dem ein Zettel hing, glitt waagerecht und unheimlich drohend herein. »Herrn Mützenmacher Lämmlein – gereinigt und geölt und eine neue Schraube in den Kolben!« Das Gesicht des Anarchisten war nicht zu sehen.

Als Thomas auf dem Wege in die Werkstatt durch den Flur schritt, betraten vier Männer das Haus: der Polizist mit dem Kindergesicht, der Falkenauge so behutsam gefesselt hatte, der Kriminalkommissar, der Herr Soso und ein Gerichtschemiker aus München – ein dickes Männchen mit verbogener, eingedrückter Stirn und komisch hängenden Pausbacken. Am Kinn hing ein langes Schwarzbärtchen, unten genauso breit wie oben, das aussah, als wäre es nur angeklebt.

›Er hat zu lange gezögert, jetzt holen sie ihn.‹ Thomas trat in die Werkstatt. »Also, was ist?«

Der Anarchist lehnte an der kleinen Drehbank und zog einen Stichel auf dem Handschleifstein ab. »Ich habe meinen Plan.« Er lächelte geheimnisvoll.

Thomas deutete mit dem Daumen über seine Schulter zurück. »Sie sind schon im Haus.«

»Die sollen gestern schon einmal dagewesen sein. Mir können sie nichts anhaben... einstweilen, wenn sie auch noch so gerne möchten.«

Der Polizist nahm die Siegel ab von Herrn Molitors Wohnungstür, die Herren traten ein. Herrn Molitors Tod war schon vollständig aufgeklärt. Es sollte nur noch das Schlußprotokoll aufgenommen werden darüber, daß er das Opfer eines Unglücksfalls geworden war.

Sie standen um den Kassenschrank herum. Er glich einem altmodischen Kachelofen und stand auf einem

Renaissanceunterbau, dessen Ecken mit Löwenklauen geschmückt waren. Auf einer dieser Löwenklauen waren blutverklebte weiße Haare entdeckt worden.

Der Kriminalkommissar deutete auf den Kratzer, den Herr Molitor bei seinem Fall mit dem Stiefelabsatz in das Parkett gezogen hatte. »Und das Offenstehen der Wohnungstür erklärt sich daraus, daß Herr Molitor, als er die Ohnmacht nahen fühlte, wahrscheinlich noch versucht hat, Hilfe herbeizurufen. Er konnte noch die Tür öffnen, da taumelte er ins Zimmer zurück und schlug, als er umfiel, mit der Schläfe auf die Löwenklaue auf. Wenn jetzt dabei noch berücksichtigt wird, daß der Mann schon sehr alt und zwei Meter hoch war, dann kann an einem Unglücksfall überhaupt nicht gezweifelt werden.«

Der Herr Soso beugte sich tief hinab – der weit vorstehende Renaissanceunterbau war nur zwanzig Zentimeter hoch – und strich mit der Hand über die Löwenklaue. »Sie ist genauso gerundet wie die Bleikugel an der Hundepeitsche unseres Raubmörders.«

Der Bücherrevisor hatte festgestellt, daß dreihundertzwanzig Mark mehr bares Geld vorhanden war, als nach den unübersichtlich geführten Büchern in Herrn Molitors Besitz gewesen sein mußten.

»Ich wollte ja fort, war gestern sogar schon im Zuge gesessen. Aber was kann mir denn viel geschehen, wenn Sie mich denunzieren! Ich kann höchstens ausgewiesen werden, weil ich unter falschem Namen lebe. Daß ich den Alten erschlagen habe, kann man mir ja nicht nachweisen . . . einstweilen.«

»Was heißt das: Daß ich den Alten erschlagen habe? Haben Sie ihn erschlagen oder nicht?«

Der Schweizer schwieg geheimnisvoll lächelnd.

»Damit ist der Fall Molitor vollkommen geklärt.« Der Kriminalkommissar richtete sich auf wie nach vollbrachter schwerer Arbeit.

»Das ist ja sehr schön. Wir können also unsern Raubmörder heute noch freilassen, und das freut mich so recht aufrichtig. Aber so, nur so zum Beispiel ein bißchen weniger erfreulich ist es, daß nicht die Mordkommission das Blut und Herrn Molitors Kopfhaare auf der Löwenklaue entdeckt hat, sondern die halberblindete Reinemachefrau. Das ist soso.« Die vier Männer verließen das Haus.

Im ›Bergwerk‹ ging das Leben seinen Gang wie an jedem andern Wochennachmittag. Kinder krakelten, Säuglinge quietschten, in den Höfen wurde Holz gespalten, Wäsche gewaschen, von Fenster zu Fenster geklatscht, und der Küfer, der hier seine Werkstatt hatte, baute gemächlich weiter an dem neuen Weinfaß.

Aber die Hochzeitsgäste, die an der Tafel saßen – Falkenauge hatte noch eine Stube dazugemietet, und auch deren Fenster war umrankt von dem hundertjährigen Efeu des Klostergartens – waren festlich gekleidet.

Dieser Nachmittag war als Licht- und Hoffnungspunkt hineingesetzt in den harten und hoffnungslosen Lebenskampf der letzten Jahre und wurde von allen als eine Welle empfunden, die emporführen konnte.

Auch der Schreiber, der keinen Pfennig mehr im Hause hatte, war in bester Stimmung. Denn Falkenauge, der Mann mit dem Glasersatz und der Seele eines empfindsamen Mädchens, das sich über die Blätter des Poesiealbums beugt, dieser Mann, der noch vor wenigen Wochen sein Bett hatte verkaufen wollen, um die Miete bezahlen zu können, saß jetzt neben einer weiß verschleierten, weiß gekleideten reizenden Frau, die aussah, wie ein kleines Lied in der Sommernacht klingt, und ein Geschäft hatte, das seinen Mann ernährte.

Da dies möglich war, konnte auch der Schreiber von einer Glückswelle unversehens erfaßt und wieder in ein

Rechtsanwaltsbüro getragen werden, vor die Schreibmaschine hin. Hohaho, noch war nicht alles hoffnungslos! Dafür bürgten dieser Nachmittag, die blumengeschmückte Festtafel und die Gesichter aller Hochzeitsgäste. Theobald Kletterer sprach in seiner Festrede schon von der offensichtlich beginnenden Wiedergesundung Europas.

Oskar machte den Wirt, was das Füllen der Gläser anlangte. Das Bierfaß stand auf dem Stuhl. Und wenn er so das Glas darunterhielt, in die Schaumborte blies und noch ein-, zweimal kurz den Hahn öffnete, bis das Glas vorbildlich gefüllt war, dann hatte er schon ein kleines Vorgefühl, wie ihm zumute wäre, wenn er wieder hinter dem Schanktisch des ›Schwarzen Walfisch zu Askalon‹ stünde.

Der Schreiber pflegte und nährte sorgsam diese Illusion, indem er, wie in den Jahren, da er allabendlicher Gast im ›Walfisch‹ gewesen war, von Zeit zu Zeit dem Freunde ruhevoll das leere Glas reichte: »Bring mir noch eins. Das siebte.«

An der Schmalseite saßen in ihren Sonntagsanzügen die drei Buben, die sich vorerst noch still verhielten. Nicht jeden Tag war Hochzeit, und Gansbraten gab es selten.

Als Frau Kletterer, die gegenüber an der Stirnseite saß, hinunterfragte, ob der Gansbraten schmecke, hob der Sohn des Schreibers erst das Händchen in Mundhöhe, so, daß die Spitzen des Zeigefingers und des Daumens einander berührten. »Er könnte noch ein kleines bißchen, ein kleines bißchen knuspriger sein.«

Des Schreibers Gesicht war schon rot angelaufen, als der Sohn das Händchen so delikat gehoben hatte. Jetzt mußte er das Glas wieder zurückstellen, sonst wäre das Bier im Bogen über den Tisch gespritzt, auf Theobald Kletterers Gehrock.

Ein breitschultriger Zwerg, der in den Ohren Goldblättchen trug, ununterbrochen blinzelte und seit fünfzig Jahren beständig lächelte, auch nachts im Schlafe, hob die Ziehharmonika auf die Knie. Der lange Anarchist spielte die Flöte.

Frau Julie, zierlich und weich, saß da wie ein Mädchen, das verheiratet worden ist, und drehte das weiße, feine Gesichtchen, das schon seit Tagen merkwürdig geglättet aussah, immer wieder Falkenauge zu. Unter dem Brautschleier brannte das rostrote Haar hervor.

»Also und, also aber, jetzt wird's dann aber Zeit, Oskar.«

»Morgen fahr ich nach Ochsenfurt.« Er blies in die Schaumborte, öffnete noch zweimal den Bierhahn – zwei kurze, sachkundige Rückchen – und richtete sich auf. »Morgen wird die Sache glattgemacht. Nächsten Sonntag können wir vielleicht schon auftreten.«

Der Tanzsaal in Ochsenfurt am Main, auf dessen Bühne auch Wandertheater spielten, an Samstagen und Sonntagen, gehörte Oskars Geschäftsfreund, einem Weingutbesitzer, von dem er früher den Most bezogen hatte.

Bei der Vorstellung, schon am nächsten Sonntag in Frack und weißer Weste gegen Eintrittsgeld auftreten zu sollen, wurde dem Schreiber unheimlich zumute.

»Ob wir uns nicht auch Chapeaux claques anschaffen müssen?« Falkenauge sah jeden an.

Der Schreiber antwortete nur: »Aber warum denn nicht!«

Der Zwerg und der Anarchist spielten.

»Die Orgel! Die Orgel!« Alle Männer verlangten ›Die Orgel‹.

Der Zwerg, der mit der Zunge anstieß, erfüllte den Wunsch der Hochzeitsgäste, er lispelte lächelnd: »Dann bitte ich also die Herrschaften, jetzt die Augen zu schließen.«

Alle schlossen die Augen.
»Sie sind in der Kirche.«
»Wir sind in der Kirche.«
»Riecht ihr den Weihrauch?«
»Wir riechen den Weihrauch.«
»Der Priester hat die Messe zelebriert. Es ist jetzt ganz still in der Kirche. Das Orgelspiel beginnt.«

Er spielte einen Choral. Die Orgeltöne brausten aus der Baßtiefe getragen empor, wogten zurück, ein Engelschor von Knaben- und Mädchenstimmen setzte ein, in beseligender Himmelshöhe schwingend durch das Kirchenschiff, und wurde abgelöst durch einen grabestiefen Mönchsgesang, unterbaut vom dunklen Orgelstrome, aus dem deutlich und immer deutlicher das Spottlied von dem Nönnchen, das in der Nacht zum Mönche schleicht, hervorquirlte.

Und während der Zwerg zwinkernd und blinzelnd und lispelnd mit dünnem Singstimmchen scheinheiligen Tones das Liebesabenteuer so ausführlich schilderte, daß Frau Julie erröten mußte und nicht einmal mehr Frau Lux ansehen konnte, die auch diesen Scherz im Strom des Lebens durch sich durchziehen ließ, kletterten die drei Buben vom Schlafzimmerfenster aus am Efeu hinunter in den Klostergarten, wo sie ein Beet Früh- Erdbeeren entdeckt hatten. Sie leuchteten rot und reif zwischen den Blättern, auf denen noch die Regentropfen blitzten.

Die Wohnung lag im ersten Stock. Die lange Schnur war am Fensterriegel befestigt, das andere Ende am Henkel von Frau Julies Nähkörbchen, das sie wie eine Angel hinunter auf das Beet geschleudert hatten.

Sie arbeiteten schweigend und schnell. In wenigen Minuten hatten die sechs Hände das Nähkörbchen gefüllt.

Das war nur ein Ton des Schreckens, zu einem Wort war keine Zeit mehr gewesen. Schon klebten die zwei wieder am Efeu wie Affen. Den kleinen Lux, der immer versunken war in das, was er tat, konnten die zwei jungen Nonnen packen. Das drahtige Körperchen wand und bäumte sich vergebens, die Übermacht war zu groß.

Da rief der Sohn des Schreibers, der mit dem Oberkörper weit aus dem Fenster herauslag: »Erdbeeren! Erdbeeren!« wie man einem jungen Hund zuruft: Wo ist das Mäuschen! Und ließ das Erdbeerenkörbchen wieder tiefer hinab.

Die Nonne flog herbei, griff danach. Das Körbchen zuckte höher. Er schwang es wie ein Pendel. Sie hüpfte. Der weite Ärmel fiel zurück bis zur Schulter. Der Arm war jung und weiß.

Und wenn es auch nur Kinderaugen waren – sie hob den Arm nicht mehr.

Aber die List hatte nichts genützt, die andere Nonne war kräftig genug. Der kleine Lux wehrte sich verzweifelt, stemmte die Hände ungestüm gegen ihren Leib, gegen die Brüste, gegen das tief errötende Gesicht und ließ sich schließlich fallen.

Mit vereinten Kräften schleppten sie den zappelnden braunen Fremdling, der wie das Leben selbst in ihren Garten eingebrochen war, auf die Anklagebank unter der Blutbuche. Ihre süßen Ovale, weiß umrahmt von der gestärkten Haube, waren rosig geworden, die Augen blitzten blau.

Sie hatten erst vor kurzem den Schleier genommen zur Ehre der unbefleckten Gottesmutter und sahen aus, als hätten sie doch etwas zu vorschnell aller Lust der Welt entsagt. Sie waren siebzehn Jahre alt.

Die Zuschauer lagen auf der Fensterbrüstung wie Galeriebesucher und blickten gespannt hinunter auf die Szene. Obwohl diese Jungfrauen ihr Gelübde, nie mehr den Blick zu einem männlichen Wesen zu erheben, ganz außer acht ließen und sich voller Feuer mit dem kleinen

Mann herumbalgten, konnten sie ihn nicht bändigen. Er kratzte und schnappte, und als sie ihn fragten, ob er denn nicht wisse, daß man nicht stehlen dürfe, begann er zu beißen.

Das Schauspiel ging in den Zuschauerraum über. Der Sohn des Schreibers rief auf die Bühne hinunter: »Was ihr tut, dürft ihr ja auch nicht. Das ist verboten. Ihr dürft das ja gar nicht, wegen der Religion.«

Sie ließen sofort ab von ihm. Sie hatten gesündigt. Sie senkten die Köpfe und gingen beschämt tiefer in den Garten, wo die Oberin erschien. Sie beugten die Knie.

Nach dem Hochzeitsmahl gingen die fünf zum Schneidermeister Firnekäs. »Grad heut stand wieder in der Zeitung, daß eine österreichische Truppe eine ... no, so eine Tournee nach Südamerika unternommen hat. Die haben ein Heidengeld verdient.« Dabei blickte Oskar wieder in die Luft.

Auch der Schreiber hielt an diesem Tage manches für möglich. In ihm trieb das Hochzeitsbier Hoffnungsblasen. »Da könnten wir schon auf dem Schiff auftreten ... Du sammelst dann.«

Theobald Kletterer, der schwankend in der Mitte ging, fand, daß Südamerika doch etwas zu weit von seinem Garten entfernt sei. Der Garten ließ sich in ihm nieder, flach und grün, wie er war; das weiße Haus taumelte dazwischen und stand schließlich fest.

Er wollte das Sprichwort sagen; ihm fielen aber nur die Schlußworte ein, er wiederholte mehrmals: »... und nähre dich redlich.« Dabei hielt er sich an Oskars Arm fest und hob warnend den Zeigefinger.

Hannas Vater ging ein paar Schritte voraus. Ihm konnten ein Dutzend Glas Bier nichts anhaben. Er war aus Eisen. An ihm mußte die Zeit noch lange knabbern, ehe sie einen weißen Faden in den Rabenbart ziehen konnte.

In gehobener Stimmung betraten sie die Schneiderwerkstätte. Die vier Fräcke hingen auf Bügeln nebeneinander an der Wand.

Herr Firnekäs nähte mit langem Faden, streckte und beugte den Arm rhythmisch. Das sah pathetisch aus. Dabei blickte er, gesenkten Kopfes, von unten auf. Die Augäpfel waren blutrot.

Neben ihm stand auf zwei Stühlen der winzige Sarg, in dem Karlchen lag.

Die Hand des Vaters und der weiße Faden überquerten das Gesichtchen. Es war zitronengelb.

Oskar hatte einen athletischen Körper, den der Tod eines Säuglings nicht erschüttern konnte. Theobald Kletterer fand gegenüber ernsten Geschehnissen immer die Aufrichtigkeit des Schweigens. Der Schreiber mußte für alle vier sprechen. »Das tut uns aber leid. Woran ist es denn gestorben?«

Herr Firnekäs streckte nähend zuerst wieder den Arm. Dann deutete er mit dem Daumen nach der Küche. Und nähte weiter. Nach zwei Stichen wies er blutroten Blickes auch mit dem Kopf nach der Küche und wiederholte die Gebärde mit dem Daumen. Der Tod seines Söhnchens erregte ihn tief.

»Ach, vielleicht ist es besser so. Was hätt es denn gehabt vom Leben!« sagte der Schreiber.

Das waren Worte, ehrlich empfunden und im harten Lebenskampf erlitten. Die dunkelbesternte Empfindungswelt des Schneiders konnten sie nicht erreichen. So manches Mal hatte er, wenn niemand im Zimmer und alles still gewesen war, das ausschlagbehaftete Gesicht über den Waschkorb gebeugt, dem zupackenden Händchen den Zeigefinger gelassen und dabei gesagt: »Du Supperle, du Supperle!« Das war nur ein Wörtchen, und es hatte gar keinen Sinn, es enthielt nur die ganze Welt, das ganze Glück des Schneidermeisters Firnekäs.

Die Frau öffnete die Tür. Die Augen waren ausgelaufen vom vielen Weinen. Das graue Gesicht war flach geschlagen vom Schicksal. Sie bewegte die kraftlos hängende Hand, sie wollte etwas sagen, sie brachte nur einen Ton hervor. Das Gesicht verschwand wieder.

Jeder trug einen Frack über dem rechten Arm. Sie gingen schweigend in einer Reihe. Kam jemand entgegen, dann blieben zwei Fräcke zurück und reihten sich wieder an. Auf jedem Frack lag obenauf die weiße Weste.

Oskar brach das drückende Schweigen. »Die Frau Firnekäs versteht eben nichts von Kinderpflege.«

Der Schreiber warf zuerst einen scheuen Blick auf die drei Perlmutterknöpfe der weißen Weste, die er anziehen sollte. Der eine Knopf hatte eine dunkle Ader. »Ach, da kann die Frau nichts dazu. Sie war ja schon fünfzig Jahr gewesen und ganz ausgemergelt. So ein Kind ist doch nicht lebensfähig . . . Daß er uns die vier Fräck so mitgegeben hat! Ich sag euch, er ist ein feiner Mann.«

»Wir standen in der Schneiderstube am Rande des Mysteriums. Nie können wir es fassen.«

»Hn, also und wieso Mysterium?«

»Und ich wüßt auch, was wir tun sollten zum Dank dafür . . . Wir sollten morgen bei der Beerdigung singen. Man muß doch auch dankbar sein.«

Damit hatte der Schreiber den Einfall gehabt, der alle in ihrem Gefühl befreite. Sie waren begeistert.

Am folgenden Nachmittag schritten vier Männer in Frack und weißer Weste, sehr hohe Zylinder auf dem Kopf, in einer Reihe über die alte Brücke, ernsten Gesichtes. Theobald Kletterer trug den Kranz aus weißen Rosen.

Der Schreiber hütete sich, den Kopf seitwärts zu drehen und seine Bekannten zu erkennen. Er schielte nur hin und hielt den Mund gespitzt in schwerster Verlegenheit.

Hannas Vater hatte eigentlich nur am Rücken einen

Tuchstreifen. Der Frack war ihm viel zu eng. Falkenauges Frack hingegen war so weit, daß ihn die Schöße wie ein langer Wintermantel einhüllten und die Hände überhaupt nicht zu sehen waren.

Beim gemeinsamen Ankleiden hatte der Schreiber einen Frackwechsel vorgeschlagen.

Falkenauge war aber nicht zu bewegen gewesen, seinen Frack zu tauschen.

»Ich geh allein hinaus«, hatte Oskar gesagt. »Ich stell mich in der Nähe auf und beobachte, was für einen Eindruck ihr macht. Ihr müßt das so ein bißchen als Generalprobe betrachten... Deshalb könnt ihr ja doch sehr feierlich gestimmt sein.«

Der Gaul des Metzgers Fritz, jung und spritzig, nicht gewohnt auf der alten Brücke vier Fräcke und vier hohe Zylinder zu sehen, stieg empor und stellte die Vorderhufe auf die Brückenbrüstung.

Der Schreiber sagte befriedigt: »Da habt ihr's! Daran bist du schuld mit deinem Schlotterfrack... No, das gibt eine Riesenblamage.« Auch dabei hatte er steif gradaus geblickt.

Der Polizeiwachtmeister grüßte, schwankend zwischen Begräbnisernst und Lächeln. Die Buben wußten nicht, ob sie folgen sollten. Und als auf dem Platz zwischen Dom und Augustinerkirche, wo Thomas den berüchtigten Duellanten niedergeboxt hatte, ein fünfjähriges Mädchen tat, was seit Jahrhunderten alle Würzburger Kinder tun, wenn sie einen Geistlichen sehen – als es auf den schwarz eingehüllten Falkenauge zutrippelte, dorthin griff, wo die Hand sein mußte und »Gelobt sei Jesus Christus« flüsterte, war der Schreiber mit seiner Selbstbeherrschung am Ende.

Der hysterische Lachanfall, von Wut durchzogen, brach durch mit ungeheurer Wucht.

Der Schreiber weigerte sich, an der Beerdigung teilzunehmen. Er blieb stehen. »Ich halt's nicht aus am Grab. Ich halt's einfach nicht aus. Ich weiß, ich weiß.«

Theobald Kletterer nahm den Kranz in die Linke und streckte die Rechte seitwärts: »Und wie gedenkst du es zu überstehen – unser Debüt in Ochsenfurt? Wer sich entbot, der Kunst zu dienen, muß manches Opfer auf sich nehmen.«

»Kunst? Ich pfeif auf deine Kunst, wenn der da als Geistlicher maskiert herumläuft.«

Falkenauge stand ruhig da und sah seine Freunde so ruhig an wie ein offensichtlich ganz Unschuldiger, über den verhandelt wird. Er fühlte sich ganz besonders wohl in seinem Frack. Ihm war, als habe er da endlich ein Kleidungsstück an, das seinem innersten Wesen ganz und gar entsprach. Er wußte, daß er am Grabe ausgezeichnet singen werde.

Sie standen immer noch auf dem Platz. Hans Lux benutzte die Gelegenheit, sich in seinen Frack hineinzumüllern. Er kreiste Ellbogen und Hände wie eine indische Tänzerin und rollte die Schultern. Der Frack zwickte und biß unter den Armen.

Schon begaben sich die ersten Anzeichen einer Menschenansammlung. Der Metzgerbursche, der stehengeblieben war, stellte seine schwere Fleischmulde einstweilen auf das Pflaster und suchte aus dem Blick des Schlosserlehrlings, der sich vorher eingefunden hatte, zu erraten, was da los sei. Ein Droschkenkutscher fuhr langsamer und sah zurück. Ein junger Mann, der nichts zu tun hatte, schlenderte, Hände in den Hosentaschen, auf die Gruppe zu.

Der unglückliche Schreiber, rotgefleckt vor gelockerter Aufregung, sagte, daß er allein zum Friedhof gehen und rechtzeitig da sein werde. Er ging durch einsame Seitengassen, er wollte sich sammeln.

Das Totenhaus steht am Eingang des Gottesackers.

Niedrige Steinstufen führen empor zur offenen Einsegnungshalle, in der die Trauergäste schon versammelt waren, als die drei ankamen.

Die ganze Vorderwand der Leichenhalle ist aus Glas, hinter dem die Toten in den Särgen liegen. Jeder Besucher kann das Gesicht, das ihm vertraut, das ihm teuer war, zum letztenmal sehen, bevor der Sarg zugenagelt wird. Gelbe und blaue, friedlich und schmerzverbissene Wachsgesichter. Ganz vorne ruhte eine alte Mutter, deren Gesicht, rund und faltenreich, versorgt und gut und tiefer noch verschönt durch den Tod, die warme Farbe des Lebens behalten hatte. Es schien, als dächte diese sorgenreiche, kluge, mutige Mutter noch im Tode darüber nach, wie sie den lebenslänglich immer gleichen Schwierigkeiten begegnen, die Miete bezahlen und dennoch Essen auf den Tisch stellen könne. Jede Sekunde konnten ihre Lippen sich öffnen zu einem winzigen Lächeln der Genugtuung, den scheinbar unüberwindlichen Schwierigkeiten doch wieder beigekommen zu sein auf eine Weise, wie das eben nur eine kampfgewohnte, schlaue Mutter vermag.

Der Leichendiener rief: »Firnekäs!« Das Ehepaar ging durch die Glastür in den Aufbewahrungsraum, machte in der Mühle des Lebens die fünf Schritte zu dem kleinen Sarg, der neben dem der grübelnden Mutter stand, und blickte schweigend hinunter auf das zitronengelbe Wachsengelchen, dessen vom Tode modelliertes Köpfchen auf einem Papierkissen mit gezacktem Rande lag. Die überzarten Fingerchen hielten eine weiße Aster, deren Blattspitzen schon gelb angewelkt waren.

Die maschinengestrickte Decke hatte sich verschoben, ein Füßchen spitzte hervor, fünf winzige Zehchen, die Gelenke hatten und haardünne Nägel aus rosa Perlmutter. Alles war da. Es fehlte nichts zum erschütternden Wunder.

Daheim in ihrer Küche hatte die Mutter ihr Karlchen füttern, pflegen, schimpfen, ihm das verbrannte Hinterchen mit Salatöl einreiben können. Das war ihr brausendes, überglänztes Leben gewesen. Aber auch hier konnte sie sich um sein Wohlbefinden bemühen. Noch konnte sie es betreuen, das Füßchen zudecken. Das war beinahe so, als ob es noch lebte. Noch war der Deckel nicht zugenagelt.

Sie hinkte eifrig um den Sarg herum, deckte das Füßchen zu – und tat es so ungeschickt, daß es jetzt das rechte hervorsah.

Hilflos blickte sie ihren Mann an. Das waren keine Augen mehr. Die Unterlippe, die so schief und so weit herabhing und so kraftlos war, zuckte.

Der Leichendiener stand schon wartend da, den Sargdeckel in den Händen.

Herr Firnekäs hätte in wildeste Raserei ausbrechen müssen; in seinem armen Gesicht bewegte sich nichts, er bewegte den Kopf nicht, nur die blutroten Augäpfel richtete er auf den Leichendiener, und der paßte, Oberkörper seitwärts gebeugt, fachkundig den Sargdeckel auf, in dem schon die Nägel steckten. Er hob den Hammer.

Da tat der Schneider etwas. Er nahm seine Frau bei der Hand und führte sie hinaus. Er tat es sehr unbeholfen. Er hatte in den ganzen vierzig Jahren seine Frau nicht an der Hand geführt.

Sein Bauch stand weit vor, das weiße Hemd wulstete über den Gürtel heraus.

So trottete er hinter dem Sarg her. Er war an schnelleres Tempo gewöhnt. Da könnte er vielleicht über das Grab hinaus, über den ganzen Kirchhof hinaus eilen und einen Anzug abliefern. Er wußte gar nicht mehr, daß er die Hand seiner Frau hielt.

Hinter ihnen schritten die drei. Der Schreiber war noch

nicht da. Hannas Vater lugte zwischen den Grabkreuzen durch und begann schon, die Fingerspitzen zu reiben.

Frau Firnekäs war beliebt bei den Nachbarn, und es hatte sich herumgesprochen, daß das Quartett singen werde. Der Trauerzug war lang und farbig. Nicht viele besaßen schwarze Kleidung. Eine dunkle Gruppe war bei der Einsegnungshalle zurückgeblieben, eine andere stand beim Friedhofseingang. Die warteten auf den Namensaufruf. Pünktlich jede halbe Stunde wurde unter scharfen Amselpfiffen ein Mensch zu Grabe getragen. Um halb sechs Karl Firnekäs, um sechs Marie Bach. Das war die tapfere, gute Mutter. Um halb sieben der nächste. Da war die Sonne schon unter, der Friedhof gehörte schon den Grabkreuzen. Jetzt schien sie noch, und jede Amsel, die vom Baum herabstürzte, hatte ihr Gewicht.

Das Totenglöckchen, das beginnt, wenn der Trauerzug die Einsegnungshalle verläßt, und erst in der Sekunde endet, da der Geistliche am Grabe zu sprechen anfängt, läutete in höchster Eile, wie keine andere Glocke in Würzburg, und so gefühlshart und schicksalhaft, als rufe es in einem fort: Gib jede Hoffnung auf! Gib jede Hoffnung auf!

Dort, wo die tausend kleinen Kreuze stecken, wo die begraben sind, die starben, noch ehe sie Sterne aus Sand gemacht und Kornblumen am Rande des Feldes gepflückt hatten, bog der Zug vom Hauptweg ab und löste sich auf.

Die Menschen haben langsame Bewegungen, wenn sie über Grabhügel steigen und sich bei der frischen Grube aufstellen. Nur das Totenglöckchen war schnell, es beherrschte, durch Ton und Tempo scharf getrennt von ihr, die stille Zeremonie. Der Schneider hatte die Hand seiner Frau losgelassen, die Pfädchen zwischen den Grabhügeln waren zu schmal, und auch über ein Grab kann man nicht zu zweien steigen.

In der Mutter funktionierte noch ein Mechanismus, der es ihr ermöglichte, um ein Grab herumzugehen, ein anderes zu übersteigen und dorthin zu gelangen, wo der Haufen frisch aufgeworfener schwarzer Erde war.

Das Totenglöckchen hatte schon geendet, der Geistliche schon begonnen, der Schreiber war noch nicht da.

Er stand, zwanzig Meter entfernt, hinter einem großen Grabstein, schweißnaß, rotgefleckt, den hohen Zylinder schief und tief in der Stirn, und wirkte unheimlich auf die Vorübergehenden. Er war dem Heulen nahe. Nur wenige Minuten blieben ihm noch, die nötige Ruhe zu gewinnen.

Schon wollte er blindlings vor zum Grabe, komme, was wolle, da flüchtete er zwischen den Gräbern durch, den Hauptweg entlang, hinaus aus dem Friedhof, nach Hause, Frack herunter, Ellbogen auf den Tisch – hol alles der Teufel! – und stand dabei hinter dem Grabstein und drehte, wie eine Wäscherin ein großes Stück, mit aller Kraft sein Taschentuch.

Frau Firnekäs hatte ein schwarzes Kleid an, sie hatte einen Hut auf. Sie beugte sich zu dem Blumenhügel, unter dem ihr Söhnchen lag, und legte einen Strauß, der heruntergerutscht war, wieder obenauf.

Während der Geistliche die Hand segnend hob und die letzten Worte sprach, beugte sie sich wieder vor und rückte den Strauß noch ein wenig, bis er ganz richtig lag. Alles bei weitgeöffnetem Mund, den das Schicksal aufgerissen hatte, und mit toten Augen, deren Blicke das Schicksal zurückschlug bis in den Hinterkopf.

»Vor der Pforte der Hölle bewahre seine Seele! Dominus vobiscum. Et cum spiritu tuo!«

Der Schneider dachte an Karlchens Lächeln, das es schon gekonnt hatte.

In höchster Aufregung blickte Hannas Vater sich nach

dem Schreiber um. Oskar raste im Friedhof umher und suchte ihn.

Mit dem dunkel hallenden Geräusch, dem kein anderes auf Erden gleicht, versank der Sarg in der Grube.

Der Geistliche gab drei Schaufeln Erde, die dunkel polterten – Erde auf Holz – und reichte den Stil Frau Firnekäs.

Das tat sie nicht. Das konnte sie nicht. Sie nahm die Schaufel nicht. Sie richtete das flachgeschlagene Gesicht empor zum Nichts.

Der Schneider griff nach dem Stiel, zu tun, was getan werden sollte, und als er die Hand öffnete, den Stiel zu packen, entfielen ihr Karlchens Schuhe, aus rosa Wolle gestrickt.

Der Geistliche war schon fort. Alle gaben Erde. Falkenauge äugte schief empor zu einem Sperling, der sich pluderte und ruckartig schief zurückäugte. Falkenauge war froh gestimmt. Gleich würde er singen. Er sang den ersten Tenor.

Schon hatten einige das Grab verlassen, da balancierte ein Mann im Frack, den hohen Zylinder noch auf dem Kopf, über die Gräber. Der Menschenkreis öffnete sich.

»Also und . . .«

»Halt's Maul!«

Der Schreiber warf noch einen furchtsamen Blick auf Falkenauge, der unschuldig und froh zurückblickte und dabei die Ziehharmonikahose ein wenig hochzupfte.

Die vier Zylinder standen in einer Reihe auf der aufgeworfenen Erde.

Theobald Kletterer steckte das Stimmpfeifchen in den Mund und gab, Augen rund geöffnet, die Tonlage an. Dirigierend hob er die Hand – und ließ sie wieder sinken. Denn Falkenauge war noch nicht fertig. Er mußte mit der Linken erst den rechten Ärmel zurückziehen, um die Hand frei zu machen, die das Notenblatt halten sollte.

Ganz plötzlich packte ihn hier am Grabe die Erinnerung an den Tod seiner Frau. Er warf den Kopf scharf nach rechts. Der Schreiber wurde dunkelrot.

»Natürlich!«

So sangen sie.

Als sie dem Ausgang zuschritten, begann schon wieder das Totenglöckchen zu läuten. Hinter dem Sarg der noch im Tode grübelnden Mutter schritten die weinenden Söhne und Töchter, alle schon erwachsen, die erst jetzt, da die Mutter fort war, wußten, was sie besessen hatten, und nun erleiden mußten, was sie hätten erleben sollen.

Es war halb sieben. Die Grabkreuze warfen lange Schatten. Die Vögel hatten aufgehört zu singen. Bald würden die Ewigen Lichtchen auf den Gräbern zu leuchten beginnen und über die Toten des Tages die erste Nacht im Friedhof kommen.

»Aber Geld bringt das alles nicht ein.«

Sie blickten Oskar fragend an.

»No ja, was ich in der letzten Zeit alles erlebt hab! Mordverdacht, Gefängnis, Hochzeit, Beerdigung! ... Das muß jetzt anders werden ... Aber gesungen habt ihr wunderbar.«

Der barfüßige Zeitungsjunge begegnete dem Schreiber im Stiegenhaus. Die Frau lag im Bett. »Nun, wie war's?«

»Er hat natürlich wieder nach rechts geglotzt.« Dabei las der Schreiber in der Zeitung.

Plötzlich warf er sie hin, riß den Frack herunter, den Werktagsrock vom Haken und raste ohne Hut wortlos hinaus.

Treppen hinunter, noch hemdsärmelig die Domstraße hinauf, durch die Schustergasse auf den Marktplatz, auf den sieben Straßen münden, setzte über einen Kartoffelkorb, stolperte, stürzte, galoppierte weiter.

Und langte fast gleichzeitig mit dem Dutzend Männern, die aus allen sieben Straßen kamen und konzentrisch auf dasselbe Haus zueilten, vor der Tür an, wo das weiße Emailleschild hing, mit der Aufschrift: Rechtsanwalt Stern.

Bis auf den Flur heraus standen die Bewerber, durch die ein strahlender Mann schritt, der eine halbe Minute früher als alle dagewesen war und den annoncierten Posten eines Bürovorstehers bekommen hatte.

In dieser Nacht war der Schneidermeister Firnekäs von Kneipe zu Kneipe gegangen. Die Wirte kannten ihn, sie wußten, daß er nicht sprach, und wußten, was und wie gewaltig er trank, wenn er es einmal tat. Das ging alles ohne Worte vor sich.

Rückwärts wurde geschrien, dunkle Schiffergesichter bogen sich einander zu. Firnekäs saß nur so im Vorübergehen an der Tischecke bei der Tür und pumpte seit Stunden ungeheure Mengen Schnaps in sich hinein. Der Schädel glühte.

So gelang es ihm, schließlich doch eine andere Mischung der Gefühle zu erzeugen. Andere Gesichter blitzten auf, durchblitzten die Finsternis, in der den ganzen Tag nur Karlchen schneeweiß im Waschkorb gelegen war.

Um diese Zeit saß Frau Firnekäs noch im Trauerkleid in ihrer Küche und blickte gradaus. Den Hut hatte sie noch auf. Das Licht brannte. Wenn sie einen Gegenstand sah, der Karlchen gehört hatte, zuckte in ihrem ausgebrannten Innern noch ein kleiner Schmerz auf.

Manchmal griff ihre Hand nach Karlchens Schnuller, der eine weiße Zelluloidscheibe und einen weißen Zelluloidring hatte, an dem das blaue Bändchen hing. An dem Bändchen klebte etwas eigelb. Auch das gebrauchte Zinklöffelchen, mit dem sie Karlchen das letzte Eigelb gegeben hatte, lag neben ihr.

Wenn sie nach einer Weile den Schnuller wieder in die

Hand nahm, zuckte der kleine Schmerz wieder auf. Dieser kleine Schmerz war ihr Leben.

Der stämmige Wirt, der die Hemdsärmel nicht bis zum Ellbogen aufkrempeln konnte, weil die Arme zu stark waren, stemmte die Linke auf die Tischplatte und legte dem letzten Gast die Hand auf die Schulter, wobei er die Fußspitze aufstellte mit der komischen und wirklichen Grazie, die manche dicke Männer haben. Firnekäs richtete die Blutkugeln auf ihn.

Er trug sein schnapsdurchflutetes Gewicht durch die menschenleeren Nachtgassen. Er taumelte nicht. Wie ein richtig geladener schwerer Lastwagen nur in sich selbst schwankend, bewegte er sich heimwärts, ein klein wenig zurückgelehnt wie gegen eine Wand, die mit ihm ging.

Langsam hob er sich treppauf. Vor der Wohnungstür blieb er stehen. Alles war finster, um ihn und in ihm.

Da leuchtete das schneeweiße Karlchen im Waschkorb in ihm auf. Er kehrte um.

Frau Firnekäs richtete sich im Bett hoch. Das Licht stürzte sich in den schief aufgerissenen Mund. Sie horchte.

Am andern Morgen fand sie ihn im Holzschuppen. Er lag auf dem Rücken, Hände weit ausgestreckt, ein aussätziger, dicker Christus, aufgenagelt auf das alte Gerümpel.

Achtes Kapitel

In Würzburg gab es drei Autodroschken. Sie standen am Bahnhof in der Sonne. Die Handlungsreisenden gingen zu Fuß in die nahen Hotels. Wenn der Chauffeur lange genug gedöst und gar keine Aussicht mehr hatte, geweckt zu werden, ließ er in dem Moment, da der Gedanke im Halbschlaf entstand, vom Sitz aus geruhsam den Motor anlaufen und fuhr ein bißchen in der Stadt umher, den einheimischen Fahrgast zu suchen, den es nicht gab.

Der offene Wagen rollte langsam vorüber an den wuchtigen Kirchen, aus denen nur alte Weiber kamen, die auch für Geld nicht im Auto gefahren wären, vorüber an den winzigen Häuschen, vor denen die Handwerker auf der Straße arbeiteten, gemächlich die sonnige Hauptstraße hinunter, fremd den Menschen und den Häuschen, in schöner Zwecklosigkeit um den Vierröhrenbrunnen herum und sehr langsam die Hauptstraße wieder hinauf, aus reinem Idealismus, ganz um der Sache selbst willen und märchenhaft überflüssig.

Noch Wochen später sprachen die Chauffeure über das Glück des einen, der Doktor Huf, die Schwester und Hanna nach Ochsenfurt gefahren hatte. So ein Heidenglück war noch niemals dagewesen und würde auch nicht wiederkommen, solange jede Stunde ein Lokalbahnzug nach Ochsenfurt fuhr.

Im Wagen vierter Klasse saßen auf der Längsbank – Querbänke gab es nicht – Oskar und das Quartett, vor sich die vier neuen, flachen Kartons, in denen die Fräcke waren. Die Kartons standen aufrecht und zwischenraumlos nebeneinander, ein braunes Mäuerchen, das bis zu den Knien reichte.

Die Klappermelodie des alten Zuges, der seit fünfzig Jahren täglich diese Strecke fuhr, treu und zuverlässig, gewann im freien Felde den Ton bewiesener Wichtigkeit. Das schweigende, steif sitzende Quartett betrachtete sein Publikum, dem es am Sonntagabend vorsingen sollte: Ochsenfurter Bauernweiber, die auf dem Würzburger Sonnabend-Markt ihr Obst und Gemüse verkauft hatten und nun mit den leeren Riesenkörben zurückfuhren.

Die verwitterten Gesichter, blau und violett gefärbt durch die Kälte vieler, vieler Markttage, glichen überwinterten Äpfeln. Jeder Apfel hatte ein Kopftuch um. Es war schon dämmrig im Wagen.

Der Schreiber flüsterte gradaus: »Wenn die Kartons so aufrecht stehen, verrutschen die Fräcke, und dann sind sie zerknüllt, bis wir ankommen.«

Falkenauge gab die Botschaft flüsternd weiter.

»Also und, umlegen?«

Der Schreiber nickt unsichtbar.

Vier Hände griffen gleichzeitig nach den Kartons und legten das braune Mäuerchen um. Dann saßen sie wieder steif, ernst und stumm, wie aus einem Stück sanft hin und her gewiegt.

Gleis und Zug und die Landstraße mit dem vorbeiflitzenden Auto, dessen Chauffeur die Fahrt seines Lebens fuhr, zogen nebeneinander mit dem Flusse in schönem Bogen durch das Tal der Rebhügel, vorbei an vielen Dörfchen, die, umgeben noch von Mauerresten aus dem Mittelalter, im Abendfrieden ruhten.

Die Schwester, die am Morgen Frau Lux besucht und sie gebeten hatte, ihr die Tochter einen Tag anzuvertrauen, ließ nur während der Vorstellung Hanna mit dem Bruder allein.

Der sehr niedrige Saal schien himmelhoch zu sein.

Denn das Licht der großen Milchglaskugel, ein dunstiger Mond, konnte die saaldicke Tabakswolke, die über den Köpfen der Zuschauer stand, kaum noch durchbrechen.

Von der Eingangstür, wo ein dicker Schauspieler, schon als Hamlet kostümiert, an der Kasse saß, bis zur Bühnenrampe zogen die Reihen zwischenraumlos nebeneinanderstehender Tische mit durchlaufenden Bänken, dicht besetzt. Kinder standen in den Zwischengängen. Kellnerinnen schleppten Bier herbei. Immer noch schoben sich Zuschauer, gedrückt von den rückwärts Stehenden, an der Kasse vorbei. Es war noch nicht acht.

Oskar flüsterte: »Wenn die so einen Zulauf haben, können auch wir morgen die Preise staffeln. Vielleicht von dreißig bis sechzig Pfennig.«

Der Schreiber sagte nur: »Ja, staffeln!«

»Nein, also und, auch wir bis siebzig!«

Theobald Kletterer betrachtete unverwandt den dicken Hamlet an der Kasse, der die stämmigen Mädchen munter in die Arme zwickte. Dann kauften sie auch Programme.

Doktor Huf, der eben mit Hanna hereinkam und das sah, hob sofort die Hand: »Halt, Bruder Hamlet! Mir scheint, der angebornen Farbe der Entschließung wird des Gedankens Blässe bei dir etwas zu wenig angekränkelt.«

»Das mag wohl sein. Jedoch, mein Herr, wo kämen wir sonst hin! Durch diese Rücksicht würde unser Unternehmen ganz aus der Bahn gelenkt.«

»Bravo, Hamlet, bravo!«

Hamlet blieb bis zum letzten Augenblick an seinem Platze. Erst als die Glocke zum zweiten Mal erklang, verschwand er, unterm Arm die grüne Drahtgitterkasse.

Wie die blasiertesten Premierenbesucher, wenn das Haus dunkel wird, vor dem Geheimnis verstummen und die Augen der Kinder im Kasperltheater groß werden, wenn die Drehorgel schweigt, unterlagen auch die Bauern dem Zauber, als der Vorhang hochging. Der Tumult verschluckte sich selbst, die Stimme stand im Saal, und die Worte wurden aufgesaugt von der Stille, die, durch die Masse erzeugt, einem Löschblatt glich. Es waren junge Schauspieler, erfüllt noch von der Hoffnung auf künftigen Ruhm, die hier spielten, nur um essen und den Ruhm dort einstmals ernten zu können, und einige Alte, die schon von Erinnerungen an eine Glanzzeit lebten, die sie nie erlebt hatten. Der Dicke, der den Hamlet gab und die Kasse führte, hielt zwischen beiden Gruppen die Mitte, er war immer zufrieden, und die Schwester, Blatt im Winde, bei der Truppe hängengeblieben, mußte das Leben spielen, das sie nicht leben konnte.

Szeneriewechsel gab es nicht. Der Vorhang ging zwanzigmal herunter und wieder hoch, und immer waren dieselben Kulissen da: ein Weinberg und der Fluß, der steil aufwärts floß. Dem Ochsenfurter Tünchermeister war die Perspektive nicht gelungen.

Der Wirt hatte sich lange Pausen und frühzeitigen Vorstellungsschluß ausbedungen, damit das Publikum trinken und er auf seine Rechnung kommen konnte.

Sie konnten nur die nackte Fabel spielen. Auf diese Weise wurde der dicke Hamlet zu einem entschlossenen Burschen, der kein Zaudern kannte. Polonius war bald hin, und Ophelia fand keine Zeit, die Süße ihrer Unschuld in der Wahnsinnsszene zu offenbaren.

Als König und Königin und Ophelias Bruder an deren Grab tot nebeneinanderlagen, improvisierte der dicke Hamlet, erschöpft vom Tempo einer Zeit, die hier wie dort die Kunst dem Geldverdienen opferte, schnell noch den Satz: »Oh, Blut und Leichen!« und sank tot zusammen.

»Der hätte den König, der sich den Thron auf so saumäßige Art erschlichen hat, gleich umbringen und das Mädchen einfach heiraten sollen, das wär richtiger gewesen«, sagte der uralte Ortshirt zum Schreiber, der seufzend antwortete: »Die haben's hinter sich.«

Minuten später saßen alle im Honoratiorenzimmer um den langen Tisch herum. Matte Fliegen umschwebten die Hängelampe. Zwischen den grauen Locken der fetten Schauspieler brannte das schlecht gefärbte Haar der Königin, die zwei Gesichter hatte. Das aufgeschwemmte, durch zackige Kinnlinien scharf abgegrenzte alte umgab wie ein Fettrahmen das noch vorhandene massierte Mädchengesicht.

Das Quartett war schwer verlegen. Hanna saß neben ihrem Vater. In Doktor Huf versteiften sich die widerstreitenden Gefühle. Er griff entschlossen nach dem Weinglas. Schon während der Vorstellung waren die Wirbelhaare aufgestanden.

Die Schwester, der ihr Zuschauerdasein angesichts dieser einzigartigen Tischgesellschaft mehr denn je berechtigt erschien, lächelte fernher.

Am zweiten Tische saß ein Gerichtsassessor mit kurzgeschorenem Kopf, auf dem ganz vorne bei der Stirn ein winziges Scheitelchen klebte.

Als wolle er diese feinselige Mischung erst ganz unmöglich machen, um sie dann gleich auf einmal zu zertrümmern und frisch umzurühren, rief Doktor Huf plötzlich dem Assessor zu: »Komm rüber, Bruder, komm rüber! Auch du suchst Anschluß, das sehe ich an deinem Kopfschmuck.«

Nur Falkenauge fühlte sich wohl. Er warf den Kopf fröhlich nach rechts, als er anstieß mit der zweigesichtigen Königin, die genau gegenübersaß.

»Nun, wie war die Einnahme?« fragte Oskar den dikken Hamlet und blickte dabei steif in die Luft.

»Shakespeare verlor erheblich mehr, als wir gewannen.«

»Aber die Einnahme, schätze ich, muß doch ...«

»Wie kannst du, Oskar, jetzt an Geld nur denken, wo der Tragödie Schluß in uns noch widerhallt!«

Der Schreiber flüsterte: »Halt's Maul!« und meinte beide.

»... schätze ich, muß auf den Pfennig hundertsiebenundvierzig Mark betragen. Das habe ich ausgerechnet.«

Hamlet teilte, düster blickend, diese Summe durch acht und bekam ein Doppelkinn.

Die spärlich rot beleuchtete Tafelrunde war abgetrennt von der übrigen Welt, die im Dunkel lag.

Eine Katzenmutter saß aufrecht in der Ecke und beobachtete mit gemachter überheblicher Gleichgültigkeit die Dummheiten ihrer zwei winzigen Kätzchen, die balgend immer wieder zu Boden torkelten, überquerte dann langsam mit ziehenden Schritten das Zimmer und sprang, wie eine, die sich kraft ihrer Mutterschaft und Stellung in der Welt so etwas erlauben konnte, mit einer Selbstverständlichkeit ohnegleichen auf Hannas Schoß.

Hanna legte sofort die Hand auf den Besuch – die Sache war in Ordnung – und blickte wieder hinüber zu Doktor Huf. Dabei entstand Thomas Gesicht in ihr. Er sah sie abweisend an und sah dann gleichgültig weg, wie gestern im Garten, als sie Salat geholt hatte.

Seit der Stunde in Doktor Hufs Wohnung befand sie sich in dem Zustande verwirrenden Traumdurcheinanders. Sie schwebte. Ihr Wille war fortgezogen. Sie konnte nicht mehr wählen. Wen liebte sie? Der sollte kommen.

Doktor Huf bemerkte Hannas doppelten Blick. Ihr Mund steht am Rande des Lebens, fein geschlossen am Rande des Lebens, dachte er und setzte sich zwischen sie und die Schwester.

Er saß da ganz brav auf dem Stuhlrand, ein wenig

hinter den beiden, und blies den Zigarettenrauch sorgsam nach der Seite hin. Quartett, Schauspieler und Gerichtsassessor hatten sich zusammengefunden, der Alkohol hatte die Grenzen beseitigt.

Der alte König sprach von den Riesenerfolgen aus jener Zeit, da seine blauen Hängewangen noch frisch und rot an ihrem Platze gewesen waren. Horatio, der schwarze Jüngling mit dem tadellosen Profil und der immer schwarzen Wäsche, der mit der Schwester im Berliner Automatenrestaurant gesessen hatte, entzündete sich an seinem zukünftigen Ruhm. Hamlet genoß den Wein der Gegenwart.

Daß es in jeder größeren Ortschaft Süddeutschlands einen besonders gut geleiteten Gasthof gibt, wo eine dicke Wirtin, die zu kochen versteht, herzhaft an einem mächtigen Herde regiert, hatte die Schwester schon herausgefunden, und sie besaß in hohem Maße die Fähigkeit, diesen lebenstüchtigen Wirtinnen, denen niemand etwas einreden kann, mit nur einem Blick klarzumachen, daß die geringschätzige Meinung über das herumziehende Volk im vorliegenden Falle unangebracht war. Auch in Ochsenfurt hatte die Wirtin sofort die Küchenschürze abgenommen und der zierlichen, feinen fremden Dame mit den tadellos weißen Glacehandschuhen geehrt und stolz das schönste Zimmer gezeigt.

In diesem Zimmer stand, in den Raum hinein, ein zwei Meter breites, geschnitztes Himmelbett aus schwerem Eichenholz, der Spiegel, von zwei hohen, fingerdünnen Wachskerzen flankiert, reichte bis zum Boden, und der Schrank war ein kleines Haus. Rosa Kattunvorhänge gaben Heimlichkeit und Wärme, und die niedrige Stuckdecke, blau und grün bemalt, schwebte segnend über dieser gewichtigen Pracht.

Große Holzscheite krachten im Kachelkamin, als die beiden eintraten.

Die Schwester zupfte am Vorhang, verschob in spielerischer Sorgfalt ihre Toilettensachen, die das Dienstmädchen scharf in Reih und Glied gestellt hatte, verrückte die Blumenvase, die zu genau in der Tischmitte stand, strich über das Kopfkissen, alles nur so im Vorübergehen, sie lächelte dabei: sie wohnte.

Sie benetzte ihre Fingerspitzen mit Parfüm und tippte – sie war etwas kleiner als Hanna – ihrem Gast auf beide Ohren, tippte sich selbst auf beide Ohren und an den Hals. Wie in dem frischen Geruche einer Wiese plötzlich der feine Duft von Minze wahrnehmbar wird und beim Weitergehen wieder ganz verschwindet, durchzog der süße Duft des Parfüms nur stellenweise den frischen Geruch von Holz und Leinen.

Auf dem geöffneten Bett lag für Hanna ein langes Nachthemd aus rosa Seide. Auch die Schwester begann, sich zu entkleiden. Dann saß sie neben Hanna auf dem Bettrand, wie ein kostbares helles Juwel eingehüllt noch in die hellen seidenleichten Sachen, und zog den Schlüpfer aus, das kurze Hemdchen. Sie tat das wie ein stilles Kind, das traumhaft die Gebärden einer schönen Dame weiß.

Hanna bewunderte, was sie da sehen durfte, die makellose Brust mit den hingehauchten zartrosa Kreischen, deren Vorhandensein als einzige Farbe unbegreiflich schien, so vollkommen tongleich am ganzen Körper war die wunderbar matte Haut.

Sie reichte der Schwester das lange cremefarbene Nachthemd und strich noch schnell, bewundernd und entzückt, mit den Fingerspitze ihr über die Brust, bevor die wieder verschwinden sollte.

Das war, wie die Schwester emporsah, ein trauriges Lächeln. Dann kam der stille Blick auf Hanna, die, mit dem Rücken zur Schwester, vor dem Kamin stand, dessen Flammen das rosaseidene Hemd durchglühten, daß der Mädchenkörper dunkel ins Dasein trat.

Da wurde an die Tür geklopft. Auch ein Knie oder ein Kopf stieß gegen die Tür. Beide richteten sich in schreckhaftem Horchen hoch auf, daß die langen Nachthemden von den Brustspitzen senkrecht herabfielen, und huschten ins Bett. Nur noch ein blondes und ein lackschwarzes Köpfchen waren zu sehen.

»Aber sag doch selbst, sag doch selbst, was soll denn ich im Leben erstreben wollen! Was denn? Was?« Er taumelte bis zum Fußende. Der sonst noch tadellose Scheitel war stellenweise zerstört. »Ich bin ja verhunzt! Total verhunzt!«

Hanna hielt den Atem an. Ihre Hand fand unter der Decke die Hand der Schwester.

Es gelang ihm, sich neben Hanna auf den Bettrand niederzulassen. »Setzen wir den Fall – pardon, ich weiß, oh, ich weiß, ich setze nur den Fall – du liebtest mich und würdest meine Frau. Und dann? Sag mir doch – und dann? Wie weiter? . . . Für mich hat jedes Glück noch seinen Abgrund. Jedes Glück! Der liebe Gott hat einen Pferdefuß. Der Bursche hinkt.«

Es gibt Menschen, die Hochgebirgsluft nicht vertragen und erst nach der Talfahrt den Boden wieder unter den Füßen fühlen und frei zu atmen vermögen. So erging es Hanna. Ihr war plötzlich frei und wohl zumute. Sie mußte lächeln. Das wirkte grausam, wie wenn die Jugend mitleidig über einen alten Sonderling lächelt, der sich der Jugend nähern will. Sie schlug die Decke zurück. »Sie sollten nicht so viel trinken.«

»Ah! Ah!« Er triumphierte. Er schnellte empor vor Triumph. Er kicherte triumphierend unter nassen Augen. »Dasselbe hat Thomas zu mir gesagt. Großartig! Famos! Ich sollte Fußball spielen, Fußball? . . . Herrliches Mädchen!« sagte er langsam.

Er war ein Mann. Er schloß von diesen Fingern, die

dünn und langgezogen auf der Decke lagen, schloß von den lind geschwungenen Armen und Schultern und von den heißen Augen auf das andere, das er nicht sah.

Die Schwester zog die Decke hoch.

Er winkte ab. »Herrliches Mädchen! Aber nicht für mich.« Und taumelte abwinkend zur Tür.

Er war noch nicht hinaus, als Hanna blitzschnell hochfuhr, schon mit einer Linkswendung, und im Schwunge dieser stürmischen Bewegung die Arme um die Schwester schlug, die langsam ihre Hand auf Hannas Rücken legte.

Hanna küßte die Stelle, wo ihr Mund war, und ließ die Lippen dort. Auch die Schwester formte die Lippen zu einer schwachen Liebkosung. Es war schön, so zu liegen und die süße Lebenskraft dieses Mädchenkörpers zu fühlen. Möchte es lange, möchte es immer so sein, wenigstens so lange, bis die Kerzen herabgebrannt waren. Die waren dünn, aber hoch.

Im Kamin zerfielen knackend die letzten Reste, schon zu Asche geglüht. Dann wurde es ganz still.

In einem abgeschrägten, weitläufigen Dachzimmer, einer Art Vorratskammer, in der ein bis zur Decke reichendes Regal mit zehn zimmerlangen Reihen gefüllter Einmachgläser, mehrere große Eichenholztruhen und sieben Reservebetten standen, hatten Oskar und das Quartett Unterkunft gefunden für die Nacht. Sie lagen schon.

Hans Lux richtete sich noch einmal auf. Man könne also und seelenruhig für die ersten Reihen eine Mark Eintrittsgeld verlangen. Oder eine Mark fünfzig.

Der Schreiber, der aus Angst vor dem kommenden Abend schon wieder nüchtern geworden war, sagte still vor Wut: »Fünf Mark!«

»Meinst du? Also, wenn du meinst!«

»Die Kunst... Die Kunst...« Theobald Kletterer

wußte nicht weiter. Im Bett gelangen ihm diese Sätze nicht.

Der Impresario schlief.

Falkenauge lag mäuschenstill, Decke bis zum Kinn, und äugte vergnügt hinauf zu seinem Frack. Er hatte einen großen Bogen Packpapier über seinem Bett an die geweißte Wand geheftet und auf das Papier sorgsam den Frack gehängt.

Doktor Huf taumelte durch die finsteren Gänge des Gasthofes. Schließlich fand er trotz seines Rausches die Kammer des Hausknechts. Er klopfte mit der Faust an die Tür. »Gib mir Feuer, Bruder, gib mir Feuer... Sag mal, hilfreicher, herrlicher Bruder, willst du mir Feuer geben?« fragte er in lieblich schmeichelndem Ton. Die Hand reichte die Streichholzschachtel heraus. Endlich konnte er die Zigarette anzünden. »Du, mein lieber Bruder, rechnest jeden Abend ab und freust dich über den Gewinn. Ich, oh, ich rechne erst am Ende meines Lebens ab, und siehe da – kein Gewinn. Kein Gewinn!«

Er taumelte weiter durch die Finsternis, Hand am Hinterkopf, die Rechte mit großer Gebärde vorgestreckt: »Ich habe keine Illusionen. Ich habe keine. Ich lebe von der Riesenillusion, keine zu haben. Denn ohne Illusion kann niemand leben... Pardon, mein Herr!« (Er hatte an die falsche Tür geklopft.) »Übrigens eine ganz gute Definition der Skepsis, wie? Was meinen Sie?«

Der erschrockene Viehhändler im langen Nachthemd schloß die Tür wieder.

»Sehr gut, wie?«

Dann wurde er sehr leise. Er sagte zu sich selbst: »Pst!« und hob dabei den Zeigefinger. Bis er das Zimmer der jungen Schauspielerin fand, verbrauchte er fast die ganze Streichholzschachtel.

Sie war die Tochter eines Berliner Geheimrats und erst seit zwei Wochen Mitglied der Truppe. Ihr Zimmer war vollgeraucht. Auf dem Nachttischchen stand ein winziges Reisegrammophon. Sie trug einen violett gestreiften Pyjama. Sie war dünn, besonders in den Schultern sehr schmal, und hatte starke, pralle Brüste, die, unterstehend dem Gesetze der Schwerkraft, etwas hingen. Sie ließ ihn ohne weiteres ein.

In der Früh – es war erst sieben Uhr, die Sonne führte ruhevoll einen jener sicheren Frühlingstage herauf, da die Baumkronen, schon übergoldet, den leichten Morgennebeln prangend entsteigen, da die Vögel toben, kein Blättchen sich bewegt und auch der Mensch die bohrende Sorge plötzlich vergißt und Frieden mit dem Leben schließt – raste der kleine Lux in seinem schwarzen Samtanzug, den die Mutter aus einem alten Rock geschneidert hatte, die vier Treppen hinab, über die Straße, durch Theobald Kletterers Garten und schrie atemlos schon von weitem: »Hast du eine Zigarrenschachtel?«

Köpfchen schief gelegt, blinzelte er in der Sonne zu Thomas empor: »Aber groß! Eine, in der hundert Stück waren!«

Die Schachtel unterm Arm, sauste er los, zuckte wie eine Schwarzamsel herum um den Ginsterbusch, der am Zaun sein Trompetengelb triumphierend in den frischen Morgen stieß, und war weg. Er hatte keine Zeit. Er war um sieben Uhr mit seinen zwei Freunden verabredet.

Der Gärtnerbursche, der vor mehreren Wochen, als Bewässerungsanlage und Dampfheizung gerade fertig, aber der Experimentierstreifen noch nicht einmal besät gewesen war, seinen Urlaub angetreten und erst diesen Morgen wieder zu arbeiten begonnen hatte, stand vollkommen fassungslos vor den fruchtstrotzenden Beeten. Er verstand doch etwas von Gärtnerei; aber das hier ging nicht mit rechten Dingen zu. Das war ein Wunder. Auch die Mutter staunte wieder über das rapide Wachstum der Pflanzen während der letzten paar Tage.

»Ihr könnt die Anlage in diesem Jahre ja zuerst einmal ausprobieren.« Thomas sprach in einem Ton, als wäre er schon fort aus Würzburg. »Und sie erst im nächsten Jahr – eine Zeichnung von den Anschlußstellen des Röhrensystems habe ich gemacht – über den ganzen Garten erweitern. Das bedeutet dann ja nicht nur eine mindestens fünffache Jahresernte, also im Ernteresultat einen fünfmal so großen Bebauungsgrund wie jetzt, sondern auch, daß ihr zu jeder Jahreszeit jede beliebige Frucht ziehen könnt. Denn ihr seid ja imstande, jede Temperatur und jede Witterung, die ihr für nötig haltet, auf das genaueste selbst zu erzeugen. Kurz gesagt: Ihr seid unabhängig vom lieben Gott.«

Der Gärtnerbursche zog einen großen weißen Rettich aus der Erde und prüfte dessen Festigkeit. Er schüttelte den Kopf und sagte gar nichts mehr. Diese selbe Sorte Rettiche hatte er selbst, Wochen früher als Thomas die seinen, auf einem anderen Beet gepflanzt, und erst im Juni würden sie reif sein.

Mutter und Sohn gingen ins Wohnzimmer. Über dem Plüschkanapee hing in einem ovalen, braun polierten Rahmen ein vergilbtes Papier, auf dem mit gehörigen Schnörkeln geschrieben stand: »Es lebe die Kunst und die Liebe! Dein Theobald.« Das hatte er ihr vor zwanzig Jahren gebracht.

»Also, Mutter, ich fahre Ende dieser Woche. Berlin ist ja nicht außer der Welt.«

›Mich will er trösten! Er – mich!‹ dachte die Mutter.

»In eineinhalb Jahren kann ich fertig sein, wenn ich mich ordentlich dahintersetze und mich nicht mehr mit anderen Dingen abgebe. Dampfheizung . . . und so!«

›Ja – und so!‹ dachte die Mutter und schwieg noch. Sie fühlte, daß seit zwei Tagen ein ernstes Zerwürfnis zwischen Thomas und Hanna bestand. Schon sein Gesicht! Wie es sich verändert hatte! Wenn es nicht so verrückt wäre, würde sie sagen, daß dem Gesicht anzusehen war, wie es in zehn Jahren sein wird.

Die Mutter wußte nicht, ob sie den kleinen Halt, den Thomas sich unter ihren Augen in diesen zwei Tagen erkämpft hatte, respektieren und dem Sohn zustimmen solle, oder ob sie besser täte, Hannas Reise nach Ochsenfurt als gar nicht so ernst darzustellen. Die Sache war schwierig genug. Denn so weit kannte sie ihren Sohn, um zu wissen, daß es bei ihm eine Entscheidung für sein ganzes Leben war, wenn er fuhr.

»Und nachdem ich den Doktor gemacht haben werde, suche ich im Ausland eine mir zusagende Stellung in einem großen Betrieb.« Dabei betrachtete er den gerahmten Satz: ›Es lebe die Kunst und die Liebe!‹ Merkwürdig, wie romantisch und abseits der Wirklichkeit die Empfindungswelt der Eltern damals gewesen sein mußte. Sooft er sich sein zukünftiges Leben mit Hanna vorgestellt hatte, war er mit ihr in einem Flugzeug gesessen. Das Flugzeug flog gar nicht besonders hoch, aber immer gradaus, in derselben Höhe immer gradaus, und da die Erde eine Kugel war, mußten sie an einem bestimmten Punkt über die Erdatmosphäre hinausschweben, hinaus in den Weltenraum ... War ja ein Unsinn! Aber diese absolute Ungebundenheit im Unendlichen deckte sich ganz mit der Vorstellung seines Lebens mit Hanna.

Draußen ging Hannas Mutter vorüber. Sie ging im Leben. Sie machte immer den Eindruck, als stehe sie am Ufer eines Stromes und fahre gleichzeitig dennoch auf dem Strome des Lebens mit.

»So ist es in der Politik und in allem.«

»Von was redest du?«

Er schrak empor. »Ach, ich dachte gerade daran, daß ja jeder Mensch am Ende seines Daseins sich sagen muß:

Mein Leben ist eine Kette von Kompromissen gewesen ... Das weiß ich wohl.«

Das war wieder eines dieser über sein Alter hinaus viel zu gescheiten Worte, die sie an ihrem Sohn nicht liebte. »Aber in bezug auf die Liebe, nicht wahr, willst du alles oder nichts. Du bist eben ein bißchen gar zu gescheit, sonst wüßtest du, daß gerade in diesem Punkt immer alles anders kommt, als man denkt... Außerdem ist Hanna ja noch ein ganz junges Pflänzchen. In einer Woche schon wieder anders als heute.«

Sie lächelte schelmisch. »Denk doch an deine Dampfheizung. Wie das wächst! ... Sie hat ja auch eine in sich, so eine Art Dampfheizung, meine ich. Gerade das macht's ja so besonders schwierig. Gerade das! Und daß du selbst noch ein Junge bist und noch nicht heiraten kannst. Deshalb solltest du vielleicht auch da ein – wie sagst du? – so ein Kompromiß machen.«

Mehr konnte sie nicht sagen. Noch deutlicher konnte sie nicht werden. Sie schämte sich so schon. Sie begann übereifrig Butterbrote zu streichen. Das war doch schon zu heikel, dieser Rat, den sie dem Jungen da gab. Sie war doch schließlich die Mutter und eine gesetzte Frau. Und was dabei herauskommen konnte, wenn er ihren Rat befolgte!

»Dem Vater kannst du ja leicht begreiflich machen, daß es besser ist, wenn ich in Berlin studiere. Zuschüsse werde ich kaum brauchen.«

Er schwieg eine Sekunde. Er wollte noch versuchen, der Mutter sein Gefühl für Hanna zu erklären. »Es war doch nicht nur eine ... eine ... es war doch bei mir überhaupt nicht das, was man unter einer Jugendliebe versteht. Hanna ist doch ...« Er wurde wütend über sich selbst und brach ab. »Also, ich reise!«

Und dabei sieht er aus wie ein Toter. »Ja, ich versteh dich schon, Hanna ist ein eigenartiges Geschöpfchen.

Eigenartig, innen und außen! Die gibt's nur einmal. Ist ja wirklich der reine Zufall, daß sie gerade unserm Hause gegenüber aufgewachsen ist. Denn sie ist doch . . .«

Als die Mutter sah, wie der Sohn die Augen aufreißen mußte, um die zuckenden Lippen zusammenpressen zu können, brach auch sie ab.

Frau Lux, der die Juwelen in einem Schaufenster dieselbe Freude bereiteten wie anderen der Besitz dieser Herrlichkeiten, sah sich um in Theobald Kletterers furchtstrotzendem Garten, der in der Sonne aus tausend jungen Augen zu blicken schien.

Es war schön, auf dem Betonstreifen, den Lorbeerbäumchen in grünen Kübeln einsäumten, auf das Gärtnerhaus zuzugehen. Das Leben war schön.

Auch als Bewohnerin eines Schlosses hätte Frau Lux keine bessere Meinung vom Leben haben können als in ihrer Dachwohnung, wo selbst die Möbel schon die Physiognomie der Sorge angenommen hatten. Und war bei ihrer Sanftmut doch eine überaus praktische, tüchtige Frau und ihrem Manne so überlegen, daß der in den ganzen zwanzig Ehejahren davon noch nichts gemerkt hatte.

Thomas drückte sich hinaus, als Hannas nur wenig älteres Ebenbild in die Stube trat, in der immer ein Duft von Bast und nassem Tannengrün zu spüren war.

Um diese Zeit waren die drei Buben schon halbwegs zwischen Würzburg und Ochsenfurt. Sie marschierten auf dem weißen Band der Landstraße hin, parallel dem überglänzten Flusse. Die Sonne dröhnte, sie war noch im Steigen.

Der Sohn Oskars, der eine Vorliebe für Amphibien hatte und schon eine reichhaltige Sammlung lebender Eidechsen besaß, trug vorsichtig die Konservenbüchse, in der vier kleine Kröten waren. Immer wieder verschwand die Hand in der Büchse, er erwischte eine beim

Bein, hielt sie hoch und ließ das zuckende Krötchen zurückfallen. Dabei mußte er knieweich traben, um mit den anderen mitzukommen. »Mit der Zeit werden die schon noch grün. Es sind todsicher Laubfrösche.«

»Ganz gemeine Kröten! Die werden so groß, wenn du ihnen tüchtig zu fressen gibst. Aber grün – im Leben nicht!« sagte der Sohn des Schreibers in einem Ton, der Widerspruch nicht zuließ, und blickte in seine Flaschenscherbe, in der die stecknadelgroßen Fischchen elegant umherzuckten. Einige, die schon auf der Seite lagen, glänzten auch wie Stecknadeln.

Am wenigsten hatte der winzige Lux erbeutet. Fünfundzwanzig Apfelbäume hatte er erklettert und geschüttelt, und in der Zigarrenschachtel befanden sich, versteckt zwischen den Blättern, nur zwei Maikäfer. Es war erst Anfang Mai. Gelenke und Muskeln schmerzten, der Samtanzug war zwischen den Knien und die Brust herauf abgewetzt und weiß von den gekalkten Stämmen.

Der Sohn Oskars zog die zerrissenen, viel zu großen Stiefel aus. Seine Füße waren schon wundgelaufen. »Was die sagen werden, wenn wir ankommen! Hast du Angst?«

»Ha! Meiner wird gar nichts sagen. Der hat ja selber eine Heidenangst. Nämlich vor dem Auftreten! Das weiß ich ganz genau.«

Sie wurden eingeholt von einem knirschenden Bierwagen. Der Sohn des Schreibers, in Haut und Haar weißblond wie ein frischgeschnittenes Tannenholzbrett und ebenso dünn wie der kleine Lux, stellte sich auf gespreizten Beinen in die Straßenmitte und verlangte, Näschen himmelwärts gestreckt: »Lassen Sie uns mitfahren!«

Der Bierkutscher konnte diesem zierlichen Mündchen mit den wohlgeordneten winzigen Zähnen, die etwas getrennt standen, nicht widerstehen. Das merkte das Bürschchen sofort und rief selbst: »Oha, brr!«

Die mächtigen blonden Pferde nahmen die Köpfe zurück, daß die Hälse zu stolzen Bogen wurden, und wechselten einen Blick, als verständigten sie sich darüber, das Gewicht dieser drei Sperrlinge gar nicht bemerken zu wollen.

Nur die äußerste Spitze der Peitschenschnur ließ der Kutscher auf den mächtigen Hinterteilen spielen. Das war eine Liebkosung. Der Wagen rollte wieder. »Wo wollt ihr denn hin?«

»Ins Ochenfurter Varieté.«

Jetzt erst wandte der Kutscher sich um. »Varieteee?«

»Es kostet Eintrittsgeld. Mein Vater tritt auf.«

»Meiner auch!«

»Und meiner sitzt an der Kasse, an der Varieté-Kasse.«

»In Ochsenfurt?« Der Kutscher betrachtete kopfschüttelnd seinen Zigarrenstummel, als ob der es unterlassen hätte, ihn rechtzeitig über diese Sache aufzuklären. »No!« rief er und ließ das Problem ungelöst, zuckte kaum bemerkbar mit den Zügeln, die Pferde fielen in Trab. Das Wasser schwappte aus der Flaschenscherbe heraus.

»Halt! Halt! Ich will wieder runter. Ich will wieder runter.«

Ein winziges, winziges Fischchen lag auf dem riesigen Bierfaß, bäumte sich einmal und noch einmal und lag still und tot.

»Zäh sind die Fischchen nicht in dem Alter.« Zufrieden betrachtete Oskars Sohn seine Kröten.

Dem Weinen nahe, balancierte der Sohn des Schreibers bis zum Wagenende und glitt herunter.

Nach einer Weile sagte der Kutscher: »Wenn ihr nach Ochsenfurt wollt, müßt ihr jetzt absteigen.« Er wandte sich um. Da war niemand. Kopfschüttelnd betrachtete er wieder seinen Zigarrenstummel.

Der Mann, der da in der Ferne entgegenkam, trug eine Dienstmütze mit Kokarde. Ein langhaariges weißes

Spitzchen trippelte mit. Ohne sich zu verständigen, blieben die drei stehen. Der Sohn des Schreibers machte zögernd noch zwei Schritte, schon halb seitwärts wie ein Hund, der Unheil wittert, dann blieb auch er wieder stehen. Drei Paar Augen starrten dem gemächlich Näherkommenden entgegen. »Ich glaub, es ist doch besser, wir verschwinden.« Sie setzten über den Straßengraben und flohen flußwärts.

Der Eisenbahner, den sie für einen Flurhüter gehalten hatten, blickte ihnen nach und spazierte weiter. Der Tag war ganz besonders schön, da konnte sich manches Unverständliche ereignen.

Die Mainufer haben blaue Augen. Das sind die kleinen Seen, die zurückbleiben, nachdem der Fluß, der im Vorfrühling Hochwasser führt, sein Bett wiedergefunden hat. Zwischen dem zerknickten, unter Wind und Regen niedergebrochenen grauen vorjährigen Schilf standen schon die neuen Rohre, spitze hellgrüne Lebenslanzen. In diesen kleinen Seen gibt es Wassertiere, Fische und Kröten, ganze Scharen schwarzer Kaulquappen, und kein Junge kann daran vorübergehen.

»Sumpf!« meldete der Sohn des Schreibers.

»Bei mir ist auch Sumpf.« Der kleine Lux, der schon bis zu den Knien im Dreck steckte, ruderte mit den Armen, die Maikäferschachtel hoch erhoben. Er hatte handgestrickte weiße Strümpfe an.

Der Sohn Oskars kniete am Rande, Oberkörper zum Wasser gebeugt, schob langsam die fangbereite Hand vor: das atmende dunkle Krötenköpfchen neben dem Blatt der Wasserrose verschwand lautlos. Plötzlich richtete er sich auf, dachte nach, schwieg noch eine Sekunde und sagte erstaunt: »Ich hab Hunger.«

Die Sonne stand schon im Zenit. Der Fluß war blauer als der Himmel. Myriaden Mücken summten. Wenn in der Nähe der Wasservogel schrie, schwiegen die Frösche. Fluß und Luft und Erde lebten. In nebelblauer Ferne bebten die Hügel, hinter denen Ochsenfurt lag.

Erst gegen Abend, die Sonne war schon unter, schon klangen die Stimmen der Tiere nur noch vereinzelt in die Stille, neben der Landstraße flatterte noch ein Vogel auf, riß einen niedrigen schwarzen Bogen über das schon dunkelgrüne Feld und fiel wieder ein, näherten sie sich, vollständig erschöpft vor Hunger, den ersten Häuschen von Ochsenfurt.

Ihnen entgegen spazierten Arm in Arm Hanna und Doktor Huf, neben ihm die Schwester, ohne Hut, im weißen Spitzencape. Der Abend war mild und einfach, es gab an diesem Abend keine unüberwindlichen Ahnen, auch die Schwester fühlte den Lebensfrieden, in dem die stumme nützliche Scheune stand, und sie lächelte über das beruhigte Gesicht des Bruders. Er hatte, ernüchtert von der kalten Bereitwilligkeit der Berlinerin, von neuem einen Anlauf genommen zu Hanna hin. Sie waren den ganzen Tag zusammengewesen.

Die drei blieben stehen, als sie auf der Mitte der einsamen Landstraße die drei kleinen Könige aus dem Morgenlande ankommen sahen: Den mühsam hinkenden Sohn des Schreibers mit der Flaschenscherbe, Oskars Jungen, Stiefel in der einen Hand, in der andern die Konservenbüchse, mit Kröten halb gefüllt und mit einem rostigen Topfdeckel zugedeckt. Der kleine Lux trug die Maikäferschachtel mit beiden Händen vor sich her.

Das war kein Samtanzug mehr, das war ein weißer Maurerkittel, und die handgestrickten weißen Strümpfe waren zu schwarzen Kanalröhren erstarrt.

Zwanzig Minuten später – der Hausknecht hatte das Reinigen der Kleider übernommen – lagen die drei, abgeschrubbt, gebadet und gefüttert, splitternackt im Doppelbett der Schwester, und auf den Nachttischchen stand die Beute.

Mit der Regelmäßigkeit des Ventils einer Dampfmaschine hob sich der rostige Topfdeckel ein klein wenig von der Konservenbüchse und klappte wieder zu. Das tat eine große alte Kröte, die, Kopf voran, immer wieder hochsprang und den Deckel nicht wegstoßen konnte.

Der Sohn Oskars rückte seine Krötenbüchse wie eine Nachttischlampe zurecht und hob den Zeigefinger: »Horcht!« Der Deckel klappte.

»Sieben Maikäfer! Sieben Stück! Darunter zwei Weibchen!«

Und der Sohn des Schreibers sagte, er müsse noch frisches Flußwasser holen, sonst verreckten seine Fischchen über Nacht. Zufrieden zog er die Bettdecke höher und zeigte die Zähnchen, sagte aber nichts mehr. Er fühlte sich unter gutem Schutze. Denn diese wunderbar feine Dame brauchte dem Vater ja nur ein Wort zu sagen, dann konnte der sicher gar nichts machen.

Der Schreiber zog gerade den Frack an. Falkenauge hatte seinen schon seit einer Stunde an. Er las seelenruhig die Aufschriften auf den Einmachgläsern, zupfte zwischendurch die weiße Weste herunter, griff mit Daumen und Zeigefinger beider Hände delikat an die weiße Krawatte und wiederholte diese delikate Geste in der Luft, als sagte er: Alles piekfein in Ordnung!

Theobald Kletterer saß am Tisch, seinen Spazierstock zwischen den Knien, das untere Ende nach oben, und befestigte eine Tuchkugel, die er aus seinem Taschentuch gemacht hatte, mit einem Bindfaden auf die Zwinge. Befriedigt prüfte er sein Werk, das wie ein Malstock aussah, und schritt zur Tür.

»Wohin?« Der Schreiber ahnte nichts Gutes.

»In die Küche! Ich besorge einen Gong. Ein Gong klingt bedeutend feierlicher als die Glocke.«

»Wenn du gongst, das sag ich dir, wenn du gongst –

glotz nicht so schmalzig! –, dann bringst du mich nicht auf die Bühne. Mich nicht!«

Schweigend zog Theobald Kletterer die Tuchkugel wieder herunter. Er hatte auch noch vier große weiße Nelken im Hintergrund, für jeden eine. Davon hatte er noch nichts gesagt.

Auch Hans Lux zupfte und zerrte an Frack und Weste. Aber das war ein ganz anderes Zupfen. Er arbeitete aufgeregt und mit Kraft, mahlte dabei mit den Zähnen, starrte – Brust heraus – in den Spiegel und ließ den Schreiber nicht heran.

»Nun ist es Zeit, daß wir ins Künstlerzimmer uns begeben. Die Stunde naht. Und wir bedürfen noch der Sammlung.«

»Oh, du Hund!« flüsterte der Schreiber.

Bei der Saaltür, hinter dem Tischchen, wo den Abend vorher der dicke Hamlet mit der grünen Drahtgitterkasse gesessen hatte, saß Oskar. Manchmal hob er, Kopf schulterwärts geneigt, behutsam den flachen Teller und betrachtete den tiefen Suppenteller. Die Kasse war gut. Sie war noch leer.

Auch der Saal war noch leer. Nur ein paar Bauernbuben lugten vorsichtig von der schmalen Holzgalerie herunter, flüsterten und verschwanden wieder. Da oben mußte noch ein zweiter Eingang sein. Das beunruhigte Oskar.

Schritte ertönten.

Er setzte sich kerzengerade und machte sein gleichgültigstes Gesicht. Die Augen schielten dem Kommenden entgegen.

Es war nur der Hausknecht, der mit den gereinigten Kleidern der Buben an dem noch ahnungslosen Vater vorüberging.

Oskar legte drei Geldstücke auf den Tisch, wartete einige Sekunden, bis das Geld nicht mehr von ihm herrührte, dann zog er es mit der Rechten herunter in die Handschale, hob den flachen Teller und ließ es in den tiefen fallen. Das klang! Er rückte das Stößchen hektographierter Programme, vom Schreiber verfertigt, einen Zentimeter nach rechts. Nun fehlte nur noch das Publikum.

In diesem Hause gab es viele Messingklinken und -hähne, und sie wurden jede Woche einmal geputzt. Im Künstlerzimmer befand sich nichts als so ein funkelnder Wasserhahn, ein Gartenstuhl und darunter der Maßkrug, aus dem der dicke Hamlet getrunken hatte.

Theobald Kletterer wickelte seine vier weißen Nelken aus dem Seidenpapier und sah sich um. Er zögerte und tat es dann doch, bei ihm brach der Gärtner durch. Er ließ Wasser in den Maßkrug laufen und stellte die Nelken hinein.

Der Schreiber verfolgte ihn nur mit dem Blick. Er saß vollständig reglos auf dem Gartenstuhl, Ellbogen auf die Lehne gestützt. So ruhig, wie er dasaß, war er aber nicht.

Hans Lux, der einmal in der linken Ecke, dann in der rechten stand und merkwürdig starrte, blieb plötzlich genau in der Mitte stehen, Nase dicht an der Wand, hob beide Arme etwas seitwärts, rieb die Fingerspitzen und begann die Schultern und den spannenden Rücken zu kreisen, als habe er an der Stelle, wo die Hand nicht hinreicht, einen Floh.

Der reglose Schreiber mußte die Augen wieder ein wenig verdrehen, um hinblicken zu können. Der größte Tenor der Welt, der von Beifall schon überschüttet wird, noch bevor er die Lippen geöffnet hat, konnte sich nicht sicherer und wohler fühlen als Falkenauge in seinem schlotternden Frack. Sein Wohlgefühl war echt. Er glänzte vor Wohlgefühl. Auch der Kanarienvogel kennt keine Unsicherheit, ehe er zu singen beginnt. Hände im

Rücken, stieg Falkenauge hin und her. Er stieg. Er hatte Lackschuhe an.

Die Einzeltöne im Saal waren schon zu einem surrenden Einheitsgeräusch geworden.

Theobald Kletterer, der, das Notenblatt schief abwärts haltend und mit der Rechten dirigierend, sich einer letzten Probe unterzogen hatte, schritt mit einer gewissen düsteren Feierlichkeit zum Maßkrug, schmückte zuerst sich und Falkenauge, der empor zur Balkendecke strahlte, dann Hans Lux, der dabei das Kinn vorstreckte und die Zähne aufeinanderbiß, und ging, harmlos wie die Jungfrau mit der Lilie, auf den Schreiber zu.

Er verkleinerte seinen Mund zu einem Kreis, in dem ein kugelrundes Löchlein war. »Noch zwei Minuten! Was brütest du? Laß diese Blume dir ins Knopfloch stecken.«

Die Zuschauer in der ersten Reihen vernahmen einen Knall und Wutgebrüll.

Der Maßkrug lag in Scherben. Der Schreiber stand wie ein Pfeil. Er sah vorzüglich aus in dieser Haltung. Der Schreiber war gut gewachsen.

Er sank zusammen, Schultern und Arme sanken. Ihm war jetzt alles gleich. Er nahm sein Schicksal hin. Er ließ sich schmücken.

Theobald Kletterer drückte auf die Klingel und sah dabei alle an. Der Vorhang ging hoch.

Der Saal war voll. Der Suppenteller war voll. Unter dem Kleingeld befanden sich auch Silberstücke und einige kleine Banknoten. In der ersten Reihe saßen die drei Buben.

Noch einmal ertönte die Klingel.

Eine Geisterhand strich über den Saal, das letzte Geräusch verging.

Da standen sie an der Rampe, vier Herren in Frack und weißer Weste, die weiße Nelke im Knopfloch. Das machte Eindruck auf die Ochsenfurter Bauern. Das hatten sie noch nicht gesehen.

Das Söhnchen des Schreibers zog vor Vergnügen beide Knie hoch bis zum Kinn.

Theobald Kletterer hob die Hand.

Im allerletzten Moment flüsterte der Schreiber noch: »Glotz nicht nach rechts!«

NEUNTES KAPITEL

Die Sonne hatte gearbeitet in diesen zwei Monaten und keinen Quadratmeter Boden grau gelassen. Vom satten Grün der Kastanienallee bis zum hellsten und zartesten der fernen, luftverschleierten Rebhügel prangte die sonnenüberflutete Landschaft in allen Abstufungen, als läge auf ihr, hügelauf und -ab, durch Schluchten und über Wälder hin, ein grün in grün geknüpfter Seidenteppich. Das Himmelsblau war herabgestürzt in den Main und blitzte noch in weiter Ferne als flüssiger Smaragd fadendünn aus dem gleißenden Tal. Die Rasenfläche und die alten Bäume des Glacis, das beim Quai beginnt und als breiter Gürtel in riesigem Bogen, bis wieder zum Quai, die Stadt umfängt, stießen unaufhörlich ihren würzigen Geruch ab, durch den, obwohl die Knospen noch geschlossen waren, schon hier und dort, kaum wahrnehmbar, der süße Jasminduft strich wie eine Sommerahnung.

Die ganze Stadt duftete. Alle Fenster standen offen.

Als die Schwester mit Hanna diesen Spaziergang machte – vom Quai bis wieder zum Quai, wo die Augenklinik steht – und sich vorstellte, wie ihr Bruder und Hanna, schon verheiratet, in einer weißen Villa am Meer wohnen würden, ertappte sie sich bei der Hoffnung, daß dort, durch eine nicht vorstellbare Fügung, auch ihr Leben sich noch erfüllen könnte.

Äußerliche Hindernisse standen der Verwirklichung dieses Traumes ja nicht im Wege. Sie war reich und unabhängig, war gesund und doch auch anziehend. Und da das Wunder sich dem Bruder in das Herz gesenkt hatte, konnte dies dann nicht auch ihr geschehen?

Zugleich mit dem Jubelschrei eines zweijährigen Mädchens, das auf dem sonnendurchwirken Rasen tollte, stürzte ein Vogel herab, wippend ihr zu Füßen, und nahm sie aus diesem Traum.

Aber auch jetzt noch, da sie wach durch die duftende Pracht spazierte, Arm in Arm mit Hanna, die sich so unverstellt im Vorhofe ihres Lebens bewegte und ihre gefährliche Anmut jedem Schritte mitgab, spürte sie in sich das Samenkorn der Hoffnung.

Es erging ihr mit Hanna wie einem zum erstenmal auf die Straße entwischten, allzu warm behüteten Muttersöhnchen, das einem mutigen Frechdachs zögernd in ein Knabenabenteuer folgt und plötzlich vor unbekannten, ungeahnten Herrlichkeiten des Lebens steht, überrieselt von morgendlich frischem Schauer.

Sie fühlte den zarten, lebendigen Arm. Für sie war Hannas Nähe so hoffnungspendend und unbegreiflich schön, wie nur ein schöner Traum sein kann, der beim Erwachen sich als Wirklichkeit erweist.

Hanna wandte im Gehen das Gesicht, ging einige Schritte so und küßte die Schwester im Gehen auf die Wange. Es war kein Wort gesprochen worden. Hanna war hellsichtig, sie fühlte alles, sie kannte und fühlte die Empfindungen des andern in der Sekunde, da sie entstanden.

Das zweijährige Mädchen sauste unversehens vom Rasen herunter und stürzte mit voller Wucht bäuchlings auf den Sandweg, beide Händchen vorgestreckt, rutschte in dieser Lage noch einen halben Meter weiter und blieb reglos liegen – einige Sekunden, stand auf, starrte fassungslos, trippelte plötzlich eilig auf die Erschrockenen zu und streckte, ohne zu weinen, das aufgeschundene Händchen vor. »Pusten!«

Sie wußten zuerst gar nicht, was das Kind wollte.

Es sah empor. »Pusten!«

Hanna beugte sich hinab und blies auf das Händchen. »Pusten!«

Auch die Schwester mußte auf das Händchen blasen.

Ein strahlendes Lächeln der Zufriedenheit entstand unter den zwei großen Tränen. Alles war wieder gut.

Oh, wie wunderbar das Leben sein kann! dachte die Schwester. Hat diese kluge Mutter ihrem Kindchen gelehrt, daß man den Schmerz wegpusten kann.

Doktor Huf stand schon wartend vor der Augenklinik, in braver Haltung, sichtlich bemüht, sich in die Rolle des Liebenden zu finden. Er war mit Cutaway. Er hatte seinen Abschiedsbesuch gemacht beim Leiter der Augenklinik. Seine Tätigkeit an der Klinik war beendet. Das war am Montag.

An diesem Morgen rechnete Oskar ab. Nach Abzug aller Spesen verblieben jedem sechsunddreißig Mark. Falkenauge und Theobald Kletterer hatten zugunsten der andern auf ihren Anteil verzichtet.

»Und wenn wir jede Woche auch nur einmal auftreten und so viel verdienen, ach, dann geht's schon.« Es war ein Ereignis für den Schreiber, zum erstenmal seit eineinhalb Jahren verdientes Geld in der Hand zu halten. Sechsunddreißig Mark.

In ihm zerging etwas, er wurde weich. »Ich schlage vor, wir nennen uns von jetzt an ›Ochsenfurter Männerquartett‹. Zum Dank dafür! Man muß doch auch dankbar sein.«

»Warum denn nur einmal in der Woche! ... Laßt ihr mich nur machen! Ich hab schon meinen Plan, mein Lieber ... Gib Ruh da hinten!«

(Der Junge verschwand mit der Flaschenscherbe in die Küche. Er hatte mit dem Hammer altes Brot auf dem Tisch zerklopft für seine Fischchen.)

»›Ochsenfurter Männerquartett‹? Das ist eine Idee. Ein

Name hat mir nämlich gefehlt.« Berauscht von dem Erfolg, setzte Oskar sich sofort zurecht und schrieb einen Brief an die ›Hochverehrliche Direktorin des Berliner Wintergartens‹.

Er hatte im Wiener Cafe die Annoncen in der Fachzeitschrift ›Der Artist‹ gründlich studiert und war der Meinung, mit Worten wie ›unerreicht, erstklassig und weltberühmt‹ nicht sparen zu dürfen.

Das unerreichte, in seiner Art bekanntlich noch nicht dagewesene Klassequartett sei vor seiner geplanten Tournee durch ganz Europa infolge eines günstigen Zufalls für den Monat Juni noch frei.

In der Reinschrift ließ er das Wort ›geplanten‹ weg und unterzeichnete: ›Mit vorzüglicher Hochachtung, Oskar Benommen, Impresario des ›Ochsenfurter Männerquartetts‹.‹ Links unten in die Ecke klebte er den Ausschnitt aus der Würzburger Zeitung, die geschrieben hatte: »Am Grabe des sieben Monate alten Karlchen Firnekäs sang unser Quartett das ergreifende Lied: ›Was zwitschert das Vöglein auf der Zypresse‹.

Manche Träne rollte.«

Gegen Mittag kam das erste Gewitter dieses Jahres voll zum Durchbruch. Der Himmel über Tal und Stadt wurde schwarzblau. Die Kirchtürme, die in unwirklicher Klarheit gegen die schwarzblaue Drohung standen, schienen schon zu beben, und die aufglänzenden dreißig Goldkreuze waren wie zum Greifen nahe. Die Stadt rückte enger zusammen, um dem Sturm widerstehen zu können.

Es wurde in der Stadt plötzlich so still, daß Oskar die Lokomotivpfiffe, die nie bis herher gedrungen waren, deutlich vernahm. Sein weißblonder Junge leuchtete, als wäre der dünne Körper ein Elektrizitätsleiter, durch den ein Strom gewaltigster Spannung hindurchging. In der Dachstube stand ein phosphorgelber Schein.

Noch rührte sich nichts. Es war, als würden noch tausend und noch tausend Pulverfässer lautlos herangerollt für das winzige Zündflämmchen.

Seit Minuten stand Oskars stahlblaue Katze reglos in der Stube, gebuckelt und sprungbereit. Ihr Schwanz war armdick und nach vorn geschweift. Sie machte in dieser Haltung ein paar energiegeladene, kurze Tapser, blieb wieder reglos stehen und huschte plötzlich unter die Kommode.

Eine Sekunde später zuckte der erste Blitz, der einen schneidend weißen Kern und einen grünen Flor hatte, als versenge er die Luft, im Diagonalzickzack flach über die ganze Stadt hinweg, und nur den Bruchteil einer Sekunde später sürzten die dreißig Kirchentürme krachend zusammen – und standen noch, überschüttet von den Wassermassen.

Die Donnerschläge folgten so kurz nach den Blitzen, daß nicht mehr zu unterscheiden war, welcher Blitz welchen Schlag auslöste. Pausenlos explodierten Tausende Pulverfässer in wenigen Minuten.

Der schwarzblaue, weiß und gelb durchzuckte Aufruhr des Himmels, Brülldebatte zahlloser Kanonenmäuler, beherrschte die ausgestorbene Stadt, kein Lebewesen war in den Straßen.

Als erster spitzte ein dicker, tropfnasser Spatz hinaus in die gereinigte Welt, er fiel von der Dachrinne in schrägem Strich herunter auf die noch ganz menschenleere Straße, pluderte sich und begann sofort dem Gewitter nachzuzanken, das die Roßbollen weggeschwemmt hatte.

Schon eine Viertelstunde später war der Sonnenhimmel über der gebadeten, blanken Stadt so strahlend klar, als könne nie mehr ein Regentropfen fallen. Eine lange Reihe sicherer Sonnentage hatte begonnen.

Die Dreiundachtzigjährige richtete sich mühsam im

Bett auf und tat einen Blick zum Fenster hinaus, einen langen Blick. Frau Lux und Hanna waren ausgegangen. Sie war allein.

Sie war eine Bauerstochter, sie verstand sich aufs Wetter. Sie legte den Totenschädel zum Sterben zurecht, faltete die zuckenden Hände und schlief ein in der milden, sicheren Nachmittagssonne. Die strichdünnen Lippen, leicht geöffnet, schienen zu sagen: »Mein Trauerzug wird anständig sein.«

»Also und, die setzt doch alles durch!« Noch nach Jahren behauptete Hans Lux, daß sie am Leben geblieben wäre, wenn sie nicht mit Bestimmtheit gewußt hätte, daß ihre Beerdigung unter schönstem Sonnenschein stattfinden werde.

Als Oskar mit den sechsunddreißig Mark ankam, öffnete Hans Lux feierlich die Gangtür. »Also, soeben sanft entschlafen!«

Zweitausend, mindestens, erbt er. Seine Schwester zwei und er zwei, dachte Oskar sofort und sagte: »Mein herzliches Beileid!« Jetzt kann er die leere Werkstatt in der Zellerstraße mieten und seine Schlosserei einrichten.

Er begleitete ihn die Zellerstraße hinunter zum Sargtischler. Sie schwiegen beide und dachten beide an dasselbe.

Hans Lux war bis zum Gaumen angefüllt mit Tatkraft. Form und Aufschrift des Firmenschildes hatte er sich schon lange ausgedacht und auch den Platz, wo das Modell der Schnellzugslokomotive stehen sollte, damit jeder Kunde sehen konnte, wie tüchtig der Meister war.

»Jaja, traurig, wenn jemand stirbt!«

»Also und, sehr traurig!«

Aber da war schon das Haus mit der leeren Werkstatt. Er mußte stehenbleiben. Er mußte. Er fraß die Werkstatt mit den Augen. Bei Oskar brach die Ehrlichkeit durch: »Jetzt kannst du dir eine neue Existenz gründen.«

»Anderthalb Jahre, mein Lieber, anderthalb Jahre ohne Verdienst! Das ist keine Kleinigkeit.« Die ganze Last dieser schweren Zeit stand in seinem Blick und fiel herunter auf das Pflaster. Er war gerührt. »Ich nehm den neuen Leichenwagen. Also und, alles ganz genauso, wie sie's gewollt hat! Nicht den alten Kasten!«

Zähne zusammen, Fäuste geballt, riß er sich los von der Werkstatt. »Also, auf Wiedersehen bei der Beerdigung!«

»Erben oder sterben!« flüsterte Oskar. Er lächelte dabei. So ein Wort war ihm noch nie gelungen. Er ging langsam weiter, ganz plötzlich schwer bedrückt. Das hautblonde Schnurrbärtchen zuckte.

›Der Schwarze Walfisch zu Askalon‹ war geschlossen. Schon hatte ein Junge mit Kreide das Wort ›Pleite‹ auf die Tür geschrieben.

Oskars Beine und Füße wurden brennend heiß bei der Überlegung, ob er zu Molitors Erben gehen und sie bitten solle, ihm die Wirtschaft in Pacht zu geben. Der Entschluß faßte sich selbst.

Noch während Oskar sich sagte, daß er ja auch damals nur deshalb zu Molitor gegangen und dennoch so bös hereingefallen sei, hastete er schon mit langen Schritten über die Brücke.

Molitors Erben wohnten am Glacis in einem alten Patrizierhaus. Vor der Tür zögerte Oskar. »Vielleicht lassen sie gleich die Polizei holen.«

Zwei Tage später hielten die Mitglieder des Athletenvereins ›Goliath‹ und des Skatklubs ›Bargeld lacht‹ die Eröffnungssitzung ab im ›Schwarzen Walfisch zu Askalon‹.

Auch Herr Molitor, ein hoher, schlanker Mann, der stets einen Gehrock trug, im Sommer einen grauen, war da und konnte sich überzeugen, daß der Durst der Athleten nicht weniger Sicherheit bot als eine Bankgarantie.

Er hatte einen weißen Schifferbart und vorne im breiten Mund einen Goldzahn, mit dem er auf der Straße die kleinen Mädchen in Erstaunen setzte. Dazu beugte er sich tief herab und tätschelte die Hinterchen. Er sah aus wie ein vornehmer holländischer Schiffseigner.

Oskar brachte ihm den Schoppen. Die Hand zitterte.

Das war am Mittwoch.

Am Donnerstag dieser ereignisreichen Woche – der Gärtnerbursche hatte Thomas' großen Koffer schon zur Bahn gebracht, um acht Uhr fuhr der Zug – ging Hanna zur Schwester ins Hotel. Sie hatte sich mit besonderer Sorgfalt schön gemacht und das erstemal in ihrem Leben die Wangen gepudert. Sie war zum Tee eingeladen. Das Puderbüchschen, ein Geschenk der Schwester, steckte in der Handtasche, Grund genug für sie, zu funkeln vor Zufriedenheit.

Sie hatte Thomas seit sechs Tagen nicht gesehen und wußte nichts von dessen Entschluß, Würzburg zu verlassen. Die Mutter und Frau Kletterer waren der Meinung, in das Zerwürfnis nicht eingreifen zu sollen, und hatten ihr nichts gesagt.

Vor ihr kugelte der Herr Soso durch die Kastanienallee. Er war wegen seiner Teltower Rübchen bei Theobald Kletterer gewesen, und Thomas hatte ihm angesichts des strotzenden Experimentierstreifens einen kleinen Vortrag gehalten über die volkswirtschaftliche Bedeutung der intensiven Bodenkultur.

Das Schlagwort ›Intensive Bodenbewirtschaftung‹ würde höchstwahrscheinlich sogar die Parole der englischen Arbeiterpartei im nächsten Wahlkampf sein.

»So jedem Arbeiter so sein Häuschen und sein Feld!?«

»Das ungefähr werden sie versprechen. Natürlich ist das ein ungeheurer Schwindel, aber als Wahlparole ausgezeichnet.«

»Soso . . . Und die Schweiz? Da steht man doch entweder oben und schaut hinunter, oder man steht unten und schaut hinauf. So Flächen zum Anbauen gibt's doch da so wenig. Da sollte doch gerade die Schweiz . . . Merkwürdige Menschen, diese Schweizer! Machen so Uhren und so Stickereien, und die Unternehmungslustigen abenteuern so in der Welt umher. So recht merkwürdige Menschen!«

›Also deshalb unterhält er sich mit mir über Wahlparolen!‹

»So richtige Anarchisten mit falschen Papieren!«

Thomas hatte Herrn Soso zwei Sekunden schweigend und ironisch lächelnd in die Augen geblickt. »Er schreibt ja nur Briefe, lange Briefe, und spielt Flöte . . . Ein ausgezeichneter Büchsenmacher, ganz harmlos!«

»Soso.«

Und plötzlich war dem Zwanzigjährigen dieser listige, überaus tüchtige Richter, der so harmlos tat und aussah und schon viele Menschen ins Zuchthaus und auch schon einige in den Tod geschickt hatte, durch und durch verderbt und lasterhaft erschienen.

Hanna überholte den schwarzen Gummiball. Er betrachtete aufmerksam das graziöse Spiel der Füßchen und der Fesseln – der Rock war sehr kurz, der Strumpf hautfarben –, strich nachdenklich seine Gansfedern und flüsterte: »Soso.«

Die Schwester hatte die Stühle ein wenig verrückt, ein kleines Handarbeitsdeckchen aufgelegt und zwischen ihre Toilettensachen und auf das Teetischchen ein paar Blumen gestellt. Auch dieses Hotelzimmer, das sie in wenigen Stunden schon wieder verlassen mußte – die Truppe spielte kommenden Tages in Lohr am Main – sah aus, als wohne sie seit langem hier. Ein Haus würde die Schwester tadellos geführt haben. Es war, als erschöpfe sich hierin ihr Frauentum.

Doktor Huf saß in korrekter Haltung auf dem steifen

Möbel, aß ein Stückchen Gebäck, fingernagelgroß, das er nicht mochte, näherte hin und wieder die Nase höflich den Blumen, die ihm vollständig gleichgültig waren, und beantwortete die Fragen der Schwester in förmlichem Ton, gehorsam wie ein guterzogener Knabe. Er war nicht betrunken. Dennoch standen einige Wirbelhaare empor.

Es ist wieder soweit. Er füchtet, Hanna wirklich gewinnen zu können, er scheut zurück vor dem Glück, wie damals vor der süßen Engländerin auf der Hotelterrasse in Lugano, dachte die Schwester mit Angst im Herzen und fragte: »Wo wirst du jetzt arbeiten?« Sie behielt ihr förmliches Lächeln bei, sie war gewohnt, ihre Empfindungen zu verheimlichen und mit gutgespieltem Interesse über andere Dinge zu sprechen.

Bei ihm, der sich nicht lange Zwang antun konnte, brach die Unmittelbarkeit durch: »Weiß nicht! Ist ja Wurscht! Bitte, laß mir ein Pilsner kommen.«

Er wußte es nicht. Er dachte nicht mit dem Kopf. Sein Gefühl allein dachte und bestimmte sein Tun. Nur für seinen Beruf hatte er ein kleines Reservat im Kopf. Aber auch das konnte eines Tages überwuchert werden von dem Unfaßbaren, Unergründbaren, das ihn zwang, allen gegebenen Bindungen des Lebens auszuweichen. Dann war er auch kein Augenarzt mehr.

Sein Schicksal sei, in Freiheit, die ihm aber jederzeit gestohlen werden könne, über die Abgründe des Lebens zu balancieren, mit Humor und Skepsis als Balancierstange, hatte er einmal im Rausch zu dem Kneipenwirt auf der alten Brücke gesagt.

Hanna spürte beim Betreten des Zimmers sofort den Zwang. Ihr Gesichtsausdruck veränderte sich. Sie war froh gewesen. Sonst hatte er ihr immer die Hand geküßt, oberhalb des Knöchels. Diesmal tat er es nicht; er verbeugte sich. Das sah komisch aus.

Die Schwester goß den Tee ein. »Willst du dich nicht setzen?«

»Pardon!« Er sagte auch zu Hanna: »Pardon!«, hilflos lächelnd wie ein Ertappter. Er hatte die Wand angestarrt und selbst geglaubt, daß ihn das Tapetenmuster interessiere. Nun saß er in untadeliger Korrektheit und spitzte nach jedem Schluck höflich die Lippen.

Hanna fühlte in den Wangen die Spannung. Die Wangen waren heiß geworden. Und sie wollte doch gar nicht, daß jemand Rücksicht auf sie nahm. Sie konnte ja wieder gehen. Es war so peinlich, ein Schuldgefühl zu haben und sich dabei ganz schuldlos zu wissen. Nicht einmal die Tasse konnte sie richtig halten. Sie mußte die Tasse wieder zurückstellen und den Henkel anders anfassen, mit einem raschen Blick auf die Schwester, die Gott sei Dank nichts bemerkt hatte. Das Puderbüchschen machte ihr gar keine Freude mehr. Und überhaupt –!

Aber die Schwester hatte alles bemerkt. Sie legte die Fingerspitzen der mattweißen Hand, an der nur ein einziger großer Brillant war, so nebenbei auf Hannas Arm und sprach in leichtem Plaudertone über eine Vorstellung, die sie gestern im Würzburger Stadttheater gesehen habe.

»Aber ich muß trotzdem bald wieder gehen«, antwortete Hanna und dachte sofort: Das war falsch. Ich kann eben nicht so geschickt reden. Sie machte mit dem ganzen Oberkörper eine ärgerliche Bewegung, weil sie auch diesmal gegen ihren Willen lachen mußte, wie damals auf der kleinen Insel beim Erblicken des Jungen, als der die letzte Brotrinde seelenruhig in den Mund gesteckt hatte.

Noch während sie, tiefrot geworden, das Lachen zu unterdrücken versuchte, traf ihr Blick auf Doktor Huf, da platzte sie heraus: »Sie sind heute komisch. Sie sehen aus wie der Gerichtsassessor in Ochsenfurt, als er noch allein und nüchtern drüben am Tisch gesessen hatte. Genauso!«

Wie Milch, die zusammenläuft, verwandelte sich seine korrekte Miene in ein saures Lächeln, das in ein verlegenes Kichern überging. Hannas Zauber begann mächtig auf ihn zu wirken. Aber er wollte nicht wieder hinunter in die heimliche Schlucht, in der zu leben ihm ja doch versagt sei.

Nach einer Viertelstunde, während der er rauchend und stumm dagesessen hatte, abgetrennt durch eine unsichtbare Scheidewand und mit der Miene eines Mannes, der nicht hinhört, wenn Frauen über Frauendinge sprechen, kam der Moment der Offenheit, wo alle drei standen, um Abschied zu nehmen, und drei Augenpaare alles wußten.

Skepsis und Humor verließen ihn. Die zurückgepreßte Aufregung brach durch, die Nase zuckte und bekam Falten an der Wurzel. »Und wir sehen uns ja noch am Bahnhof«, sagte er zur Schwester, als hätte er Hanna schon Lebewohl gesagt, und flüchtete hinaus.

Die Schwester ließ den Kopf sinken, als beuge auch sie sich für immer unter ihr Schicksal. Das Wunder hatte sich nicht ereignet. Es gab kein Wunder für sie beide.

Ihr Gesicht war grau. Die Schatten bei den Mundwinkeln waren etwas tiefer geworden. Dennoch gewann sie, als sie Hanna hinausbegleitete, zwischen Tisch und Tür die tadellose Haltung wieder und behielt sie auch dann noch bei, als sie, allein geblieben, die gebrauchten Tassen auf das Tablett stellte und sich umsah. Sie lächelte und summte leise. Von den Mundwinkeln abwärts waren zwei winzige Fältchen entstanden.

Hanna schritt leicht hinaus in den duftenden Abend. Die Bäume wanderten heraus aus den alten Gärten und mit ihr durch die Straße. Es war warm. Standen still und wanderten dennoch mit.

Thomas machte immer so eine lebensfrohe kleine Bewegung mit dem Oberkörper, wenn er die Gürtelhose trug und das weiße Hemd. Wie stark und klug er dann aussah, wenn er diese Bewegung machte! Da brauchte er gar nicht mehr zu denken. Sie sah dann immer nur die Stirn an und die hellen Augen und wußte, daß er jetzt gleich lächeln würde. Gut, daß er nicht blond war. Da brauchte sie dann nur zu sagen: Schenk mir die Welt! Nichts war ihm unmöglich, wenn er diese Bewegung machte.

»Guten Abend, Herr Benommen!« Sie verlor dann immer ganz und gar das Bewußtsein ihres Körpers und war nur noch Gefühl.

»Da drüben ist Ihr Vater!« rief Oskar ihr nach. Er stand mit dem Schreiber vor seiner Wirtschaft, beide Hände in den Hüften, Daumen nach vorne. »Ja, mein Lieber, das geht jetzt nicht mehr.«

»Wir haben doch aber für den Anfang ganz schön verdient. Sechsunddreißig Mark jeder!«

»Das schon. Aber es ist eben doch eine unsolide Sache. Ich hätte ja auch jetzt gar nicht mehr die Zeit dazu. Wenn einer sein eigenes Geschäft hat!«

Er äugte schräg hinüber zu dem Hause, in dem die leere Werkstatt war. Da stand Hans Lux mit dem Meterstab auf dem Stuhl und nahm Maß für das Firmenschild. Er drehte sich um und blickte hinüber zu Oskar. Seine Augen funkelten. Im ›Walfisch‹ werde er jetzt jeden Vormittag vespern, einen Schoppen trinken und dazu ein frisches Weißbrötchen essen. Mit schwarzen Händen! »Sag der Mutter, daß ich noch lange zu tun habe.«

Ob Thomas im Garten sein wird? Sechs Tage hat sie ihn nicht gesehen. Sie wird zu ihm hingehen, ganz eng zu ihm hin, auch wenn jemand in der Nähe sein sollte. Zu reden braucht sie da gar nichts. Er fühlt ja immer gleich alles.

»Da wollt ihr also überhaupt nicht mehr auftreten?«

»Das mußt du doch selbst einsehen. Wer nimmt dich denn für voll, wenn du für Geld auftrittst!«

Ein Schiffer stieg die drei Steinstufen hinauf zum ›Walfisch‹. Der Schreiber ging langsam weiter. Wohin? Nach Hause? Nur nicht nach Hause, wo seine Frau, ganz gegen ihren Willen, ihn mit fragenden Blicken empfing. Die letzte Hoffnung war weg.

Er ging zurück über die Brücke, an seinem Hause vorüber, ein Stück am Fluß entlang und legte sich auf die Quaimauer, Ellbogen aufgestützt.

An dieser Stelle war vor zwei Monaten der Rentier ins Wasser gesprungen und ertrunken.

Eine verhutzelte Alte, die hier Reisig in kleinen Bündeln und Holzkohle feilbot, saß neben ihrer Dezimalwaage und zählte die Tageseinahme. Zwischendurch rief sie: »Karlchen! . . . Karlchen!«

Ihr kleines Enkelkind, das zwischen den Handwagen, die da standen, herumturnte, antwortete nicht.

Sie schüttete das Geld wieder in die uralte Ledertasche und deckte die Waage zu. »Karlchen!«

Die hat heute verdient, was sie morgen zum Leben braucht, und morgen verdient sie's wieder, dachte der Schreiber. Nur eine kleine Drehung – und ich lieg drin. Da ist es tief genug.

Wenn er den Kopf hob, sah er das Fenster seiner Wohnung, und wenn er scharf hinblickte, konnte er im Fenster das weiße Köpfchen seines Jungen erkennen.

Über dem Arm einen neuen Anzug, eilte der Schneidermeister Firnekäs den Quai herauf, den fetten, schweren Körper vorgebeugt; die Beine mußten schnelle, kleine Schritte machen.

Die verhutzelte Alte schulterte den Reisigbesen, mit dem sie ihren Verkaufsplatz gekehrt hatte.

»Karlchen!«

Der Sturm des Gefühls bremste den schnellen Gang. Firnekäs blieb stehen. Er hob das scharlachrote Gesicht. Auch der Schreiber hob wieder den Kopf.

»Karlchen!«

Firnekäs lauschte ins Nichts.

Karlchen antwortete nicht.

Hier rauschte das Wasser. Hier stand seit hundert Jahren der düstere ›Gasthof zur Kette‹.

Im Garten war niemand. Das spürte Hanna von außen. Ihr war plötzlich schwer zumute. Sie stieg langsam die vier Treppen hinauf und trat, ohne den Hut abzunehmen, sofort ans offene Fenster.

Dort stand auch die Mutter, die gleich den Arm um Hanna legte. Beide blickten hinaus. Beide sahen, wie Thomas den Garten verließ, in der Hand ein Reiseplaid.

Frau Kletterer winkte ihm nach. Er winkte zurück.

Hanna blickte die Mutter fragend an, ihre Lippen standen offen, blickte Thomas nach und wieder die Mutter an, fassungslos.

Der kleine Lux rief.

Die Mutter machte ein paar Schritte. Stehend in der Zimmermitte, sagte sie, die nie in das Dasein eines andern unbefugt eingegriffen hatte, diesmal doch die Worte: »Ja, er geht fort.«

Das war für Hanna so rätselhaft wie das Leben selbst, daß sie da langsam und schwer zur Wohnungstür ging und hinaus, langsam die Tür öffnete, die unters Dach führte, die Treppe hinaufstieg in ihre Kammer, langsam auf den alten Schaukelstuhl zu, sich niederließ und die kleinen Besitztümer ihrer Kindheits- und Mädchenjahre betrachtete, mit ganz anderen Gefühlen als damals, da sie zurückgekommen war von dem Ausflug auf die kleine Insel, wo sie von Thomas den Kuß empfangen hatte.

Minutenlang saß sie reglos, betrachtend das winzige

Fellchen vor dem Bett, das schmale Kanapee, Spiegel und die grüne Glaskette am Nagel in der Wand, die vertrauten Dinge, die alles miterlebt hatten.

Aus einem Schaukelstuhl muß man schnell und schaukelnd aufstehen, sonst ist das Aufstehen schwer. Es war schwer. Sie mußte sich mit den Armen hochstemmen. Es war wie ein schwerer Abschied. Und in ihr war dann alles doch so weich und aufgelöst, als sie die Kammer verließ und die vier Treppen hinunterging, langsam die Straße hinauf, die Glieder schmerzten ein wenig, vorüber am Soldatenfriedhof.

Fernher klang der Pfiff einer Lokomotive. Da begann sie zu springen. Sie flog durch die Nacht.

Bei der neuen Augenklinik holte sie ihn ein. Wortlos hin zu ihm, dem schon Sekunden vorher ihre Nähe durch alle Nerven gezuckt war. Arme um seinen Hals. Das Leben war eingeholt. Das Reiseplaid entfiel seiner Hand.

Sie mußten noch einmal zurück, das vergessene Reiseplaid zu holen. Ob sie es tragen dürfe? Sie durfte es tragen. Hat es doch auf der Welt noch nie ein größeres Glück gegeben, als ein Reiseplaid zu tragen, heimlich schluckend unter Glück und Tränen.

Wie war das Leben heiß und weich!

Durch die milde Nacht, entlang dem Ufer, wo die alten Weiden stehen, auf die kleine Insel zu. Das war wie verabredet.

Schuhe herunter, Strümpfe herunter und in die Schuhe gestopft, Hose übers Knie hinauf. Er warf Reiseplaid und Schuhe hinüber. Hanna paßte gut auf, ob alles klappte.

So leicht und sicher war sie noch nie in seinen Armen gelegen wie jetzt, da er sie über das Wasser trug. »Hierher kommt niemand.« Er breitete die Decke aus. »Hier sind nur die Sterne und wir.«

Sie mußten, um einander sehen zu können, so eng zusammen liegen, daß jeder den warmen Atem des andern bekam.

Sie wehrte ihm nicht mehr. Denn schon, als er sie übers Wasser getragen hatte, war ihr die Welt vergangen.

In der Bahnhofshalle, von wo die Pfiffe im weichen Schwung des Hügelechos schwach bis zu der kleinen Insel drangen, schritt Doktor Huf mit seiner Schwester auf und ab, Hände in den Manteltaschen, Arme angepreßt. Zu reden gab es nichts.

Der Südexpreß lief ein.

Dann stand er am Schlafwagenfenster, um den Mund sein von Skepsis zertrümmertes Lächeln. Sie wisse schon.

Sie wußte schon. Sie stand da mit ihrem Lächeln, das sie gegen die dunkle, übermächtige Wucht der ganzen Welt schützen sollte.

Der Zug begann zu rollen. Sie fragten nicht: Wann sehen wir uns wieder? Wo?

Ihr Zug ging etwas später.

Sie saß im Wartesaal, wo ein paar Menschen schliefen. Der Kellner stellte den Kaffee vor sie hin. Sie las das Plakat: ›Versichern Sie Ihr Reisegepäck!‹ Der Kaffee wurde kalt, bekam eine faltige Haut. Im Wasserglas schwamm obenauf ein Semmelbrösel. Sie fischte es mit dem Löffel heraus. ›Versichern Sie Ihr Reisegepäck!‹

Der Beamte rief ihren Zug aus. Die Mitglieder der Truppe standen schon an der Billetsperre. Sie sahen ein wenig zu farbig aus. Ihre Lustigkeit war ein wenig zu laut und nicht ganz echt.

Eine Sekunde wünschte sie umzukehren, zu flüchten, fort, für immer. Ihr Gesicht behielt das Lächeln bei.

Der dicke Hamlet reckte sich hoch auf, hob abwehrend die Hand gegen die Schwester und rief tragisch:

»Schweig mir von Rom!« Sein Wort des Tages, das er heute bei jeder Gelegenheit sagte.

Der Zug, in dessen Laufgang der Bruder am Fenster stand, rollte durch die helle Nacht, entlang dem Ufer, wo die alten Weiden stehen, auf die kleine Insel zu.

Er ahnte nicht, daß unter dieser Baumgruppe, die dunkel gegen die silberne Wasserfläche stand, zwischen hohem Gras auf einer Decke jenen das Glück im Übermaß gespendet wurde von der geheimnisvollen Natur, die ihn und seine Schwester immer von neuem in den Bann der finstern Dinge schlug.

Der Zug war schon vorüber.

Bitte beachten Sie
die folgenden Seiten:

Gerhard Vescovi

Hippokrates im Heckengäu

Aufzeichnungen eines schwäbischen Landarztes

Ullstein Buch 22434

ein Ullstein Buch

In der Arztpraxis, bei Hausbesuchen, in der täglichen Umgebung erlebt ein Landarzt intensiver als jeder andere die Eigenarten und liebenswerten kleinen Schwächen seiner Mitmenschen.

»Der Verfasser hat sich im weißen Arztkittel in die Literatur hineingeschrieben.«
Thaddäus Troll

Leonhard Frank

Die Räuberbande

Roman

Ullstein Buch 22237

ein Ullstein Buch

Mit der »Räuberbande« gelang Leonhard Frank eine der schönsten Darstellungen einer Jugend und ein unvergeßliches Denkmal seiner Geburtsstadt Würzburg.